病榻杂记

全新修订版

季羡林 著

新世界出版社
NEW WORLD PRESS

87岁的季羡林在书房（摄影：魏德运）

第一页共　页

寅恪先生二三事

季羡林

陈寅恪先生是中国二十世纪最伟大的学者之一。他的学生中山大学胡守为教授曾在中大为他举办过几次纪念会或学术座谈会，不少海内外学者赶来参加，取得了成功。台湾一位参加过会的历史教授在一篇文章写道，在会上，只听到"伟大"、"伟大"，言外颇有愤愤不平之意，令我难解，不知道究竟是什么原因。但是，伟大是一个客观存在的事实，不是哪一个人可以任意乱闹的。依不佞鄙见，寅恪先生不但在伟大处是伟大的，在琐细末节方面

季羡林先生专用稿纸　(15行×15字=225字)

季羡林手稿

糊涂一点　潇洒一点

季羡林

最近一个时期，经常听到人们的劝告：要糊涂一点，要潇洒一点。

关于第一点糊涂问题，我最近写过一篇短文《难得糊涂》。在这里，我把糊涂分为两种，一个叫真糊涂，一个叫假糊涂。普天之下，绝大多数的人，争名于朝，争利于市。尝到一点小甜头，便喜不自胜，手舞足蹈，心花怒放，忘乎所以。碰到一个小钉子，便忧思焚心，眉头紧皱，前途暗淡，哀叹不已。这种人滔滔者天下皆是也。他们是真糊

先天下之憂而憂
後天下之樂而樂
願與諸同志共
勉之
季羡林

题词发表于1986年北京大学东语系建系40周年《纪念专刊》上

《病榻杂记》序

此书原拟定名为《新生集》，后来张世林兄建议改为《病榻杂记》。我稍一寻思，立即欣然赞同。我认为，世林兄不愧是内行，能点铁成金。“新生”二字干瘪无味，不知所云，经这样一改，则全书皆活矣。此书编纂过程中，我的助手李玉洁女士、杨锐女士付出了颇多的劳动，谨致谢意。为了保存历史原状，《〈新生集〉序》可作一单独的文章，仍然保留下来。

2006 年 9 月 10 日

《新生集》序

事前同张世林同志达成了君子协定，2002 年文章的结集就叫作《新纪元文存》(续编)。我原来以为，这颇为顺理成章，并无异议。但是，不知从什么时候起，我也学会了一点生意经。我觉得，《新纪元文存》已经出版问世，大家是熟悉的，在封面上，这五个字特别大，赫然昭如日月，而“续编”二字只能颇小，暗淡若晨星。读者如果不细心，是很容易忽略的。他们会认为，此书已经买过，不必再买了。这对做生意是很不利的。

于是我就想改一个名。大家都知道，给新书起名是煞费周章的。我想来想去，想出了“新生”二字。这两个字太平庸了，太一般了。如果想在上面撒一点檀香末的话，有大文豪但丁的名著在。

可是我并不想撒檀香末，对我来讲，这是亲身的经历。2001—2002 年，我运交华盖，注定了是我的生病年。我曾三次住进三〇一医院，其中有两次是抢救。在一篇文章中我写过，我曾到阎王爷殿前去报到。大概是因为手续不全，图章没有敲够数，或者是红包不丰，我被拒收。只好又溜达回来，躺在三〇一医院的病床上。

常言道，天佑善人。我是个善人吗？不管怎样，两次抢救都奇迹般地成了功。我是不折不扣地获得了新生。

我就以“新生”名吾集，志喜也。

2003 年 1 月 13 日

《病榻杂记》小引

半年以前，我已经运交华盖。一进羊年，对别人是三羊开泰，对我则是三羊开灾，三羊开病。没有能够看到池塘生春草。没有能看到楼旁小土山上露出一丝绿意。更谈不到什么“沾衣欲湿杏花雨，吹面不寒杨柳风”了。我就病倒，被送进了三〇一医院。到今天已经一百多天，不但春天已过，夏天也好像早已开始了。

春天是复苏，是醒悟，是希望，是光明。这几种东西都是人见人爱的。因此没有人不爱春天，我当然不能例外。

但是我有一个怪的想法，想参与春天的到来。春来春去，天地常规，人怎么能参与呢？我的意思并不是想去干预，我只是想利用自己的五官四肢的某一部分去感知春天的到来。古人诗：

尽日寻春不见春，芒鞋踏破陇头云。
归来笑拈梅花嗅，春到枝头已十分。

诗人的春天是嗅出来的。在过去的九十年中，我大概每年都通过我的某一个感官，感知春天的到来，心中充满了喜悦和光明，眼前有无限的希望。偏偏今年出了娄子，没有能感知到春天的到来，就进了医院。

我有一个优（缺）点，就是永远不让脑海停止活动。在初进医院的时候，忙于同病魔做斗争，没有想多少东西。病势一稍缓，脑海又活动起来了。全身让人感到舒服的地方，几乎没有，独独思维偏不糊涂。除了有时还遗憾春天的逝去以外，脑袋里想了好多好多的东西。特别是在输液时，有六七大瓶药水高高地挂在自己头顶上，这有极大威慑力，自己心里想：这够你吃四五个小时的了。我还想到许许多多别的事情，包括古代的诗词。我于是想写一些文章，不是记录自己的医疗过程，而是记录自己想到的东西。结果文章确实写了不少。现在把这些文章收集起来，编成了一个集子，名之曰《病榻杂记》送给读者。

我知道，人世间大概还有一些关心我的朋友，他们有的会想到："季羡林哪里去了？"现在这一本小册子就可以告诉他们：季羡林还活着，不过是经过了一段颇长的疾病的炼狱。现在正从炼狱里走出来，想重振雄风了。

在三〇一医院治病期间，受到了院领导、大夫们以及护士们的爱护，衷心感谢。

蒙新世界出版社的周奎杰和张世林两同志加以青睐，答应出版，十分感激。

最近三年，住过四次医院：

第一次，2001 年 12 月；

第二次，2002 年 8 月；

第三次，2002 年 11 月；

第四次，2003 年 2 月。

2003 年 6 月 16 日于三〇一医院

目 录

盼新生

忆往昔

思故人

病中谈

盼新生

现在身躯上的零件，都已经用了九十多年，老化是必然的。可惜不能像机器一样，拆开来涂上点油。不过，尽管老化，看来还能对付一些日子。而且，不管别的零件怎样，我的脑袋还是难得糊涂的。我就利用这一点优势，努力工作下去。

在病中

我是在病中。

我是在病中吗？才下结论，立即反驳，常识判断，难免滑稽。但其中不是没有理由的。

早期历史

对于我这一次病的认识，有一个漫长的过程。不但我自己和我身边的人是这个样子，连大夫看来也不例外。这是符合认识事物的规律的，不足为怪。

我患的究竟是一种什么病呢？这件事三言两语说不清楚。

约莫在三四十年以前，身上开始有了发痒的毛病。每年到冬天，气候干燥时，两条小腿上就出现小水疱，有时溃烂流水，我就用护肤膏把它贴上，有时候贴得横七竖八，不成体系，看上去极为可笑。我们不懂医学，就胡乱称之为皮炎。我的学生张保胜曾陪我到东城宽街中医研究院，去向当时的皮肤科权威赵炳南教授求诊。整整等候了一个上午，快到十二点了，该加的塞都加过以后，才轮到了我。赵大夫在一群大夫和研究生的围拥下，如大将军八面威风。他号了号脉，查看了一下，给我开了一服中药，回家煎服后，确有效果。

后来赵大夫去世，他的接班人是姓王的一位大夫，名字忘记了。我们俩同是全国人大代表北京代表团的成员，平常当然会有所接触，但是，他那一副权威相让我不大愿意接近他。后来，皮炎又发作了，非接触不行了，只好又赶到宽街向他求诊。到了现在，我才知道，我患的病叫作老年慢性瘙痒症。不正名倒也罢了，一正名反而让我感到滑稽，明明已经流水了，怎能用一个“瘙痒”了之！但这是他们医学专家的事，吾辈外行还以闭嘴为佳。

西苑医院

以后，出我意料地平静了一个时期。大概在两年前，全身忽然发痒，夜里更厉害。问了问身边的友人，患此症者，颇不乏人。有人试过中医，有人试过西医，大都不尽如人意。只能忍痒负重，勉强对付。至于我自己，我是先天下之痒而痒，而且双臂上渐出红点。我对病的政策一向是拖，不是病拖垮了我，就是我拖垮了病。这次也拖了几天。但是，看来病的劲比我大，决心似乎也大。有道是“好汉不吃眼前亏”，我还是屈服吧。

屈服的表现就是到了西苑医院。

西苑医院几乎同北大是邻居，在全国中医院中广有名声。而且那里有一位大夫是公认为皮肤科的权威，他就是邹铭西大夫。我对他的过去了解不多，我不知道他同赵炳南的关系，是否有师弟之谊，是否同一个门派，统统不知道。但是，从第一次看病起，我就发现邹大夫的一些特点。他诊病时，诊桌旁也是坐满了年轻的大夫、研究生、外来的学习者。邹大夫端居中央，众星拱之。按常识，存在决定意识，他应该傲气凌人，顾盼自雄。然而，实际却正相反。他对病人笑容满面，和颜悦色，一点大夫容易有的超自信都不见踪影。有一位年老的身着朴素的女病人，腿上长着许多小水疱，有的还在流着脓。但是，邹大夫一点也不嫌脏，亲手抚摩患处。我是个病人，我了解病人心态。大夫极细微的面部表情，都能给病人极大的影响。眼前他的健康，甚至于生命就攥在大夫手里，他焉得而不敏感呢？中国有一个词儿，叫作“医德”。医德是独立于医术之外的一种品质。我个人想，在治疗过程中，医德和医术恐怕要平分秋色吧。

我把我的病情向邹大夫报告清楚，并把手臂上的小红点指给他看。他伸手摸了摸，号了号脉，然后给我开了一服中药。回家煎服，没有过几天，小红点逐渐消失了。不过身上的痒还没有停止。我从邹大夫处带回来几瓶止痒药水，使用了几次，起初有用，后来就逐渐失效。接着又从友人范曾先生处要来几瓶西医的止痒药水，使用的结果同中医的药水完全相同，我没有别的办法，只好交替使用，起用了我的“拖病”的政策。反正每天半夜里必须爬起来，用自己的指甲，浑身乱搔。痒这玩意儿也是会欺负人的：你越搔，它越痒。实在不胜其烦了，决心停止，强忍一会儿，也就天下太平了。后背自己搔不着，就使用一种山东叫痒痒挠的竹子做成的耙子似的东西。古代文人好像把这玩意儿叫“竹夫人”。

这样对付了一段时间，我没有能把病拖垮，病却似乎要占上风。我两个手心里忽然长出了一层小疙瘩，有点痒，摸上去皮粗，极不舒服。这使我不得不承认，我的拖病政策失败了，赶快回心向善，改弦更张吧。

西苑二进宫

又由玉洁和杨锐陪伴着走进了邹大夫的诊室。他看了看我的手心，自言自语地轻声说道："典型的湿疹！"又站起来，站在椅子背后，面对我说："我给你吃一服苦药，很苦很苦的！"

取药回家，煎服以后，果然是很苦很苦的。我服药虽非老将，但生平也服了不少。像这样的苦药还从来没有服过。我服药一向以勇士自居，不管是丸药还是汤药，我向来不问什么味道，拿来便吃，眉头从没有皱过。但是，这一次碰到邹大夫的"苦药"，我才真算是碰到克星。药杯到口，苦气猛冲，我下定决心，不怕牺牲，排解万难，几口喝净，又赶快要来冰糖两块，以打扫战场。

服药以后，一两天内，双手手心皮肤下大面积地充水。然后又转到手背，在手背和十个指头上到处起水疱，有大有小，高低不一。但是疱里的水势都异常旺盛，不慎碰破，水能够滋出很远很远，有时候滋到头上和脸上。有时候我感到非常腻味，便起用了老办法、土办法：用消过毒的针把水疱刺穿，放水流出。殊不知这水疱斗争性极强，元气淋漓。你把它刺破水出，但立即又充满了水，让你刺不胜刺。有时候半夜醒来，瞥见手上的水疱——我在这里补一句，脚上后来也长起了水疱——心里别扭得不能入睡，便起身挑灯夜战。手持我的金箍狼牙棒，对水疱一一宣战。有时候用一个多小时的时间才只能刺破一小部分，人极疲烦，只好废然而止。第二天早晨起来，又看到满手的水疱颗粒饱圆，森然列队，向我示威。我连剩勇都没有了，只能徒唤负负，心甘情愿地承认自己是败兵之将，不敢言战矣。

西苑三进宫

不敢言战，是不行的。水疱家族，赫然犹在，而且鼎盛辉煌，傲视一切。我于是又想到了邹铭西大夫。

邹大夫看了看我的双手，用指头戳了戳什么地方，用手指着我左手腕骨上的几个小水疱，轻声地说了一句什么，群弟子点头会意。邹大夫面色很严肃，说道："水疱一旦扩张到了咽喉，事情就不好办了！"这是不是意味着，在邹大夫眼中我的病已经由量变到质变了呢？玉洁请他开一个药方。此时，邹大夫的表情更严肃了："赶快到大医院去住院观察！"

我听说——只是听说，旧社会有经验的医生，碰到重危的病人，一看势头不对，赶快敬谢不迭，让主人另请高明，一走了事。当时好像没有什么抢救的概念和举措，事实上没有设备，何从抢救！但是，我看，今天邹大夫决不是这样子。

我又臆测这次发病的原因。最近半年多以来，不知由于什么缘故，总是不想吃东西，从来没有饿的感觉。一坐近饭桌，就如坐针毡。食品的色香味都引不起我的食欲。严重一点的话，简直可以称之为厌食症——有没有这样一个病名？我猜想，自己肚子里毒气或什么不好的气窝藏了太多，非排除一下不行了。邹大夫嘴里说的极苦极苦的药，大概就是想解决这个问题的。可能是在估计方面有了点差距，所以排除出来的变为水疱的数量，大大地超过了预计。邹大夫成了把魔鬼放出禁瓶的张天师了。挽回的办法只有一个：劝我进大医院住院观察。

只可惜我没有立即执行，结果惹起了一场颇带些危险性的大患。

张衡插曲

张衡，是我山东大学的小校友。毕业后来北京从事书籍古玩贸易，成绩斐然。他为人精明干练，淳朴诚悫。多少年来，对我帮助极大，我们成为亲密的忘年交。

对于我的事情，张衡无不努力去办，何况这一次水疱事件可以说是一件大事，他哪能袖手旁观？他不知道从什么地方得知了这个消息。7 月 27 日晚上，我已经睡下，在忙碌了一天之后，张衡风风火火地跑了进来，手里拿着白矾和中草药。他立即把中药熬好，倒在脸盆里，让我先把双手泡进去，泡一会儿，把手上的血淋淋的水疱都用白矾末埋起来。双脚也照此处理，然后把手脚用布缠起来，我不太安然地进入睡乡。半夜里，双手双脚实在缠得难受，我起来全部抖搂掉了，然后又睡。第二天早晨一看，白矾末确实起了作用，它把水疱黏住或糊住了一部分，似乎是凝结了。然而，且慢高兴，从白矾块的下面或旁边又突出了一个更大的水疱，生意盎然，笑傲东风。我看了真是啼笑皆非。

张衡决不是鲁莽的人，他这一套做法是有根据的。他在大学里学的是文学，不知什么时候又学了中医，好像还给人看过病。他这一套似乎是民间验方和中医相结合的产物。根据我的观察，一开始他信心十足，认为这不过是小事一端，用不着担心。但是，试了几次之后，他的锐气也动摇了。有一天晚上，他也提出了进医院观察的建议，他同邹铭西大夫成了“同志”了。可惜我没有立即成为他们的“同志”，我不想进医院。

艰苦挣扎

在从那时以后的十几二十天里是我一生思想感情最复杂最矛盾最困惑的时期之一。总的心情，可以归纳成两句话：侥幸心理，掉以轻心、蒙混过关的想法与担心恐惧、害怕病情发展到不知伊于胡底的心理相纠缠，无病的幻象与有病的实际相磨合。

中国人常使用一个词儿“癣疥之疾”，认为是无足轻重的。我觉得自己患的正是“癣疥之疾”，不必大惊小怪。在身边的朋友和大夫口中也常听到类似的意见。张衡就曾说过，只要撒上白矾末，第二天就能一切复原。北大校医院的张大夫也说，过去某校长也患过这样的病，住在校医院里输液，一个礼拜后就出院走人。同时，大概是由于张大夫给了点激素吃，胃口忽然大开，看到食品，就想狼吞虎咽，自己认为是个吉兆。又听我的学生上海复旦的钱文忠说，毒水流得越多，毒气出得越多，这是好事，不是坏事。所有这一切都是我爱听的话，很符合我当时苟且偷安的心情。

但这仅仅是事情的一面，事情还有另外一面。水疱的声威与日俱增，两手两脚上布满了疱疱和黑痂。然而客人依然不断，采访的，录音、录像的，络绎不绝。虽经玉洁奋力阻挡，然而，撼山易，撼这种局面难。客人一到，我不敢伸手同人家握手，怕传染了人家，而且手也太不雅观。道歉的话一天不知说多少遍，简直可以录音播放。我最怕的还不是说话，而是照相，然而照相又偏偏成了应有之仪，有不少人就是为了照一张相，不远千里跋涉而来。从前照相，我可以大大方方，端坐在那里，装模作样，电光一闪，大功告成。现在我却嫌我多长了两只手。手上那些东西能够原封不动地让人照出来吗？这些东西，一旦上了报，上了电视，岂不是一失足成千古恨了吗？因此，我一听照相就觳觫不安，赶快把双手藏在背后，还得勉强“笑一笑”哩。

这样的日子好过吗？

静夜醒来，看到自己手上和脚上这一群丑类，心里要怎么恶心就怎么恶心，要怎样头痛就怎样头痛。然而却是束手无策。水疱长到别的地方，我已经习惯了。但是，我偶尔摸一下指甲盖，发现里面也充满了水，我真有点毛了。这种地方一般是不长什么东西的。今天忽然发现有了水，即使想用针去扎，也无从下手。我泄了气。

我蓦地联想到一件与此有点类似的事情。上个世纪50年代后期全国人民头脑发热的时候，在北京号召全城人民打麻雀的那一天，我到京西斋堂去看望下放劳动的干部，适逢大雨。下放干部告诉我，此时山上树下出现了无数的蛇洞，每一个洞口都露出一个蛇头，漫山遍野，蔚为宇宙奇观。我大吃一惊，哪敢去看！我一想到那些洞口的蛇头，身上就起鸡皮疙瘩。我眼前手脚上的丑类确不是蛇头，然而令我厌恶的程度决不会小于那些蛇头。可是，蛇头我可以不想不看，而这些丑类却就长在我身上，如影随形，时时跟着你。我心里烦到了要发疯的程度。我真想拿一把板斧，把双手砍掉，宁愿不要双手，也不要这些丑类！

我又陷入了病与不病的怪圈。手脚上长了这么多丑恶的东西，时常去找医生，还要不厌其烦地同白矾和中草药打交道，能说不是病吗？即使退上几步，说它不过是癣疥之疾，也没能脱离了病的范畴。可是，在另一方面，能吃能睡，能接待客人，能畅读，能照相，还能看书写字，读傅彬然的日记，张学良的口述历史，怎么能说是病呢？

左右考虑，思绪不断，最后还是理智占了上风，我不得不承认，自己是在病中了。

三〇一医院

结论一出，下面的行动就顺理成章了：首先是进医院。

于是就在我还有点三心二意的情况下，玉洁和杨锐把我裹挟到了三〇一医院，找我的老学生、这里的老院长牟善初大夫，见到了他和他的助手、学生和秘书，那位秀外慧中、活泼开朗的周大夫。

这里要加上一段插曲。

去年 12 月我曾来这里住院，治疗小便便血。在 12 月 31 日一年的最后一天，我才离开医院。那一次住的是南八楼，算是准高干病房，设备不错而收费却高。再上一层，才是真正的高干病房，病人须是部队少将以上的首长，文职须是副部级以上的干部。玉洁心有所不平，见人就嚷嚷，以致最后传到了中央几个部的领导耳中。中组部派了一位局长来到我家，说 1982 年我已经被定为副部级待遇。由于北大方面在某一个环节上出了点问题，在过去二十年中，校领导更换了几度，谁也不知此事。现在真相既已大白，我可以名正言顺地住进真正的高干病房来了。但是，这里的病房异常紧张。我们坐在善初的办公室里，他亲自打电话给林副院长，林立即批准，给我在呼吸道科病房里挤出了一间房子，我们就住了进来，正式名称是三〇一医院南楼一病室（ward）十三床。据说，许多部队的高级将领都曾在这里住过。病室占了整整一层楼，共有十八个房间，每间约有五六十平方米。这样大的病房，我在北京各大医院还没有看到过。还有一点特别之处，这里把病人都称为“首长”，连书面通知文件上也不例外。事实上，这里的病人确乎都是首长。只有现在我一个文职人员，一个教书匠，无端挤了进来，自己觉得有点滑稽而已，有时也有受宠若惊之感。这里警卫极为森严，楼外日夜有解放军站岗，想进来是不容易的。

人虽然住进来了，但是问题还并没有最后解决。医院的皮肤科主任李恒进大夫心头还有顾虑，他不大愿意接收我这个病人。刚搬进十三号病房时，本院的眼科主任魏世辉大夫有事来找我，他们俩是很要好的朋友。李大夫说，北大三院水平高，那里还有皮肤科研究所。但是魏大夫却笑着说：“你是西医皮肤科权威大夫之一。你是怕给季羡林治病治不好，砸了牌子！”最后，李大夫无话可说，笑了一笑，大局就这样敲定了。

皮肤科群星谱

说老实话，过去我对三〇一医院的皮肤科毫无所知，这次我来投奔的是“三〇一”三个大字。既然生的是皮肤病，当然就要同皮肤科打交道。打交道的过程，也就是我认识皮肤科的过程。

本科的人数不是太多，只有十几个人。主任就是李恒进大夫。副主任是冯峥大夫，还有一位年轻的汪明华大夫，平常跟我打交道的就是他们三位。我们过去从来没有见过面，彼此是陌生的。互相认识，要从头开始。不久我就发现了他们身上一些优秀的亮点。我在上面已经提到过，李大夫原来是不想收留我的，是我赖着不走，才得以留下的。一旦留下，李大夫就显露出他那在别人身上少见的细致与谨慎，这都是责任心的表现。有一次，我坐在沙发上，他站在旁边，我看到他陷入沉思，面色极其庄严，自言自语地说道：“药用多了，这么老的老人怕受不了。用少了，则将旷日持久，治不好病。”最后我看他下了决心，又稍稍把药量加重了点。这是一件小事，无形中却感动了我这个病人。以后，我逐渐发现在冯峥大夫身上这种小心谨慎的作风也十分突出。一个不大的医疗集体中两位领导人的医风和医德，一定会起着决定性的作用。因此，我可以断定，三〇一医院的皮肤科一定是一个可以十分信赖的集体。

两次大会诊

我究竟患的是什么病？进院时并没有结论。李大夫看了以后，心中好像是也没有多少底，但却轻声提到了病的名称，完全符合他那小心谨慎对病人绝对负责的医德医风。他不惜奔波劳碌，不怕麻烦，动员了全科和全院的大夫，再加上北京其他著名医院的一些皮肤科名医，组织了两次大会诊。

我是8月15日下午四时许进院的，搬入南楼，人生地疏，心里迷离模糊，只睡了一夜，第二天早晨，第一次会诊就举行了，距我进院还不到十几个小时，中间还隔了一个夜晚，可见李大夫心情之迫切。会诊的地点就在我的病房里。在扑朔迷离中，我只看到满屋白大褂在闪着白光，人却难以分辨。我偶一抬头，看到了邹铭西大夫的面孔，原来他也被请来了。我赶快向他做检讨，没有听他的话，早来医院，致遭今日之困难与周折，他一笑置之，没有说什么。每一位大夫对我查看了一遍。李大夫还让我咳一咳喉咙，意思是想听一听，里面是否已经起了水疱。幸而没有，大夫们就退到会议室里去开会了。

紧接着在第二天上午就举行了第二次会诊。这一次是邀请院内的一些科系的主治大夫，研究一下我皮肤病以外的身体的情况。最后确定了我患的是天疱疮。李大夫还在当天下午邀请了北大校长许智宏院士和副校长迟惠生教授来院，向他们说明我的病可能颇有点麻烦，让他们心中有底，免得以后另生枝节。

在我心中，我实在异常地感激李大夫和三〇一医院。我算一个什么重要的人物？竟让他们这样惊师动众。我从内心深处感到愧疚。

三〇一英雄小聚义

但是，我并没有愁眉苦脸，心情郁闷。我内心里依然平静，我并没有意识到我现在的处境有什么潜在的危险性。

我的学生刘波本来准备一次盛大宴会，庆祝我的九二华诞。可偏在此时，我进了医院。他就改变主意，把祝寿与祝进院结合起来举行，被邀请者都是1960年我开办梵文班以来四十余年的梵文弟子和再传弟子，济济一堂，时间是我入院的第三天，8月18日。事情也真凑巧，远在万里之外大洋彼岸的任远正在国内省亲，她也赶来参加了，凭空增添了几分喜庆。我个人因为满手满脚的丑类尚未能消灭，只能待在病房里，不能参加。但是，看到四十多年来我的弟子们在许多方面都卓有建树，印度学的中国学派终于形成了，在国际上我们中国的印度学学者有了发言权了，湔雪了几百年的耻辱，快何如之！

死的浮想

但是，我心中并没有真正达到我自己认为的那样的平静，对生死还没有能真正置之度外。

就在住进病房的第四天夜里，我已经上了床躺下，在尚未入睡之前我偶尔用舌尖舔了舔上颚，蓦地舔到了两个小水疱。这本来是可能已经存在的东西，只是没有舔到过而已。今天一旦舔到，忽然联想起邹铭西大夫的话和李恒进大夫对我的要求，舌头仿佛被火球烫了一下，立即紧张起来。难道水疱已经长到咽喉里面来了吗？

我此时此刻迷迷糊糊，思维中理智的成分已经所余无几，剩下的是一些接近病态的本能的东西。一个很大的“死”字突然出现在眼前，在我头顶上飞舞盘旋。在燕园里，最近十几年来我常常看到某一个老教授的门口开来救护车，老教授登车的时候心中作何感想，我不知道，但是，在我心中，我想到的却是“风萧萧兮易水寒，壮士一去兮不复还”！事实上，复还的人确实少到几乎没有。我今天难道也将变成荆轲吗？我还能不能再见到我离家时正在十里飘香绿盖擎天的季荷呢！我还能不能再看到那一个对我依依不舍的白色的波斯猫呢？

其实，我并不是怕死。我一向认为，我是一个几乎死过一次的人。十年浩劫中，我曾下定决心“自绝于人民”……

一个人临死前的心情，我完全有感性认识。我当时心情异常平静，平静到一直到今天我都难以理解的程度。老祖和德华谁也没有发现，我的神情有什么变化。我对自己这种表现感到十分满意，我自认已经参透了生死奥秘，渡过了生死大关，而沾沾自喜，认为自己已经修养得差不多了，已经大大地有异于常人了。

然而黄铜当不了真金，假的就是假的，到了今天，三十多年已经过去了，自己竟然被上颚上的两个微不足道的小水疱吓破了胆，使自己的真相完全暴露于光天化日之下，这完全出乎我的意料。我自己辩解说，那天晚上的行动只不过是一阵不正常的歇斯底里爆发。但是正常的东西往往寓于不正常之中。我虽已经痴长九十二岁，对人生的参透还有极长的距离。今后仍须加紧努力。

皮癌的威胁

常言道“屋漏偏遭连夜雨，船破又遇打头风”，前一天夜里演了那一出极短的闹剧（melodrama）之后，第二天早晨，大夫就通知要进行 B 超检查。我心里咯噔一下子紧张了起来。

谁都知道，检查 B 超是做什么用的。在每年履行的查体中做 B 超检查，是应有的过程，大家不会紧张。但是，一个人如果平白无故地被提溜出来检查 B 超，他一定会十分紧张的。我今天就是这样。

我在三〇一医院是有“前科”的。去年年底来住院，曾被怀疑有膀胱癌。后来经过彻底检查，还了我的清白。今年手脚上又长了这一堆丑类，不痛不痒，却蕴含着神秘的危害性。我看，大概有的大夫就把这现象同皮癌联系上了，于是让我进行彻底的 B 超检查。B 超大夫在我的小腹上对准膀胱所在的地方，使劲往下按。我就知道，他了解我去年的情况。经过十分认真的检查，结论是，我与那种闻之令人战栗的绝症无关。这对我的精神无疑是一个极大的解脱。

奇迹的出现

按照以李、冯两位主任为代表的皮肤科的十分小心谨慎的医风，许多假设都被否定，现在能够在我手脚上那种乱乎乎的无序中找出了头绪，抓住了真实的要害，可以下药了。但是，他们又考虑到我的年龄。药量大了，怕受不了；小了，又怕治不了病；再三斟酌才给定下了药量。于是立即下药，药片药丸粒粒像金刚杵、照妖镜，打在群丑身上，使它们毫无遁形的机会，个个缴械投降，把尾巴垂了下来。水疱干瘪了，干瘪了的结成了痂。在不到几天的时间内，黑痂脱落，又恢复了我原来手脚的面目。我伸出了自己的双手，看到细润光泽，心中如饮醍醐。

奇迹终于出现了。我这一次总算是没有找错地方。常言道“大难不死，必有后福”，这一次我的难多大，我说不清楚，反正总算是一难，这是毫无问题的。年属耄耋，还能够有后福可享，我心旷神怡，乐不可支。

院领导给我留下的印象

这个奇迹发生在三〇一医院。这是一所有上万工作人员的大医院。让这样一所庞大的机构循规蹈矩、按部就班每天起动工作，一定要有原动力的，而这原动力只能来自院领导身上。

我进院以后不久，出差刚回来而又做了三小时报告的朱士俊院长就来看我，还有几个院领导陪同。以后又见到了院政委范银瑞同志，以及几位副院长秦银河、苏元福、王树峰、林运昌等。他们的外貌当然各不相同，应对进退的动作和神态也有差异。但是，在一刹那间，我忽然有了一个“天才”的发现，我发现他们有共同之处。这情况若是落到哲学家手中，他们一定会努力分析，分析，再分析，还不知道要创造出多少新奇的术语，最后给人一个大糊涂，包括他们自己在内。而我呢，还是采用中国传统的办法，使用形象的语言。我杜撰了八个字：形神恢宏，英气逼人。中国古人说：“运筹帷幄之内，决胜千里之外。”三〇一医院没有千里之遥；然而，到了今天这样复杂的社会中，决胜五里，也并不容易的。解放军任用这样的干部来管理这样庞大的一所医院，全军放心，全体人民放心。

病房里的日常生活

上面谈的都可以算作大事，现在谈一些细事。

关于我现在住的病房，上面已经写了简要的介绍，这里不再重复了。我现在只谈一谈我的日常生活。

我活了九十多岁，平生播迁颇多，适应环境的能力因而也颇强。不管多么陌生的环境，我几乎立刻就能适应。现在住进了病房，就好像到了家一样。这里的居住条件、卫生条件等，都是绝对无可指责的。我也曾住过、看过一些北京大医院的病房，只是卫生一个条件就相形见绌。我对这里十分满意，自然就不在话下了。

在十八间病房里住的真正的首长，大都是解放军的老将军，年龄都低于我，可是能走出房间活动的只不过寥寥四五人。偶尔碰上，点头致意而已。但是，我对他们是充满了敬意的。解放军是中国人民的“新的长城”，又是世界和平的忠诚的保卫者。在解放军中立过功的老将，对他们我焉能不极端尊敬呢？

至于我自己的日常生活，我是一个比较保守的人，几十年形成的习惯，走到哪里也改不掉。我每天照例四点多起床，起来立即坐下来写东西。在进院初，当手足上的丑类还在飞扬跋扈的时候，我也没有停下。我的手足有问题，脑袋没有问题。只要脑袋没问题，文章就能写。实际上，我从来没有把脑袋投闲置散，我总让它不停地运转。到了医院，转动的频率似乎更强了。无论是吃饭、散步、接受治疗、招待客人，甚至在梦中，我考虑的总是文章的结构、遣词、造句等与写作有关的问题。我自己觉得，我这样做，已经超过了平常所谓的打腹稿的阶段，打来打去，打的几乎都是成稿。只要一坐下来，把脑海里缀成的文字移到纸上，写文章的任务就完成了。

七点多吃过早饭以后，时间就不能由我支配，我就不得安闲了。大夫查房，到什么地方去做体检，反正总是闲不住。但是，有时候坐在轮椅上，甚至躺在体检的病床上，脑袋里忽然一转，想的又是与写文章有关的一些问题。这情况让我自己都有点吃惊。难道是自己着了魔了吗？

在进院后，不到一个月的时间内，我写了三万字的文章，内容也有学术性很强的，也有一些临时的感受。这在家里是做不到的。

生活条件是无可指责的，一群像白衣天使般的小护士，个个聪明伶俐，彬彬有礼，同她们在一起，自己也似乎年轻了许多。

我想用两句话总结我的生活：在治病方面，我是走过炼狱；在生活方面，我是住于乐园。

第三次大会诊

奇迹发生以后，我到三〇一医院来的目的可以说是已经完全达到了，可以胜利还朝了。但是，正如我在上面已经说过的那样，我本是皮肤科的病人，可是皮肤科的病房已经满员，所以借用了呼吸道科仅余的一间病房。焉知歪打正着，我作为此科的病人，也是够格的，我患有肺气肿、哮喘等病。主治大夫大概对借房的过程不甚了了，既然进了他的领域，就是他的病人，于是也经常来查房、下药，连我的呼吸道的毛病也给清扫了一下。对我来说，这无疑是意外的收获。

我的血压，几十年来，一贯正常。入院以后，服了激素，血压大概受到了影响，一度升高。这本来也算不了什么大事。但是，这里的大夫之心如新发之硎，纤细不遗。他们看出我的血压有点毛病，立即加以注意，除了天天量以外，还进行过一次二十四小时的连续观测。最终认为没有问题，才从容罢手。

总起来看，这次大会诊的目的是：总结经验，肯定胜利，观察现状，预测未来。从院领导一直到每一个与我的病有关的大夫，都想把我躯体中的隐患一一扫净，让原来我手足上那样的丑类永远不能再出生。他们这种用心把我感动得热烘烘的，嘴里说不出任何话来。

简短的评估

我生平不爱生病。在九十多年的寿命中，真正生病住院，这是第三次。因此，我对医生和医院了解很有限。但是，有时候也有所考虑。以我浅见所及，我觉得，医院和医生至少应该具备三个条件：医德、医术、医风。中国历代把医药事业说成是“是乃仁术”。在中国传统道德的范畴中，仁居第一位。仁者爱人，心中的仁外在表现就是爱。现在讲“救死扶伤”，也无非是爱的表现。医生对病人要有高度的同情心，要有为他们解除病苦的迫切感。这就是医德，应该排在首位。所谓医术，如今医科大学用五六年，甚至更长的时间所学的就是这一套东西，多属技术性的，一说就明白，用不着多讲。最后一项是医风。把医德、医术融合在一起，再加以必要的慎重和谨严，就形成了医生和医院的风采、风格或风貌、风度。这三者在不同的医院里和医生身上，当然不会完全相同，高低有别，水平悬殊，很难要求统一。

以上都是空论，现在具体到三〇一医院和这里的大夫们来谈一点我个人的看法。医院的最高领导，我大概都接触过了，对他们的印象我已经写在上面。至于大夫，我接触得不多，了解得不多，不敢多谈。我只谈我接触最多的皮肤科的几位大夫。对整科的印象，我在上面也已写过。我现在在这里着重讲一个人，就是李恒进大夫。我们俩彼此接触最多，了解最深。

实话实说，李大夫最初是并不想留下我这个病人的，他是专家，他一看我得的病是险症，是能致命的，谁愿意把一块烧红的炭硬接在自己手里呢？我的学生、前副院长牟善初的面子也许起了作用，终于硬着头皮把我留下了。这中间他的医德一定也起了作用。

他一旦下决心把我留下，就全力以赴，上面讲到的两次大会诊就是他的行动表现。我自己糊里糊涂，丝毫没有感到问题的严重性。他是专家，他一眼就看出了我患的是天疱疮，一种险症。善初肯定了这个看法，遂成定论。患这样的病，如果我不是九十二，而是二十九，还不算棘手。但我毕竟是前者而非后者。下药重了，有极大危险；轻了，又治不了病。什么样的药量才算恰好，这是查遍医典也不会得到任何答案的。在这一个极难解决的问题上，李大夫究竟伤了多少脑筋，用了多大的精力，我不得而知，但却能猜想。经过了不知多少次反复思考，最终找到了恰到好处的药量。一旦服了下去，奇迹立即产生。不到一周的时间内，手脚上的水疱立即向干瘪转化。我虽尚懵里懵懂，但也不能不感到高兴了。

我同李恒进大夫素昧平生，最初只是大夫与病人的关系。但因接触渐多，我逐渐发现他身上有许多闪光的东西，使我暗暗钦佩。我感觉到，我们现在已经走上了朋友的关系。我坚信，他是一个可以信赖的朋友。

在治疗过程中，有时候也说上几句闲话。我发现李大夫是一个很有哲学头脑的人。他多次说到，治我现在的病是“在矛盾中求平衡”。事实不正是这样子吗？病因来源不一，表现形式不一，抓住要点，则能纲举目张；抓不住要点，则是散沙一盘。他和冯峥大夫等真正抓住了我这病的要点，才出现了奇迹。

我一生教书，搞科学研究，在研究方面，我崇尚考证。积累的材料越多越好，然后爬罗剔抉，去伪存真。无证不信，孤证难信。“大胆地假设，小心地求证”，这一套都完全用上。经过了六七十年这样严格的训练，自谓已经够严格慎重的了。然而，今天，在垂暮之年，来到了三〇一医院，遇到了像李大夫这样的医生，我真自愧弗如，要放下老架子，虚心向他们学习。

还有一点也必须在这里提一提，这就是预见性。初入院时，治疗还没有开始，我就不耐烦住院，问李大夫什么时候可以出院。他沉思了会儿，说："如果年轻五十岁，半个月就差不多了。现在则至少一个月多。"事实正是这个样子。他这种预见性是怎样来的，我说不清楚。

现在归纳起来，极其简略地说上几句我对三〇一医院和其中的一些大夫，特别是李恒进大夫的印象。在医德、医术、医风中，他们都是高水平的，可以称之为三高医院和三高大夫，都是中国医坛上的明珠。

反躬自省

我在上面，从病原开始，写了发病的情况和治疗的过程，自己的侥幸心理，掉以轻心，自己的瞎鼓捣，以致酿成了几乎不可收拾的大患，进了三〇一医院。边叙事、边抒情、边发议论、边发牢骚，一直写了一万三千多字。现在写作重点是应该换一换的时候了。换的主要枢纽是反求诸己。

三〇一医院的大夫们发扬了三高的医风，熨平了我身上的创伤，我自己想用反躬自省的手段，熨平我自己的心灵。

我想从认识自我谈起。

每一个人都有一个自我，自我当然离自己最近，应该最容易认识。事实证明正相反，自我最不容易认识。所以古希腊人才发出了 Know thyself 的惊呼。一般的情况是，人们往往把自己的才能、学问、道德、成就等评估过高，永远是自我感觉良好。这对自己是不利的，对社会也是有害的。许多人事纠纷和社会矛盾由此而生。

不管我自己有多少缺点与不足之处，但是认识自己，我是颇能做到一些的。我经常剖析自己。想回答“自己究竟是一个什么样的人”这样一个问题。我自信能够客观地实事求是地进行分析的。我认为，自己决不是什么天才，决不是什么奇才异能之士，自己只不过是一个中不溜丢的人，但也不能说是蠢材。我说不出，自己在哪一方面有什么特别的天赋。绘画和音乐我都喜欢，但都没有天赋。在中学读书时，在课堂上偷偷地给老师画像，我的同桌同学比我画得更像老师，我不得不心服。我羡慕许多同学都能拿出一手儿来，唯独我什么也拿不出。

我想在这里谈一谈我对天才的看法。在世界和中国历史上，确实有过天才，我都没能够碰到。但是，在古代，在现代，在中国，在外国，自命天才的人却层出不穷。我也曾遇到不少这样的人。他们那一副自命不凡的天才相，令人不敢向迩。别人嗤之以鼻，而这些“天才”则巍然不动，挥斥激扬，乐不可支。此种人物列入《儒林外史》是再合适不过的。我除了敬佩他们的脸皮厚之外，无话可说。我常常想，天才往往是偏才。他们大脑里一切产生智慧或灵感的构件集中在某一个点上，别的地方一概不管，这一点就是他的天才之所在。天才有时候同疯狂融在一起，画家凡·高就是一个好例子。

在伦理道德方面，我的基础也不雄厚和巩固。我决没有现在社会上认为的那样好，那样清高。在这方面，我有我的一套“理论”。我认为，人从动物群体中脱颖而出，变成了人。除了人的本质外，动物的本质也还保留了不少。一切生物的本能，即所谓“性”，都是一样的，即一要生存，二要温饱，三要发展。在这条路上，倘有障碍，必将本能地下死力排除之。根据我的观察，生物还有争胜或求胜的本能，总想压倒别的东西，一枝独秀。这种本能人当然也有。我们常讲，在世界上，争来争去，不外名利两件事。名是为了满足求胜的本能，而利则是为了满足求生。二者联系密切，相辅相成，成为人类的公害，谁也铲除不掉。古今中外的圣人贤人们都尽过力量，而所获只能说是有限。

至于我自己，一般人的印象是，我比较淡泊名利。其实这只是一个假象，我名利之心兼而有之。只因我的环境对我有大裨益，所以才造成了这一个假象。我在四十多岁时，一个中国知识分子当时所能追求的最高荣誉，我已经全部拿到手。在学术上是中国科学院学部委员，即后来的院士。在教育界是一级教授。在政治上是全国政协委员。学术和教育我已经爬到了百尺竿头，再往上就没有什么阶梯了。我难道还想登天做神仙吗？因此，以后几十年的提升提级活动我都无权参加，只是领导而已。假如我当时是一个二级教授——在大学中这已经不低了，我一定会渴望再爬上一级的。不过，我在这里必须补充几句。即使我想再往上爬，我决不会奔走、钻营、吹牛、拍马，只问目的，不择手段。那不是我的作风，我一辈子没有干过。

写到这里，就跟一个比较抽象的理论问题挂上了钩：什么叫好人？什么叫坏人？什么叫好？什么叫坏？我没有看过伦理教科书，不知道其中有没有这样的定义。我自己悟出了一套看法，当然是极端粗浅的，甚至是原始的。我认为，一个人一生要处理好三个关系：天人关系，也就是人与大自然的关系；人人关系，也就是社会关系；个人思想和感情中矛盾和平衡的关系。处理好了，人类就能够进步，社会就能够发展。好人与坏人的问题属于社会关系。因此，我在这里专门谈社会关系，其他两个就不说了。

正确处理人与人的关系，主要是处理利害关系。每个人都有自己的利益，都关心自己的利益。而这种利益又常常会同别人有矛盾的。有了你的利益，就没有我的利益。你的利益多了，我的就会减少。怎样解决这个矛盾就成了芸芸众生最棘手的问题。

人类毕竟是有思想能思维的动物。在这种极端错综复杂的利益矛盾中，他们绝大部分人都能有分析评判的能力。至于哲学家所说的良知和良能，我说不清楚。人们能够分清是非善恶，自己处理好问题。在这里无非是有两种态度，既考虑自己的利益，为自己着想，也考虑别人的利益，为别人着想。极少数人只考虑自己的利益，而又以残暴的手段攫取别人的利益者，是为害群之马，国家必绳之以法，以保证社会的安定团结。

这也是衡量一个人好坏的基础。地球上没有天堂乐园，也没有小说中所说的“君子国”。对一般人民的道德水平不要提出过高的要求。一个人除了为自己着想外，能为别人着想的水平达到百分之六十，他就算是一个好人。水平越高，当然越好。那样高的水平恐怕只有少数人能达到了。

至于我自己，我是一个谨小慎微、性格内向的人。考虑问题有时候细入毫发。我考虑别人的利益，为别人着想，我自认能达到百分之六十。我只能把自己划归好人一类。我过去犯过许多错误，伤害了一些人。但那决不是有意为之，是为我的水平低修养不够所支配的。在这里，我还必须再做一下老王，自我吹嘘一番。在大是大非问题前面，我会一反谨小慎微的本性，挺身而出，完全不计个人利害。我觉得，这是我身上的亮点，颇值得骄傲的。总之，我给自己的评价是：一个平平常常的好人，但不是一个不讲原则的滥好人。

现在我想重点谈一谈对自己当前处境的反思。

我生长在鲁西北贫困地区一个僻远的小村庄里。晚年，一个幼年时的伙伴对我说："你们家连贫农都够不上！"在家六年，几乎不知肉味，平常吃的是红高粱饼子，白馒头只有大奶奶给吃过。没有钱买盐，只能从盐碱地里挖土煮水腌咸菜。母亲一字不识，一辈子季赵氏，连个名都没有捞上。

我现在一闭眼就看到一个小男孩，在夏天里浑身上下一丝不挂，滚在黄土地里，然后跳入浑浊的小河里去冲洗。再滚，再冲；再冲，再滚。

"难道这就是我吗？"

"不错，这就是你！"

六岁那年，我从那个小村庄里走出，走向通都大邑，一走就走了将近九十年。我走过阳关大道，也跨过独木小桥。有时候歪打正着，有时候也正打歪着。坎坎坷坷，跌跌撞撞，磕磕碰碰，推推搡搡，云里，雾里。不知不觉就走到了现在的九十二岁，超过古稀之年二十多岁了。岂不大可喜哉！又岂不大可惧哉！我仿佛大梦初觉一样，糊里糊涂地成为一位名人。现在正住在三〇一医院雍容华贵的高干病房里。同我九十年前出发时的情况相比，只有李后主的“天上人间”四个字差堪比拟于万一。我不大相信这是真的。

我在上面曾经说到，名利之心，人皆有之。我这样一个平凡的人，有了点名，感到高兴，是人之常情。我只想说一句，我确实没有为了出名而去钻营。我经常说，我少无大志，中无大志，老也无大志。这都是实情。能够有点小名小利，自己也就满足了。可是现在的情况却不是这样子。已经有了几本传记，听说还有人正在写作。至于单篇的文章数量更大。其中说的当然都是好话，当然免不了大量溢美之词。别人写的传记和文章，我基本上都不看。我感谢作者，他们都是一片好心。我经常说，我没有那样好，那是对我的鞭策和鼓励。

我感到惭愧。

常言道，“人怕出名猪怕壮”，一点小小的虚名竟能给我招来这样的麻烦，不身历其境者是不能理解的。麻烦是错综复杂的，我自己也理不出个头绪来。我现在，想到什么就写点什么，绝对是写不全的。首先是出席会议。有些会议同我关系实在不大，但却又非出席不行，据说这涉及会议的规格。在这一顶大帽子下面，我只能勉为其难了。其次是接待来访者，只这一项就头绪万端。老朋友的来访，什么时候都会给我带来欢悦，不在此列。我讲的是陌生人的来访，学校领导在我的大门上贴出布告：谢绝访问。但大多数人却熟视无睹，置之不理，照样大声敲门。外地来的人，其中多半是青年人，不远千里，为了某一些原因，要求见我。如见不到，他们能在门外荷塘旁等上几个小时，甚至住在校外旅店里，每天来我家附近一次。他们来的目的多种多样，但是大体上以想上北大为最多。他们慕北大之名，可惜考试未能及格。他们错认我有无穷无尽的能力和权力，能帮助自己。另外想到北京找工作也有，想找我签个名照张相的也有。这种事情说也说不完。我家里的人告诉他们我不在家。于是我就不敢在临街的屋子里抬头，当然更不敢出门，我成了“囚徒”。其次是来信。我每天都会收到陌生人的几封信。有的也多与求学有关。有极少数的男女大孩子向我诉说思想感情方面的一些问题和困惑。据他们自己说，这些事连自己的父母都没有告诉。我读了真正是万分感动，遍体温暖。我有何德何能，竟能让纯真无邪的大孩子如此信任！据说，外面传说，我每信必复。我最初确实有这样的愿望。但是，时间和精力都有限。只好让李玉洁女士承担写回信的任务。这个任务成了德国人口中常说的“硬核桃”。其次是寄来的稿子，要我“评阅”，提意见，写序言，甚至推荐出版。其中有洋洋数十万言之作。我哪里有能力有时间读这些原稿呢？有时候往旁边一放，为新来的信件所覆盖。过了不知多少时候，原作者来信催还原稿。这却使我作了难。“只在此室中，书深不知处”了。如果原作者只有这么一本原稿，那我的罪孽可就大了。其次是要求写字的人多，求我的“墨宝”，有的是楼台名称，有的是展览会的会名，有的是书名，有的是题词，总之是花样很多。一提“墨宝”，我就汗颜。小时候确实练过字。但是，一入大学，就再没有练过书法，以后长期居住在国外，连笔墨都看不见，何来“墨宝”。现在，到了老年，忽然变成了“书法家”，竟还有人把我的“书法”拿到书展上去示众，我自己都觉得可笑！有比较老实的人，暗示给我：他们所求的不过“季羡林”三个字。这样一来，我的心反而平静了一点，下定决心：你不怕丑，我就敢写。其次是广播电台、电视台，还有一些什么台，以及一些报刊杂志编辑部的录像采访。这使我最感到麻烦。我也会说一些谎话的，但我的本性是有时嘴上没遮掩，有时说溜了嘴，在过去，你还能耍点无赖，硬不承认。今天他们人人手里都有录音机，“君子一言，驷马难追”，同他们订君子协定，答应删掉；但是，多数是原封不动，和盘端出，让你哭笑不得。上面的这一段诉苦已经够长的了，但是还远远不够，苦再诉下去，也了无意义，就此打住。

我虽然有这样多麻烦，但我并没有被麻烦压倒。我照常我行我素，做自己的工作。我一向关心国内外的学术动态。我不厌其烦地鼓励我的学生阅读国内外与自己研究工作有关的学术刊物。一般是浏览，重点必须细读。为学贵在创新。如果连国内外的新都不知道，你的新何从创起？我自己很难到大图书馆看杂志了。幸而承蒙许多学术刊物的主编不弃，定期寄赠，我才得以拜读，了解了不少当前学术研究的情况和结果，不致闭目塞听。我自己的研究工作仍然照常进行。遗憾的是，许多多年来就想研究的大题目，曾经积累过一些材料，现在拿起来一看，顿时想到自己的年龄，只能像玄奘当年那样，叹一口气说：“自量气力，不复办此。”

对当前学术研究的情况，我也有自己的一套看法，仍然是顿悟式地得来的。我觉得，在过去，人文社会科学学者在进行科研工作时，最费时间的工作是搜集资料，往往穷年累月，还难以获得多大成果。现在电子计算机光盘一旦被发明，大部分古籍都已收入。不费吹灰之力，就能涸泽而渔。过去最繁重的工作成为最轻松的了。有人可能掉以轻心，我却有我的忧虑。将来的文章由于资料丰满可能越来越长，而疏漏则可能越来越多。光盘不可能把所有的文献都吸引进去，而且考古发掘还会不时有新的文献呈现出来。这些文献有时候比已有的文献还更重要，万万不能忽视的。好多人都承认，现在学术界急功近利浮躁之风已经有所抬头，剽窃就是其中最显著的表现，这应该引起人们的戒心。我在这里抄一段朱子的话献给大家。朱子说：“圣贤言语，一步是一步。近来一种议论，只是跳踯。初则两三步做一步，甚则十数步做一步，又甚则千百步做一步。所以学之者皆颠狂。”（《朱子语类》124）愿与大家共勉力戒之。

我现在想借这个机会廓清与我有关的几个问题。

辞“国学大师”

现在在某些比较正式的文件中，在我头顶上也出现“国学大师”这一灿烂辉煌的光环。这并非无中生有，其中有一段历史渊源。

约莫十几二十年前，中国的改革开放大见成效，经济飞速发展。文化建设方面也相应地活跃起来。有一次在还没有改建的大讲堂里开了一个什么会，专门向同学们谈国学，中华文化的一部分毕竟是保留在所谓“国学”中的。当时在主席台上共坐着五位教授，每个人都讲上一通。我是被排在第一位的，说了些什么话，现在已忘得干干净净。《人民日报》的一位资深记者是北大校友，“于无声处听惊雷”，在报上写了一篇长文《国学，在燕园又悄然兴起》。从此以后，其中四位教授，包括我在内，就被称为“国学大师”。他们三位的国学基础都比我强得多。他们对这一顶桂冠的想法如何，我不清楚。我自己被戴上了这一顶桂冠，却是浑身起鸡皮疙瘩。

说到国学基础，我从小学起就读经书、古文、诗词。对一些重要的经典著作有所涉猎。但是我对哪一部古典，哪一个作家都没有下过死工夫，因为我从来没想成为一个国学家。后来专治其他的学术，浸淫其中，乐不可支。除了尚能背诵几百首诗词和几十篇古文外，除了尚能在最大的宏观上谈一些与国学有关的自谓是大而有当的问题比如天人合一外，自己的国学知识并没有增加。环顾左右，朋友中国学基础胜于自己者，大有人在。在这样的情况下，我竟独占“国学大师”的尊号，岂不折煞老身（借用京剧女角词）！我连“国学小师”都不够，遑论“大师”！

为此，我在这里昭告天下：请从我头顶上把“国学大师”的桂冠摘下来。

辞“学界（术）泰斗”

这要分两层来讲：一个是教育界，一个是人文社会科学界。

先要弄清楚什么叫“泰斗”。泰者，泰山也；斗者，北斗也。两者都被认为是至高无上的东西。

光谈教育界。我一生做教书匠，爬格子。在国外教书十年，在国内五十七年。人们常说：“没有功劳，也有苦劳。”在这样的情况下，我一直担任行政工作，想要做出什么成绩，岂不戛戛乎难矣哉！我这个“泰斗”从哪里讲起呢？

在人文社会科学的研究中，说我做出了极大的成绩，那不是事实。说我一点成绩都没有，那也不符合实际情况。这样的人，滔滔者天下皆是也。但是，现在却偏偏把我“打”成泰斗。我这个泰斗又从哪里讲起呢？

为此，我在这里昭告天下：请从我头顶上把“学界（术）泰斗”的桂冠摘下来。

辞“国宝”

在中国，一提到“国宝”，人们一定会立刻想到人见人爱憨态可掬的大熊猫。这种动物数量极少，而且只有中国有，称之为“国宝”，它是当之无愧的。

可是，大约在八九十来年前，在一次会议上，北京市的一位领导突然称我为“国宝”，我极为惊愕。到了今天，我所到之处，“国宝”之声洋洋乎盈耳矣。我实在是大惑不解。当然，“国宝”这一顶桂冠并没有为我一人所垄断，其他几位书画名家也有此称号。

我浮想联翩，想探寻一下起名的来源。是不是因为中国只有一个季羡林，所以他就成为“宝”。但是，中国的赵一钱二孙三李四等等，等等，也都只有一个，难道中国能有十三亿“国宝”吗?

这种事情，痴想无益，也完全没有必要。我来一个急刹车。

为此,我在这里昭告天下:请从我头顶上把“国宝”的桂冠摘下来。

三顶桂冠一摘，还了我一个自由自在身。身上的泡沫洗掉了，露出了真面目，皆大欢喜。

露出了真面目，自己是不是就成了原来蒙着华贵的绸罩的朽木架子而今却完全塌了架了呢?

也不是的。

我自己是喜欢而且习惯于讲点实话的人。讲别人，讲自己，我都希望能够讲得实事求是，水分越少越好。我自己觉得，桂冠取掉，里面还不是一堆朽木，还是有颇为坚实的东西的。至于别人怎样看我，我并不十分清楚。因为，正如我在上面说的那样，别人写我的文章我基本上是不读的，我怕里面的溢美之词。现在困居病房，长昼无聊，除了照样舞笔弄墨之外，也常考虑一些与自己学术研究有关的问题，凭自己那一点自知之明，考虑自己学术上有否“功业”，有什么“功业”。我尽量保持客观态度。过于谦虚是矫情，过于自吹自擂是老王，二者皆为我所不敢取。我在下面就“夫子自道”一番。

我常常戏称自己为“杂家”。我对人文社会科学领域内，甚至科技领域内的许多方面都感兴趣。我常说自己是“样样通，样样松”。这话并不确切。很多方面我不通；有一些方面也不松。合辙押韵，说着好玩而已。

我从事科学研究工作，已经有七十年的历史。我这个人在任何方面都是后知后觉。研究开始时并没有显露出什么奇才异能，连我自己都不满意。后来逐渐似乎开了点窍，到了德国以后，才算是走上了正路。但一旦走上了正路，走的就是快车道。回国以后，受到了众多的干扰，十年浩劫中完全停止。改革开放，新风吹起，我又重新上路，到现在已有二十多年了。

根据我自己的估算，我的学术研究的第一阶段是德国十年，研究的主要方向是原始佛教梵语，我的博士论文就是这方面的题目。在论文中，我论到了一个可以说是被我发现的新的语尾，据说在印欧语系比较语言学上颇有重要意义，引起了比较语言学教授的极大关注。到了 1965 年，我还在印度语言学会出版的 *Indian Linguistics*（Vol. II）发表了一篇 *On the Endingneatha for the First Person Rlural Atm. in the Buddhist mixed Dialect*[1]。这是我博士论文的持续发展。当年除了博士论文外，我还写了两篇比较重要的论文，一篇是讲不定过去时的，一篇讲 -aṃ>o，u。都发表在哥廷根科学院院刊上。在德国，科学院是最高学术机构，并不是每一个教授都能成为院士。德国规矩，

1　经查，本篇发表于 1949 年的 *Indian Linguistics* (Vol. XI)。

一个系只有一个教授，无所谓系主任。每一个学科，全国也不过有二三十个教授，比不了我们现在大学中一个系的教授数量。在这样的情况下，再选院士，其难可知。科学院的院刊当然都是代表最高学术水平的。我以一个三十岁刚出头的异国的毛头小伙子竟能在上面连续发表文章，要说不沾沾自喜，那就是纯粹的谎话了。而且我在文章中提出的结论至今仍能成立，还有新出现的材料来证明，足以自慰了。此时还写了一篇关于解读吐火罗文的文章。

1946 年回国以后，由于缺少最起码的资料和书刊，原来做的研究工作无法进行，只能改行，我就转向佛教史研究，包括印度、中亚以及中国佛教史在内。在印度佛教史方面，我给与释迦牟尼有不共戴天之仇的提婆达多翻了案，平了反。公元前五六世纪的北天竺，西部是婆罗门的保守势力，东部则兴起了新兴思潮，是前进的思潮，佛教代表的就是这种思潮。提婆达多同佛祖对着干，事实俱在，不容怀疑。但是，他的思想和学说的本质是什么，我一直没弄清楚。我觉得，古今中外写佛教史者可谓多矣，却没有一人提出这个问题，这对真正印度佛教史的研究是不利的。在中亚和中国内地的佛教信仰中，我发现了弥勒信仰的重要作用，也可以算是发前人未发之覆。我那两篇关于“浮屠”与“佛”的文章，篇幅不长，却解决了佛教传入中国的道路的大问题，可惜没引起重视。

我一向重视文化交流的作用和研究。我是一个文化多元论者，我认为，文化一元论有点法西斯味道。在历史上，世界民族，无论大小，大多数都对人类文化做出了贡献。文化一产生，就必然会交流，互学，互补，从而推动了人类社会的进步。我们难以想象，如果没有文化交流，今天的世界会是一个什么样子。在这方面，我不但写过不少的文章，而且在我的许多著作中也贯彻了这种精神。长达约八十万字的《糖史》就是一个好例子。

提到了《糖史》，我就来讲一讲这一部书完成的情况。我发现，现在世界上流行的大语言中，“糖”这一个词儿几乎都是转弯抹角地出自印度梵文的 śarkarā 这个字。我从而领悟到，在糖这种微末不足道的日常用品中竟隐含着一段人类文化交流史。于是我从很多年前就着手搜集这方面的资料。在德国读书时，我在汉学研究所曾翻阅过大量的中国笔记，记得里面颇有一些关于糖的资料。可惜当时我脑袋里还没有这个问题，就视而不见，空空放过，而今再想弥补，是绝对不可能的事情了。今天有了这问题，只能从头做起。最初，电子计算机还很少很少，而且技术大概也没有过关。即使过了关，也不可能把所有的古籍或今籍一下子都收入。留给我的只有一条笨办法：自己查书。然而，群籍浩如烟海，穷我毕生之力，也是难以查遍的。幸而我所在的地方好，北大藏书甲上庠，查阅方便。即使这样，我也要定一个范围。我以善本部和楼上的教员阅览室为基地，有必要时再走出基地。教员阅览室有两层楼的书库，藏书十余万册。于是在我八十多岁后，正是古人“含饴弄孙”的时候，我却开始向科研冲刺了。我每天走七八里路，从我家到大图书馆，除星期日大馆善本部闭馆外，不管是冬天，还是夏天；不管是刮风下雨，还是坚冰在地，我从未间断过。如是者将及两年，我终于翻遍了书库，并且还翻阅了《四库全书》中有关典籍，特别是医书。我发现了一些规律。首先是，在中国最初只饮蔗浆，用蔗制糖的时间比较晚。其次，同在古代波斯一样，糖最初是用来治病的，不是调味的。再次，从中国医书上来看，使用糖的频率越来越小，最后几乎很少见了。最后，也是最重要的一点，把原来是红色的蔗汁熬成的糖浆提炼成洁白如雪的白糖的技术是中国发明的。到现在，世界上只有两部大型的《糖史》，一为德文，算是世界名著；一为英文，材料比较新。在我写《糖史》第二部分，国际部分时，曾引用过这两部书中的一些资料。做学问，搜集资料，我一向主张要有一股“竭泽而渔”的劲头。不能贪图省力，打马虎眼。

既然讲到了耄耋之年向科学进军的情况，我就讲一讲有关吐火罗文研究。我在德国时，本来不想再学别的语言了，因为已经学了不少，超过了我这个小脑袋瓜的负荷能力。但是，那一位像自己祖父般的西克（E.Sieg）教授一定要把他毕生所掌握的绝招统统传授给我。我只能向他那火一般的热情屈服，学习了吐火罗文 A 焉耆语和吐火罗文 B 龟兹语。我当时写过一篇文章，讲《福力太子因缘经》的诸译本，解决了吐火罗文本中的一些问题，确定了几个过去无法认识的词儿的含义。回国以后，也是由于缺乏资料，只好忍痛与吐火罗文告别，几十年没有碰过。20 世纪 70 年代，在新疆焉耆县七个星断壁残垣中发掘出来了吐火罗文 A 的《弥勒会见记剧本》残卷。新疆博物馆的负责人亲临寒舍，要求我加以解读。我由于没有信心，坚决拒绝。但是他们苦求不已，我只能答应下来，试一试看。结果是，我的运气好，翻了几张，书名就赫然出现：《弥勒会见记剧本》。我大喜过望。于是在冲刺完了《糖史》以后，立即向吐火罗文进军。我根据回鹘文同书的译本，把吐火罗文本整理了一番，理出一个头绪来。陆续翻译了一些，有的用中文，有的用英文，译文间有错误。到了20世纪90年代后期，我集中精力，把全部残卷译成了英文。我请了两位国际上公认是吐火罗文权威的学者帮助我，一位德国学者，一位法国学者。法国学者补译了一段，其余的百分之九十七八以上的工作都是我做的。即使我再谦虚，我也只能说，在当前国际上吐火罗文研究最前沿上，中国已经有了位置。

下面谈一谈自己的散文创作。我从中学起就好舞笔弄墨。到了高中，受到了董秋芳老师的鼓励。从那以后的七十年中，一直写作不辍。我认为是纯散文的也写了几十万字之多。但我自己喜欢的却为数极少。评论家也有评我的散文的；一般说来，我都是不看的。我觉得，文艺评论是一门独立的科学，不必与创作挂钩太亲密。世界各国的伟大作品没有哪一部是根据评论家的意见创作出来的。正相反，伟大作品倒是评论家的研究对象。目前的中国文坛上，散文又似乎是引起了一点小小的风波，有人认为散文处境尴尬，等等，皆为我所不解。中国是世界散文大国，两千多年来出现了大量优秀作品，风格各异，至今还为人所诵读，并不觉得不新鲜。今天的散文作家大可以尽量发挥自己的风格，只要作品好，有人读，就算达到了目的，凭空作南冠之泣是极为无聊的。前几天，病房里的一位小护士告诉我，她在回家的路上一气读了我五篇散文，她觉得自己的思想感情有向上的感觉。这种天真无邪的评语是对我最高的鼓励。

最后，还要说几句关于翻译的话。我从不同文字中翻译了不少文学作品，其中最主要的当然是印度大史诗《罗摩衍那》。

以上是我根据我那一点自知之明对自己“功业”的评估，是我的“优胜纪略”。但是，我自己最满意的还不是这些东西，而是自己胡思乱想关于“天人合一”的新解。至少在十几年前，我就想到了一个问题。大自然中出现了不少问题，比如生态平衡破坏，植物灭种，臭氧出洞，气候变暖，淡水资源匮乏，新疾病产生等等，等等。哪一样不遏制，人类发展前途都会受到影响。我认为，这些危害都是西方与大自然为敌，要征服自然的结果。西方哲人歌德、雪莱、恩格斯等早已提出了警告，可惜听之者寡，情况越来越严重，各国政府，甚至联合国才纷纷提出了环保问题。我并不是什么先知先觉，只是感觉到了，不得不大声疾呼而已。我的“天人合一”要求的是人与大自然要做朋友，不要成为敌人。我们要时刻记住恩格斯的话：大自然是会报复的。

以上就是我的“夫子自道”，“道”得准确与否，不敢说。但是，“道”的都是真话。

此外，在提倡新兴学科方面，我也做了一些工作，比如敦煌学，我在这方面没有写过多少文章；但对团结学者和推动这项研究工作，我却做出了一些贡献。又如比较文学，关于比较文学的理论问题，我几乎没有写过文章，因为我没有研究。但是中国第一个比较文学研究会却是在北大成立的，可以说是开风气之先。此外，我还主编了几种大型的学术丛书，首先就是《东方文化集成》，准备出五百种，用高水平的研究成果，向世界人民展示什么叫东方文化。我还帮助编纂了《四库全书存目丛书》，取得了很大的成功。其余几种现在先不介绍了。我觉得有相当大意义的工作是我把印度学引进了中国，或者也可以说，在中国过去有光辉历史的有上千年历史的印度研究又重新恢复起来。现在已经有了几代传人，方兴未艾。要说从我身上还有什么值得学习的东西，那就是勤奋。我一生不敢懈怠。

总而言之，我就是通过这一些“功业”获得了名声，大都是不虞之誉。政府、人民，以及学校给予我的待遇，同我对人民和学校所做的贡献，相差不可以道里计。我心里始终感到愧疚不安。现在有了病，又以一个文职的教书匠硬是挤进了部队军长以上的高干疗养的病房，冒充了四十五天的“首长”。政府与人民待我可谓厚矣。扪心自问，我何德何才，获此殊遇！

就在进院以后，专家们都看出了我这一场病的严重性，是一场能致命的不大多见的病。我自己却还糊里糊涂，掉以轻心，溜溜达达，走到阎王爷驾前去报到。大概由于文件上一百多块图章数目不够，或者红包不够丰满，被拒收，我才又走回来，再也不敢三心二意了，一住就是四十五天，捡了一条命。

我在医院中是一个非常特殊的病人，一般的情况是，病人住院专治一种病，至多两种。我却一气治了四种病。我的重点是皮肤科，但借住在呼吸道科病房里，于是大夫也把我吸收为他们的病人。一次我偶尔提到，我的牙龈溃疡了。院领导立刻安排到牙科去，由主任亲自动手，把我的牙整治如新。眼科也是很偶然的。我们认识魏主任，他说要给我治眼睛。我的眼睛毛病很多，他作为专家，一眼就看出来了。细致地检查，认真地观察，在十分忙碌的情况下，最后他说了一句铿锵有力的话："我放心了！"我听了当然也放心了。他又说，今后五六年中没有问题。最后还配了一副我生平最满意的眼镜。

上面讲的主要是医疗方面的情况。我在这里还领略人情之美。我进院时，是病人对医生的关系。虽然受到院长、政委、几位副院长，以及一些科主任和大夫的礼遇，仍然不过是这种关系的表现。

但是，悄没声地这种关系起了变化。我同几位大夫逐渐从病人医生的关系转向朋友的关系，虽然还不能说无话不谈，但却能谈得很深，讲一些蕴藏在心灵中的真话。常言道："对人只讲三分话，不能闲抛一片心。"讲点真话，也并不容易的。此外，我同本科的护士长、护士，甚至打扫卫生的外地来的小女孩，也都逐渐熟了起来，连给首长陪住的解放军战士也都成了我的忘年交，其乐融融。

我的七十年前的老学生原三〇一副院长牟善初，至今已到了望九之年，仍然每天穿上白大褂，巡视病房。他经常由周大夫陪着到我屋里来闲聊。七十年的漫长的岁月并没有隔断我们的师生之情，不也是人生一大快事吗？

我的许多老少朋友，包括江牧岳先生在内，亲临医院来看我。如果不是三〇一门禁极为森严，则每天探视的人将挤破大门。我真正感觉到了，人间毕竟是温暖的，生命毕竟是可爱的，生活着毕竟是美丽的（我本来不喜欢某女作家的这一句话，现在姑借用之）。

我初入院时，陌生的感觉相当严重。但是，现在我要离开这里了，却产生了浓烈的依依难舍的感情。“客房回看成乐园”，我不禁一步三回首了。

对未来的悬思

我于 2002 年 8 月 15 日入院，9 月 30 日出院回家，带着捡回来的一条命，也可以说是三〇一送给我的一条命。这四十五天并不长，却在我生命历程上划上了一个深深的痕迹。

现在回家来了，怎么办?

记得去年一位泰国哲学家预言我今年将有一场大灾。对这种预言我从来不相信，现在也不相信。但是却不能不承认，他说准了。我在上面已经提到过:“大难不死,必有后福。”我还能有什么后福呢?

那些什么“相期以茶”，什么活一百二十岁的话，是说着玩玩的，像唱歌或作诗，不能当真的。真实的情况是，我已经九十二岁。是古今中外文人中极少见的了，我应该满意了。通过这一场大病，我认识到，过去那种忘乎所以的态度是要不得的，是极其危险的。老了就得服老，老老实实地服老，才是正道。我现在能做到这一步了。

或许有人要问：你读万卷书，行万里路，生平极多坎坷，你对人生悟出了什么真谛吗？答曰：悟出了一些，就是我上面说的那一些，真谛就寓于日常生活中，不劳远求。那一套“菩提本无树，明镜亦非台，本来无一物，何处染尘埃”，我是绝对悟不出来的。

现在身躯上的零件，都已经用了九十多年，老化是必然的。可惜不能像机器一样，拆开来涂上点油。不过，尽管老化，看来还能对付一些日子。而且，不管别的零件怎样，我的脑袋还是难得糊涂的。我就利用这一点优势，努力工作下去，再多写出几篇《新日知录》，多写出一些抒情的短文，歌颂祖国，歌颂人民，歌颂生命，歌颂自然，歌颂一切应该歌颂的美好的东西，鞠躬尽瘁，死而后已。

写到这里，最重要的问题我还没有说。老子是讲辩证法的哲学家。他那有名的关于祸福的话，两千年来，尽人皆知：福兮祸所伏，祸兮福所倚。我这一次重得新生，当然是福。但是，这个重得并非绝对的，也还并没有完成。医生让我继续服药，至少半年，随时仔细观察。倘若再有湿疹模样的东西出现，那就殆矣。这无疑在我头顶上用一根头发悬上了一把达摩克里斯利剑，随时都有刺下来的可能。其实，每一个人从出生的那一刹那开始，就有这样的利剑悬在头上，有道是“黄泉路上无老少”嘛，只是人们不去感觉而已。我被告知，也算是幸运，让我随时警惕，不敢忘乎所以。这不是极大的幸福吗？

我仍然是在病中。

2002 年 10 月 3 日写毕

回家

从医院里捡回来了一条命，终于带着它回家来了。

由于自己的幼稚、固执、迷信“癣疥之疾”的说法，竟走到了向阎王爷那里去报到的地步，住进了三〇一医院。这一所医德、医术、医风三高的医院，把性命奇迹般地还给了我，给了我一次名副其实的新生。

现在我回家来了。

什么叫家？以前没有研究过。现在忽然间提了出来，仍然是回答不上来。要说家是长期居住的地方，那么，在欧洲游荡了几百年的吉卜赛人住在流动不居的大车上，这算不算家呢？

我现在不想仔细研究这种介乎形而上学和形而下学之间的学问。还是让我从医院说起吧。

这一所医院是全国著名的，称之为超一流，是完全名副其实的。我相信，即使是最爱挑剔的人也决不会挑出什么毛病来。从医疗设备到医生水平，到病房的布置，到服务态度，到工作效率，等等，无不尽如人意。就是这样一个地方，我初搬入的时候，心情还浮躁过一阵，我想到我那在燕园垂杨深处的家，还有我那盈塘季荷和小波斯猫。但是住过一阵之后，我的心情平静了，我觉得住在这里就像是住在天堂乐园里一般。一个个穿白大褂的护士小姐都像是天使，幸福就在这白色光芒里闪烁。我过了一段十分愉快的生活。约莫一个月以后，病情已经快达到痊愈的程度。虽然我的生活仍然十分甜美，手脚上长出来的丑类已经完全消灭，笔墨照舞照弄不误，我的心情却无端又浮躁起来。我想到，此地“信美非吾土”。我又想到了我那盈塘的季荷和小波斯猫。我要回家了。

回到朗润园的时候，已是黄昏时分。韩愈诗“黄昏到寺蝙蝠飞”，我现在是“黄昏到园蝙蝠飞”，空中确有蝙蝠飞着。全园还没有到灯火辉煌的程度。在薄暗中，盈塘荷花的绿叶显不出绿色，只是灰蒙蒙的一片。独有我那小波斯猫，不知是从什么地方蹿了出来，坐下惊愕了一阵，认出了是我，立即跳了上来，在我的两腿间蹭来蹭去，没完没了。它好像是要说：“老伙计呀！你可是到哪里去了？叫我好想呀！”我一进屋，它立即跳到我的怀里，无论如何，也不离开。

第二天早晨，我照例四点多起床。最初，外面还是一片黢黑，什么东西也看不清。不久，东方渐渐白了起来，天蒙蒙亮了。早晨锻炼的人开始出来了。一个穿红衣服的小伙子跑步向西边去了。接着就从西面走来了那一位挺着大肚子的中年妇女，跟在后面距离不太远的是那一位寡居的教授夫人。这些人都是我天天早上必先见到的人物，今天也不例外。一恍神，我好像根本没有离开过这里。在医院里的四十六天，好像是在宇宙间根本没有存在过，在时间上等于一个零。

等到天光大亮的时候，我仔细观察我的季荷。此时，绿盖满塘，浓碧盈空，看了令人精神为之一振。“心有灵犀一点通”，中国人相信人心是能相通的。我现在却相信，荷花也是有灵魂的，它与人心也能相通的。我的荷花掐指一算，我今年当有新生之喜；于是憋足了劲要大开一番，以示庆祝。第一朵花正开在我的窗前，是想给我一个信号。孤零零的一大朵红花，朝开夜合，确实带给了我极大的欢悦。可是荷花万没有想到，连我自己都没有想到嘛，我突然住进了医院。听北大到医院来看我的人说，荷花先是一朵，后是几朵，再后是十几朵，几十朵，上百朵，超过一百朵，开得盈塘盈池，红光照亮了朗润园，成了燕园中一道亮丽的风景线。可惜我在医院里不能亲自欣赏，只有躺在那里玄想了。

我把眼再略微抬高了一点，看到荷塘对岸的万众楼，依然雕梁画栋，金碧辉煌。楼名是我题写的。因为楼是西向的，我记得过去只有在夕阳返照中才能看清楚那三个金光闪闪的大字。今天，朝阳从楼后升起，楼前当然是黑的；但不知什么东西把阳光反射了回去，那三个大字正处在光环中,依然金光闪闪。这是极细微的小事,但是,我坐在这里却感到有无穷的逸趣。

与万众楼隔塘对峙是一座小山，出我的楼门，左拐走十余步就能走到。记得若干年前，一到深秋，山上的树丛叶子颜色一变，地上的草一露枯黄相，就给人以萧瑟凄清的感觉，这正是悲秋的最佳时刻。后来栽上了丰花月季，据说一年能开花十个月。前几年，一个初冬，忽然下起了一场大雪。小山上的树枝都变成了赤条条毫无牵挂。长在地上的东西都被覆盖在一片茫茫的白色之下。令我吃惊的是，我瞥见一枝月季，从雪中挺出，顶端开着一朵小花，鲜红浓艳，傲雪独立。它仿佛带给我了灵感，带给我了活力，带给我了无穷无尽的希望。我一时狂欢不能自禁。

小山上，树木丛杂，野草遍地，是鸟类的天堂。当前全世界人口爆炸，人与鸟兽争夺生存空间。燕园这一大片地带，如果从空中往下看的话，一定是一片浓绿，正是鸟类所垂青的地方。因此，这里的鸟类相对来说是比较多的。每天早晨，最先出现的往往是几只喜鹊，在山上塘边树枝间跳来跳去，兴高采烈。接着出场的是成群的灰喜鹊，也是在树枝间蹦蹦跳跳，兴高采烈。到了春天，当然会有成群的燕子飞来助兴。此时，啄木鸟也必然飞来凑趣，把古树敲得砰砰作响，好像要给这一场万籁齐鸣的音乐会敲起鼓点儿。空中又响起了布谷鸟清脆的鸣声，由远到近，又由近到远，终于消逝在天空中。我感到遗憾的是，以前每天都看到乌鸦从城里飞向远郊，成百，上千，黑压压一片。今天则片影无存了。我又遗憾见不到多少麻雀。20 世纪 50 年代被无端定为四害之一的麻雀，曾被全国人民群起而攻之，酿成了举世闻名的闹剧，现在则濒于灭绝。在小山上偶尔见到几只，灰头土脑，然而却惊为奇宝了。

幼时读唐诗，读了“西塞山前白鹭飞”，“两个黄鹂鸣翠柳，一行白鹭上青天”，曾向往白鹭青天的境界，只是没有亲眼看见过。一直到 1951 年访问印度，曾在从加尔各答乘车到国际大学的路上，在一片浓绿的树木和荷塘上面的天空里，才第一次看到白鹭上青天的情景，顾而乐之。第二次见到白鹭是在前几年游广东佛山的时候。

在一片大湖的颇为遥远的对岸上绿树成林，树上都开着白色的大花朵。最初我真以为是花。然而不久却发现，有的花朵竟然飞动起来，才知道不是花朵而是白鸟。我又顾而乐之。其实就在我入医院前不久，我曾瞥见一只白鸟从远处飞来，一头扎进荷叶丛中，不知道在里面鼓捣了些什么，过了许久，又从另一个地方飞出荷叶丛，直上青天，转瞬就消逝得无影无踪了。我难道能不顾而乐之吗？

现在我仍然枯坐在临窗的书桌旁边，时间是回家的第二天早上。我的身子确实没有挪窝儿，但是思想却是活跃异常。我想到过去，想到眼前，又想到未来，甚至神驰万里想到了印度。时序虽已是深秋，但是我的心中却仍是春意盎然。我眼前所看到的，脑海里所想到的东西，无一不笼罩上一团玫瑰般的嫣红，无一不闪出耀眼的光芒。记得小时候常见到贴在大门上的一副对联："万物静观皆自得，四时佳兴与人同。"现在朗润园中的万物，鸟兽虫鱼，花草树木，无不自得其乐。连这里的天都似乎特别蓝，水都似乎特别清。眼睛所到之处，无不令我心旷神怡。思想所到之处，无不令我逸兴遄飞。我真觉得，大自然特别可爱，生命特别可爱，人类特别可爱，一切有生无生之物特别可爱，祖国特别可爱，宇宙万物无有不可爱者。欢喜充满了三千大千世界。

现在我十分清醒地意识到，我是带着捡回来的新生回家来了。

我的家是一个温馨的家。

2002 年 10 月 14 日

三进宫

有道是“天有不测风云，人有旦夕祸福”。阴差阳错，不知是哪一路神灵规定了 2001—2002 年是我的患病年。对三〇一医院来说，我已经唱过一次二进宫，现在又三进宫了。

这一次进宫，同二进宫一样，是属于抢救性质的。但是，抢救的是什么病，学说则颇多。有人说是小中风。我虽然没有中过风，但我对此说并不相信。

要想把事情的原委说明白，话必须从 2002 年 11 月 23 日说起。在那一天之前，我一切正常。晚饭时吃了一大碗凉拌大白菜心。当时就觉得吃得过了量；但因为嘴馋，还是吃了下去。吃完看电视新闻时，突然感到浑身发冷，仿佛掉进了冰窟窿里一样，身体抖个不停，上下牙关互相撞击，铿锵有声。身边的人赶快把我抱到床上。在迷迷糊糊中，我听到校医院的保健大夫来了，另外还来了几位大夫，我就说不清楚究竟是谁了。

第二天，也就是 11 月 24 日，一整天躺在床上，水米不曾沾牙。25 日，有好转，但仍然不能吃东西。26 日，大有好转。新江送来俄罗斯学者 Litvinsky（李特文斯基）的《东土耳其斯坦佛教史》，这无异于雪中送炭，我顺便翻阅了几页。27 日，我的学生刘波特别从西藏请来了一位活佛，为我念咒祈福。对此，我除了感谢刘波的真挚的师生情谊之外，不敢赞一辞。刘波坐在我身边，再三说：“你的身体没有问题！”他的话后来兑了现，否则我连这篇《三进宫》也写不成了。当天我的情况很好。但是，到了28日，情况突变。于是玉洁和杨锐，又同二进宫一样，硬是把我裹挟到了三〇一医院。有了两次进宫的经历，我在这里已经成了熟人。一进门，二话没说，就进行抢救。我此时高烧39.4度，对一个九十多岁的老人来说，这是相当高的高烧。我迷迷糊糊，只看到屋子里人很多，有人拿来冰枕，还有人拿来什么，我就感觉不到了。后来听说，是注射了一针值一千多元的药水，这大概起了作用，在短短的四五个小时之内，温度就到了36度多，基本上正常了。抢救于是胜利结束。

我被安排在南楼三楼15号病房中。主治大夫是张晓英、段留法、朱兵。护士长是邢云芹，责任组长是赵桂景，看护勇琴歌。在以后一个月多一点的时间内，同我打交道的基本上就是这些人。

住进来的目的，据说是为了观察。我想，观察我几天，如果没有重大问题，我就可以打道回府了。可是事实上却不是这样，进房间的第二天就开始输液，有人信口称之为吊瓶子。输液每天三次：上午一次，下午一次，晚上八点钟以后一次，在平常日子，我不久就要上床睡觉了，现在却开始输液，有时候一直输到十点。最初，我还以为晚上输液只是偶一为之，到了晚上还向护士小姐打听，输不输液，意思是盼望躲过一次。后来才知道，每晚必输，打听也白搭了，我就听之任之。

我现在几乎完全是被动的。没有哪一个大夫告诉我，我究竟患的是什么病。这决不是大夫的怠慢或者懒惰。经过短期的观察，我认为我的三位主治大夫，同大多数的三〇一医院的大夫一样，在医德、医术、医风三个方面水平确是高的。但是，为什么对我实行的“政策”却好像是“病人可使由之，不可使知之”呢？是不是因为知之了以后，不利于疾病的治疗呢？不管怎样，他们的善意我是绝对相信的。我现在唯一合理的做法就是老老实实接受大夫的治疗，不应该胡思乱想。

但是，这并不容易。有输液经验的人都知道，带着针头的那一只手是不能随便乱动的。一不小心，针头错了位，就可能出问题。试想，一只手，以同样的姿势，一动不动地摆在床边上，半小时，能忍受；一个小时，甚至也能忍受。但是，一超过一小时，就会觉得手酸臂痛，难以忍受了。再抬眼看上面架子上吊的装药水的瓶子，还有些药水没有滴完。此时自己心中的滋味真正是不足为外人道也。只有一次，瓶子吊上，针头扎上，我遂即蒙眬睡去，等我醒来时，瓶子里的药水刚好滴完，手没有酸，臂没有痛，而竟过了一天，十分满意。可惜这样的经验后来再没有过。我也只有听之任之了。

我自己也想出了一些排遣的办法，比如背诵过去背过的古代诗、词和古文。最初还起点作用，后来逐渐觉得乏味，就不再背诵了。

但是，我总得想些办法来排遣那些万般无奈的输液时间。药水放在上面吊的瓶子中，下面有一条长管把药水输入我的体内，长管中间有一个类似中转站的构件，一个小长方盒似的玻璃盒；在这里面，上面流下来的药水一滴一滴地滴入下面的管子内，再输流下来。在小方盒内，一滴药水就像是一颗珍珠，有时还闪出耀目的光芒。我无端想起了李义山的诗“沧海月明珠有泪”，其间不能说没有一点联系。

有一回，针头扎在右手上，只许规规矩矩，不许乱说乱动。正在十分无聊之际，耳边忽然隐约响起了京剧《空城计》诸葛亮在城门楼上那一段有名的唱腔。马连良、谭富英、高庆奎、杨宝森、奚啸伯等著名的须生，大概都唱过《空城计》。我对京剧有点欣赏水平，但并不高。几个大家之间当然会有区别的，我也略能辨识一二。但是，估计唱词是会相同的。此时在我耳边回荡的不是诸葛亮的全部唱词，而只是其中几句：“先帝爷，下南阳，御驾三聘；算就了，汉家业，鼎足三分。”这与我当前的处境毫无联系。为什么单单是这几句唱词在我耳边回荡，我自己也说不清楚。既然事实是这样，我也只有这样写了。

又有一次，在输液时，耳边忽然回荡起俄罗斯《伏尔加船夫曲》的旋律，我已经几十年没有听这首我特别喜爱的歌曲了。胡为乎来哉！我却真是大喜过望，沉醉在我自己幻想的旋律中，久久不停。我又浮想联翩，上下五千年，纵横十万里，无边无际地幻想起来。我想到俄罗斯这个民族确实有点令人难解。它一半在欧洲，一半在亚洲，论文化渊源，应该属于欧洲体系。然而同欧洲又有所不同。它在历史上崭露头角，时间并不长，却是一出台就光彩夺目。彼得大帝就不像一个平常的人。在他以后的一二百年内，俄罗斯出了多少伟大的文学家、艺术家、科学家，等等。像门捷列夫那样的化学家，欧洲就几乎没有人能同他媲美的。谈到文学，专以长篇小说而论，我们都很熟悉的法国和英国那几部大名垂宇宙的长篇小说，一提到它们，大家大都赞不绝口。但是，倘若仔细推敲起来，它们却像花木店里陈列的盆景，精心修剪，玲珑剔透，颇能招人喜爱。如果再仔细观察思考，却难免 superficial 之感。回头再看俄罗斯的几部长篇小说，托尔斯泰的《战争与和平》固无论矣。即以陀思妥耶夫斯基的几部长篇而论，一谈起来，读者就像钻进了原始大森林，枝柯蔽天，蔓藤周匝；没有一点人工的痕迹，却令人感到有一种巨大的原始活力腾涌其中，令人气短，又令人鼓舞。这与法英的长篇小说形成了鲜明的对比。音乐方面的俄罗斯和西方的差异更为显著。不管是民歌，还是音乐家的其他创作，歌声一起，就给人以沉郁顿挫之感。这一首《伏尔加船夫曲》可以作为代表。我幻想中的旋律给了我极大的愉快，使我暂时忘记了输液的麻烦。

我自己很清楚，吊瓶输液是治病必不可少的手段。但是，吊得一多，心里的怪话就蠢蠢欲动。最后掠捋李后主写了两句词：

> 春花秋月何时了？
> 吊瓶知多少。

这是谑而不虐，毫无恶意。我对三位老中青主治大夫十分尊敬，他们的话我都认真遵守，决不怠慢。

大家都知道，三〇一医院是人民解放军的总医院，院长、政委、副院长统统由将军担任。院的规模极大，机构繁多，人员充实；内外科别，应有尽有。设备之先进、之周全，国内罕有其匹。这样一个庞大的医德、医术、医风三高的医疗机构，在几位将军院长的领导下，在全体医护人员和勤杂人员的真诚无私的配合下，一年一天也不间断地运作着，有条不紊，一丝不苟，令行禁止，雷厉风行，为成千上万的广大的军民群众救死扶伤，从而赢得了广泛的赞誉。在我三次进宫长达一百天的停留中，我真感到，能在这里工作是光荣的，是幸福的。能在这里做一名病人，也是光荣的，也是幸福的。

我已经九十二岁了。全身部件都已老化，这里有点酸，那里有点痛，可以说是正常的。有时候我漫不经心地流露出一点来，然而说者无心，听者有意，这瞒不了全心全意为病人服务的三位主治大夫。有一天，我偶尔谈到，我的牙在口腔内常常咬右边的腮帮子；到了医院以后，并没有专门去治，不知怎样一来，反而好了，不咬了。正如上面所说的，言者无心，听者有意。不知是哪一位大夫听到了"牙"字，认为我的牙有点问题，立即安排轮椅，把我送到牙科主任大夫的手术室中。那一位女大夫仔仔细细检查了我的牙齿，并立即进行补治，把没有必要的尖儿磨掉，用的时间相当久。旁边坐着一位魁梧的军人，可能是一位将军，在等候治疗。我占了这么多时间，感到有点内疚。又有一次我谈到便秘和外痔，不到一个小时，就来了一位泌尿科的大夫，给我检查有关的部位。所有这一切都让我既感动又不安。

从此以后，我学得乖了一点，我决不再说身上这里痛那里酸。大夫和病人从而相安无事。偶尔还吊一次瓶子，但这已是比较稀见的事，我再没有“春花秋月何时了”这样的牢骚了。

时间早已越过了十二月，向岁末逼近了。我觉得自己的身体已经恢复得差不多了。我常把自己的身体比作一只用过了九十二年的老表，怀表和手表都一样。九十二年不是一个短时期，表的部件都早已老化。现在进了医院，大夫给涂去了油泥，擦上了润滑油，这些老化的部件又能比较顺畅地运作起来。但是，所有这一切都只能治标。治本怎样呢？治本我认为就是返老还童，那是根本做不到的事情。世界上万事万物都不能返老还童。可是根据我的观察，我的三位主治大夫目前的努力方向正是这一件根本做不到的事情。他们想把我身上的大小病痛统统除掉，还我一个十全十美的健全的体格。这情况，我看在眼中，感在心中，使我激动得无话可说。

但是，我想回家。病已经治得差不多了，2002 年即将结束。我不愿意尝“一年将尽夜，万里未归人”的滋味。虽然不是“万里”，但究竟不在家中，我愿意在家里过年。况且家中不知已积压了多少工作，等待我去处理。我想出院，心急如焚。张大夫告诉我，我出院必须由我七十年前的老学生、三〇一医院的老院长牟善初批准，牟早已离休，不管这些事了，但是，对于我他却非管不行。为此我曾写过两封信，但都没有递交本人。有一天，张大夫告诉我，两天后我可以出院了。心中大喜。但是，过了不久，张大夫又告诉我，牟院长不同意，我只好收回喜悦，潜心静候。实际上，善初的用意同张大夫一样，是希望我多住几天，需要检查的地方都去检查一下，最后以一个健康的人的姿态走出医院。这一切都使我激动而且感动。

一直到2002年12月31日下午我才离开了三〇一,完成了“三进宫”。

我国有十三亿人口，但是三〇一只有一所。能住进普通病房，已属不易。像我这样以一个文职人员竟能住进南楼，权充首长，也许只有我这一份儿。其困难程度可想而知。我可是万万没有想到，想离开这里比进来还要难上加难。原因完全是善意的，已如上述。

写到这里，我的“三进宫”算是唱完了。不管我是多么怀念三〇一，不管我是怎样感激三〇一，不管我是多么想念那里的男女老少朋友们，我也不想像前三次进宫那样，再来一次“四进宫”。

2003年2月6日写完

病房杂忆

住到全国最有名的医院之一的三〇一医院的病房里来，已经两年多了。要说有什么致命的大病，那不是事实。但是，要说一点病都没有，那也不是事实。一个人活到了九十五岁而一点病都没有，那不成了怪事了吗？我现在的处境是，有一点病而享受一个真正病人的待遇，此我的心之所以不能安也。

我今年已经九十五岁，几乎等于一个世纪，而过去这一个世纪，又非同寻常。光是世界大战，就打过两次。虽然第一次没有打到中国来，但是，中国人民也没有少受罪。在第二次世界大战期间，日本一大撮“浪人”（大家都会理解，我为什么只提“浪人”。实际上不止这些人）乘机占领了中国大片土地，烧杀掳掠，无所不用其极。以致杀人成山，流血成河，中国人民陷入空前的灾难中。

此后是一个长达几十年的漫长的时间过程。

盼星星，
盼月亮，
盼到东方出太阳。
盼到狗年旺旺旺，
盼到我安然坐在这大病房中，光亮又宽敞。

现在我的回忆特别活跃。上下五千年，纵横十万里，旮旮旯旯，我无所不忆。回忆是一种思想活动。大家都知道，思想这玩意儿，最无羁绊，最无阻碍，这可以说是思想的特点和优点。胡适之先生提倡“大胆地假设，小心地求证”。这话是绝对没有错的。假设越大胆越好，求证越小心越好。这都是思维活动。世界科学之所以能够进步，就因为有这种精神。

是不是思想活动要有绝对的自由呢？关于这个问题，大概有不同意见。中国过去，特别是在古典小说中，有时候把思想活动称之为心猿。一部《西游记》的主角是孙悟空，就是一只猴子。这一只猴子，本领极大，法力无边。从花果山造反，打上天宫，视天兵天将如草芥。连众神之主的玉皇大帝，他都不放在眼中，玉皇为了安抚他，把他请上天去，封他为弼马温。他嫌官小，立即造反，大闹天宫，把天宫搞得一塌糊涂。结果惊动了西天佛祖、南海菩萨，使用了大法力，把猴子制服，压在五行山下，等待唐僧取经时，才放他出来，成为玄奘的大弟子。又怕他恶性难改，在他头上箍上了一圈铁箍。又把紧箍咒教给了唐僧。一旦猴子猴性发作，唐僧立即口中念念有词，念起紧箍咒来。猴头上的铁箍随之紧缩起来，让猴子疼痛难忍，于是立即改恶向善，成为一只服从师父教导的好猴子。

写到这里，我似乎听到了批评的意见：你不是写病房杂忆吗？怎么漫无边际，写到了紧箍咒和孙行者身上来了？这不是离题万里了吗？我考虑了一下，敬谨答曰：没有离题。即使离的话，也只有一里。那九千九百九十九里，是你硬加到我头上来的。我不过想说，任何人，任何社会，都必须有紧箍意识。法院和警察局固然有紧箍的意义，连大马路上的红绿灯不也有紧箍的作用吗？

绕了一个小弯子，让我们回到我们的原题上：病房杂忆。“杂”者，乱七八糟之谓也。既然是乱七八糟，更需要紧箍的措施。我们必须在杂中求出不杂的东西，求出一致的东西。决不能让回忆这玩意儿忽然而天也，忽然而地也，任意横行。我们必须把它拴在一根柱子上。我现在坐在病房里就试着拴几根柱子。目前先拴两根。

一 小姐姐

回想起来，已经是八十年前的事情了。那时，我们家住在济南南关佛山街柴火市。我们住前院，彭家住后院。彭家二大娘有几个女儿和男孩子。小姐姐就是二大娘的二女儿。比我大，所以称之为姐姐；但是大不了几岁，所以称之为小姐姐。

我现在一闭眼，就能看到小姐姐不同凡俗标致的形象。中国旧时代赞扬女性美有许多词句。什么沉鱼落雁，什么闭月羞花。这些陈词滥调，用到小姐姐身上，都不恰当，都有点可笑。倒是宋词里面有一些丽词秀句，可供参考。我在下面举几个例子：

苏东坡《江城子》：

> 腻红匀脸衬檀唇，晚妆新，暗伤春。手捻花枝，谁会两眉颦？

苏东坡《雨中花慢》：

嫩脸羞蛾，因甚化作行云，却返巫阳。

苏东坡《三部乐》：

美人如月，乍见掩暮云，更增妍绝。算应无恨，安用阴晴圆缺。

苏东坡《鹧鸪天》：

罗带双垂画不成，殢人娇态最轻盈。酥胸斜抱天边月，玉手轻弹水面冰。

无限事，许多情。四弦丝竹苦丁宁。饶君拨尽相思调，待听梧桐叶落声。

类似的例子还可举出一些来，我不再列举了。我的意思无非是想说，小姐姐秀色天成。用平常的陈词滥调来赞誉，反而适得其反。倘若把宋词描绘美人的一些词句，拿来用到小姐姐身上，将更能凸显她的风采。我在这里想补充几句：宋人那一些词句描绘的多半是虚无缥缈的美人。而小姐姐却是活灵活现、真实存在的人物。倘若宋代词人眼前真有一个小姐姐，他们的词句将会更丰满，更灵透，更有感染力。

小姐姐是说不完的。上面讲到的都是外面的现象。在内部，她有一颗真诚、热情、同情别人、同情病人的心。大家都知道，麻风病是一种非常凶恶、非常可怕的病。在山东济南，治疗这种病的医院，不让在城内居留，而是在南门外千佛山下一片荒郊中修建的疗养院中。可见人们对这种恶病警惕性之高。然而小姐姐家里却有一位患麻风病的使女，自我认识小姐姐起就在她家里。我当时虽然年小，懂事不多，然而也感到有点别扭。这位使女一直待在小姐姐家中，后来不知所终。我也没有这个闲心，去刺探研究——随它去吧。

但是，对于小姐姐，我却不是这样随便。小姐姐是说不完的。在当时，我语不惊人，貌不压众，只不过是寄人篱下的一只丑小鸭。没有人瞧得起，没有人看得上。连叔父也认为我没有多大出息，最多不过是一个邮务生的材料。他认为我不闯实，胆小怕事。他哪里知道，在促进我养成这样的性格过程中，他老人家就起了不小的作用。一个慈母不在跟前的孩子，哪里敢飞扬跋扈呢。我在这里附带说上几句话：不管是由于什么原因，出于什么动机，毕竟是叔父从清平县穷乡僻壤的官庄把我带到了济南。我因此得到了念书的机会，才有了今天的我。我永远感谢他。

闲言少叙，书归正传。话头仍然又回到小姐姐身上。但是，在谈小姐姐之前，我先粗笔勾画一下我那几年的情况。在小学和初中时期，我贪玩，不喜欢念书，也并无什么雄心壮志，不羡慕别人考甲等第一。但是，不知道是由于哪一路神仙呵护，我初中毕业考试平均分竟达到了九十七分，成为文理科十几个班之冠。这一件个人大事，公众小事，触动了当时的山东教育厅长前清状元王寿彭老先生。他亲自命笔，写了一副对联和一个扇面给我，算是对我的奖励。我也是一个颇有点虚荣心的人。受到了王状元这样的礼遇，心中暗下决心：既然上来了，就不能再下去。于是，奋发图强，兀兀穷年。

结果是，上了三年高中，六次期考，考了六个甲等第一。高中最后一年，是在杆石桥那个大院子里度过的。此时，我已经小有名气。国文，被国文教员董秋芳先生评为全校之冠（同我并列的还有一个人王俊岑，后入北大数学系）；英文，我被大家称为 Great home（大家，戏笑之辞，不足为训），我当时能用英文写相当长的文章。我现在回想起来，自己都有点惊诧。当我看到英文教员同教务处的几位职员在一起谈到我的英文作文，那种眉开眼笑的样子，我真不禁有点飘飘然了。

上面这些情况，都是我们家搬离柴火市以后发生的，此时，即使小姐姐来走娘家，前面院子也已经是人去屋空。那一位小兄弟也已杳若黄鹤，不知飞向何处去了。事实上，我飞的真不能算近。我于 1935 年离开祖国，到了德国，一住就是十年。一直到 1946 年，才辗转回国。当时国内正在进行战争。我从上海乘轮船到了秦皇岛，又乘火车到了北京。此时正是秋风吹昆明（湖），落叶满长安（街）的深秋。离京十载，一旦回来，心中喜悦之情，不足为外人道也。

然而小姐姐却仍然见不到。

我被聘为北京大学教授，兼东方语言文学系主任。时间是 1946 年。1946 年和 1947 年两年，仍然教书。此时战争未停，铁路不通。航空又没有定期航班，只能碰巧搭乘别人定好的包机。这种机会是不容易找的。我一直等到 1948 年，才碰到了这样的好机会。于是我就回到了阔别十三年的济南，见到了我家里的人。也见到了小姐姐。

二 大宴群雌

那一年，我三十七岁。若以四十岁为分界线的话，我还不到中年，还是一个青少年。然而，当时知识分子最高的追求有二：一个是有一个外国博士头衔（当时中国还没有授予博士的办法）。第二个是有大学教授的称号。这两件都已是我囊中之物。旧时代所谓“少年得志”差堪近之。要说没有一点沾沾自喜，那不是真话。此时，工资也相当高，囊中总是鼓鼓囊囊的。我处心积虑，想让大家痛快一下。在中国，率由旧章，就是请大家吃一顿。这对我来说并不困难，我想立即付诸实施。

但是，且慢。在中国请客吃饭是一门学问。中国智慧（Chinese Wisdom）有一部分就蕴藏在这里面。家人父子，至亲好友，大家随便下个馆子，撮上一顿，这里面没有很深的哲学。但是，一旦请外人吃饭，就必须考虑周详：请什么人？为什么请？怎样请？其中第一个问题最重要。中国有一句俗话：“做菜容易请客难。”对我来说，做菜确实很容易。请客也并不难，以我当时的身份和地位，请谁，他也会认为是一个光荣。可是，一想到具体的人，又须伤点脑筋。第一个，小姐姐必须请，这毫无问题，无复独多虑。第二个就是小姐姐的亲妹妹，彭家四姑娘，我叫她“荷姐”的。这个人漂亮，虽然比不上她姐姐的花容月貌，但也似乎沾了一点美的基因，看上去赏心悦目，伶俐，灵活，颇有一些耐看的地方。我们住在佛山街柴火市前后院的时候，仍然处于丑小鸭阶段；但是四姐和我的关系就非常好。她常到我住的前院北屋同我闲聊，互相开点玩笑。说心里话，她就是我心想望的理想夫人。但是，阻于她母亲的短见，西湖月老祠的那两句话没有能实现在我们俩身上。现在，隔了十几二十年了，我们又会面了。她知道，我有几个博士学位，便嬉皮笑脸地开起了玩笑。左一声“季大博士”，右一声“季大博士”。听多了，我蓦地感到有一点凄凉之感发自她的内心。胡为乎来哉！难道她又想到了二十年前那一段未能成功的姻缘吗？我这个人什么都不迷信，只迷信缘分二字，有缘千里来相会，无缘对面不相识。我们俩之间的关系难道还不是为缘分所左右的吗？奈之何哉！奈之何哉！

我继续考虑要邀请的客人。但是，考虑来，考虑去，总离不开妇女这个圈子。群雄哪里去了呢？群雄是在的。在我们的亲戚朋友中，我这个年龄段的小伙子有二十多个人。家庭经济情况不同，有的蛮有钱的，他们的共同情况是不肯念书。有的小学毕业，就算完成了学业。有的上到初中，上高中者屈指可数。到北京来念书，则无异于玄奘的万里求法矣。其中还有极少数人，用小学时代学到的那一点文化知识，在社会上胡混。他们有不同的面孔：少爷、姑爷、舅爷、师爷，如此等等。有如面具一般，拿在手里，随时取用，现在要我请这样的人吃饭，我实在脸上有点发红，下不了这个决心。我考虑来，考虑去，最后桌子一拍，下了决心。各路英雄，暂时委屈，我现在只请英雌了。

我选定济南最著名的大饭店之一的聚丰德，定了几桌上好的翅子席（有鱼翅之谓也），最后还加了几条新捉到的黄河鲤鱼。我请了二十来位青年妇女，其中小姐姐姊妹当然是心中的主客。宴会极为成功，大家都极为满意。我想，她们中有的人生平第一次吃这样的好饭，也许就是最后一次。我每次想到那种觥筹交错、杯盘齐鸣的情况，就不禁心满意足。

2006 年

石榴花

我喜爱石榴，但不是它的果，而是它的花。石榴花，红得锃亮，红得耀眼，同宇宙间任何红颜色，都不一样。古人诗“五月榴花照眼明”，著一“照”字，著一“明”字，而境界全出。谁读了这样的诗句，而不兴会淋漓的呢？

在中国，确有大片土地上栽种石榴的地方，比如陕西的秦始皇陵一带。从陵下一直到小山似的陵顶上，到处长满了一棵棵的石榴树，气势恢宏，绿意满天。可惜我到的时候，已经过了开花的季节。只见树上结满了个头极大的石榴，累累垂垂，盈树盈陵。可惜红花一朵也没有看到，实为莫大憾事。遥想旧历五月时节，花照眼明，满陵开成一片亮红，仿佛连天空都给染红了。那样的风光，现在只能意会神领了。

在我居住最久的两座城市里，在济南和北京，石榴却不是一种常见的植物。济南南关佛山街的老宅子，是一所典型的四合院。西屋是正房，房外南北两侧，各有一棵海棠花，早已高过了屋脊，恐怕已是百年旧树。春天满树繁花，引来了成群的蜜蜂，嗡嗡成一团。北屋门前左侧有一棵石榴树。石榴树本来就长不太高的，从来没有见过参天的石榴树。我们这一棵也不过丈八高，但树龄恐怕也有几十年了。每年夏初开花时，翠叶红花，把小院子照得一片亮红。

院子是个大杂院。我们家住北屋。南屋里住的是一家姓田的木匠。他有两个女儿，大的乳名叫小凤，小的叫小华。我决不迷信，但是我相信缘分，因为它确实存在，不相信是不行的。缘分的存在，小华和我的关系就能证明。她那时还不到两岁，路走不全，话也说不全。可是独独喜欢我。每次见到我，即使是正在母亲的怀抱里，也必挣扎出母亲的怀抱，张开小手，让我来抱。按流传的办法，她应该叫我“大爷”；但是两字相连，她发不出音来，于是缩减为一个“爷”字。抱在我怀里，她满嘴“爷”、“爷”，乐不可支。

这时正是夏初季节，石榴花开得正欢。有一天，吃过午饭，我躺在石榴树下一张躺椅上睡午觉。大概是睡得十分香甜。“大梦谁先觉？平生我自知”，可惜，诸葛亮知道，我却不知道。不知道睡了多久，我蒙眬醒来。睁眼一看，一个不满三块豆腐干高的小玩意儿，正站在我的枕旁，一声不响，大气不出，静静地等我醒来。一见我睁开惺忪的眼睛，立即活跃起来，一头扎在我的怀中，要我抱她，嘴里“爷！爷！”喊个不停。不是别人，正是小华。我又惊又喜，连忙把她抱了起来。抬头看到透过层层绿叶正开得亮红的石榴花。

以后，我出了国。在欧洲待了十一年以后，又回到祖国来，住在北京大学中关园第一公寓的一个单元里。我床头壁上挂着著名画家溥心畬画的一个条幅，上面画的是疏疏朗朗的一枝石榴，有一个果和一枝花，那一枝花颇能流露出石榴花特有的照眼明的神采。旁边题着两句诗：“只为归来晚，开花不及春。”多么神妙的幻想！石榴原来不是中原的植物，大约是在汉代从中亚安国等国传进来的，所以又叫“安石榴”。这情况到了诗人笔下，就被诗意化了。因为来晚了，所以没有赶得上春天开花，而是在夏历五月。等到百花都凋谢以后，石榴才一枝独秀，散发出亮红的光芒。

我那时候很忙，难得有睡懒觉的时间。偶尔在星期天睡上一次。躺在床上，抬眼看到条幅上画的榴花，思古之幽情，不禁油然而发。并没有古到汉代，只古到了二十几年前在佛山街住的时候。当时北屋前的那一棵石榴树是确确实实的存在物，而今却杳如黄鹤早已不存在了。而眼前画中的石榴，虽不是真东西却实实在在地存在着。世事真如电光石火，倏忽变化万端。我尤其忆念不忘的是当年只会喊“爷”的小华子。隔了二十多年，恐怕她早已是绿叶成荫子满枝了。奈之何哉！奈之何哉！

整整四十年前，我移家燕园内的朗润园。门前有小片隙地，遂圈以篱笆，辟为小小的花园，栽种了一些花木。十几年前，一位同事送给我了一棵小石榴树。只有尺把高。我就把它栽在小花园里，绿叶滴翠，极惹人爱。我希望它第二年初夏能开出花来。但是，我失望了。又盼第三年，依然是失望。十几年下来，树已经长得很高，却仍然是只见绿叶，不见红花。我没有研究过植物学；但是听说，有的树木是有性别的。由树的性别，我忽然联想到了语言的性别。在现代语言中，法文名词有阴、阳二性；德文名词有阴、阳、中三性。古代梵文也有三性。在某些佛典中偶尔也有讲到语言的地方。一些译经的和尚把中性译为“黄的”，“黄的”者，太监也，非男非女之谓也。我惊叹这些和尚之幽默。却忽然想到，难道我们这一棵石榴树竟会是“黄的”吗？

然而，到了今年，奇迹却出现了。一天早晨，我站在阳台上看池塘中的新荷，眼前忽然一亮，“万绿丛中一点红”。我连忙擦了擦昏花的老眼，发现石榴树的绿叶丛中有一个亮红的小骨朵儿。我又惊又喜；我们的石榴树有喜了，它不是黄的了。我在大喜之余，遍告诸友。有人对我说：“你要走红运了！”我对张铁嘴、王半仙之流的讲运气的话，一向不信。但是，运气，同缘分一样，却是不能不信的。说白了是运气，说文了就是机遇。你能不相信机遇吗？

说老实话，今年确是有一些连做梦都想不到的怪事出现在我的身边。求全之毁，根本没有。不虞之誉却纷至沓来。难道我真交了好运了吗？我从来不认为自己有什么了不起。现在是收获得太多，而给予得太少，时有愧怍之感。我已经九十晋二，富贵于我真如浮云了。我只希望能壮壮实实地再活上一些年，再做一点对人有益的事情，以减少自己的愧怍之感。我尤其希望，在明年此时，榴花能再照亮我的眼睛。

2002 年 6 月 10 日

时 间

一抬头，就看到书桌上座钟的秒针在一跳一跳地向前走动。它那里一跳，我的心就一跳。孔子说："逝者如斯夫，不舍昼夜！"这里指的是水。水永远不停地流逝，让孔夫子吃惊兴叹。我的心跳，跳的是时间。水是能看得见，摸得着的。时间却看不见，摸不着，它的流逝你感觉不到，然而确实是在流逝。现在我眼前摆上了座钟，它的秒针一跳一跳，让我再清楚不过地看到了时间的流逝，焉能不心跳？焉能不兴叹呢？

远古的人大概是很幸福的。他们日出而作，日入而息，根据太阳的出没来规定自己的活动。即使能感到时间的流逝，也只在依稀隐约之间。后来，他们聪明了，根据太阳光和阴影的推移，把时间称作光阴。再后来，人们的聪明才智更提高了，用铜壶滴漏的办法来显示和测定时间的推移，这是用人工来抓住看不见摸不着的时间的尝试。到了近几百年，人类发明了钟表，把时间的存在与流逝清清楚楚地摆在每一个人的面前。这是人类文明进步的表现。但是，正如人们常说的那样，"有一利必有一弊"，人类成了时间的奴隶，成了手表的奴隶。现在各种各样的会极多，开会必须规定时间，几点几分，不能任意伸缩。如果参加重要的会而路上偏偏赶上堵车，任你怎样焦急，怎样频频看手表，都是白搭。这不是典型的时间的奴隶又是什么呢？然而，话又说了回来，在今天头绪纷纭杂乱有章的社会里，开会不定时间，还像古人那样“日出而作，日入而息”，悠哉游哉，顺帝之则，今天的社会还能运转吗？不管你愿意不愿意，成为时间的奴隶就正是文明的表现。

不管你意识到还是没有意识到，大自然还是把虚无缥缈的时间用具体的东西暗示给了人们。比如用日出日落标志出一天，用月亮的圆缺标志出一月，用四季（在印度是六季或者两季）标志出一年。农民最关心这些问题，一年二十四个节气对他们种庄稼有重要意义。在自然科学家和哲学家眼中，时间具有另外的意义。他们说，大千世界，人类万物，都生长在时间和空间内，而时间是无头无尾的，空间是无边无际的。我既不是自然科学家，也不是哲学家，对无头无尾和无边无际实在难以理解。可是不这样又能怎样呢？如果时间有了头尾，头以前尾以后又是什么呢？因此，难以理解也只得理解，此外更没有其他途径。

生与死也属于时间范畴。一般人总是把生与死绝对对立起来。但是，中国古代的道家却主张“万物方生方死”，把生与死辩证地联系在一起，而且准确无误地道出了生即是死的关系。随着座钟秒针的一跳，我自己就长了无法用言语表达出来的那么一点点儿。同时也就是向着死亡走近了那么一点点儿。不但我是这样，现在正是初夏，窗外的玉兰花、垂柳和深埋在清塘里的荷花，也都长了那么一点点儿。不久前还是冰封的湖水，现在是“风乍起，吹皱一池夏水”，波光潋滟，水色接天。岸上的垂杨，从光秃秃的枝条上逐渐长出了小叶片，一转瞬间，出现了一片鹅黄；再一转瞬，就是一片嫩绿；现在则是接近浓绿了。小山上原来是一片枯草，“一夜东风送春暖，满山开遍二月兰”。今年是二月兰的大年，山上地下，只要有空隙，二月兰必然出现在那里，座钟的秒针再跳上多少万次，二月兰即将枯萎，也就是走向暂时的死亡了。所有这些东西，都是方生方死。这是自然的规律，不可逆转的。

印度人是聪明的，他们把时间和死亡视为一物。梵文 hāla，既是“时间”，又是“死亡或死神”。《罗摩衍那》的主人公罗摩，在活了极长的时间以后，hāla 走上门来，这表示他就要死亡了。罗摩泰然处之，既不“饮恨”，也不“吞声”。他知道这是自然规律，人类是无能为力的。我们今天知道，不但人类是这样，世界上万事万物都有始有终，无一例外。“顺其自然”是最好的办法。我在这里顺便说一下。在梵文里，动词“死”的字根是 mn；但是此字不用 manati 来表示现在时，而是用被动式 mniyati（ti），这表示印度人认为“死”是被动的，主动自杀者究属少数。

同印度人比较起来，中国人大概希望争取长生。越是有钱有势的人越希望活下去，在旧社会里生活在水深火热中的小百姓，决不会愿意长远活下去的。而富有天下的天子则热切希望长生。中国历史上几位有名的英主，莫不如此。秦始皇和汉武帝都寻求不死之药或者仙丹什么的。连唐太宗都是服用了印度婆罗门的“仙药”而中毒身亡的。老百姓书呆子中也有寻求肉身升天的，而且连鸡犬都带了上去。我这个木头脑袋瓜真想也想不通。如果真有那么一个“天”的话，人数也不会太多。升到那里去干些什么呢？那里不会有官僚衙门，想走后门靠贿赂来谋求升官，没有这个可能。那里也不会有什么市场，什么 WTO，想发财也英雄无用武之地。想打麻将，唱卡拉 OK，唱几天，打几天，还是会有兴趣的，但让你一月月一年年永远打下去，你受得了吗？养鸡喂狗，永远喂下去，你也受不了。“不为无益之事,何以遣有涯之生！”无益之事天上没有。在天上待长了，你一定会自杀的。苏东坡说“起舞弄清影，何似在人间”，是有见地之言。我们还是老老实实待在人间吧。

要待在人间，就必须受时间的制约。在时间面前，人人平等。如果想不通我在上面说的那一些并不深奥的道理，时间就变成了枷锁，让你处处感到不舒服。但是，如果真想通了，则戴着枷锁跳舞反而更能增加一些意想不到的兴趣。我自认是想通了。现在照样一抬头就看到书桌上座钟的秒针一跳一跳地向前走动，但是我的心却不跳了。我觉得这是时间给我提醒儿，让我知道时间的价值。“一寸光阴不可轻”，朱子这一句诗对我这个年过九十的老头儿也是适用的。

2002 年 3 月 31 日

再谈老年

我已经写过多篇关于老年的文章了。可是今天读了范敬宜先生的《“老泪”何以“浑浊”？》，又得了新的启发，不禁对老年再唠叨上几句。

范先生的文章中讲到，齐白石、刘海粟常在书画上写上“年方八十”、“年方九十”的字样。这事情我是知道的，也亲眼见过的。不知道由于什么原因，我看了总觉得心里不是滋味，觉得过于矫情。这往往使我想到晋代竹林七贤之类的人物，他们以豁达自命，别人也认为他们豁达。他们中有人让一个人携铁锹跟在自己身后，说：“死便埋我！”从表面上来看，这对生死问题显得多么豁达。据我看，这正表示他们对死亡念念不忘，是以豁达掩饰恐惧。

好生恶死，好少年恶老年，是人之常情。但是，我们应该有一个正确的生死观，正确的少年和老年观。我觉得，还是中国古代的道家最聪明，他们说：万物方生方死。一下子就把生与死，少年与老年联系在一起了。从生的方面来看，人一下生，是生的开始，同时也是死的开始。你活上一年，是生了一年，但是同时也是向死亡走近了一年。你是应该高兴呢？还是应该厌恶？你是应该喜呢？还是应该惧？

对于这个问题，我觉得，陶渊明的态度最值得赞美。他有一首诗说："纵浪大化中，不喜亦不惧。应尽便须尽，无复独多虑。"他的"尽"就是死。问题是谁来决定"应"还是"不应"。除非自杀，决定权不在自己手中。既然不在自己手中，你就用不着"多虑"（多操心）。这是最合理的态度。我不相信，人有什么生死轮回。一个人只能生一次，这是一个十分难得的机会，不能轻易放过，只要我们能活一天，我们就必须十分珍视这一天，因为它意味着我们又向死亡前进了一天。我们要抓紧这一天，尽量多做好事，少做或不做坏事。好事就是有利于国家，有利于人民，有利于世界的事。这样做，既能利他，又能利己。损人又不利己的事情是绝对做不得的。至于什么时候"应尽",那既然不能由我们自己决定,也就不必"多虑"了。题写"年方八十""年方九十"的矫情举动要尽量避免。

攀登八宝山，是人人必走的道路。但这不是平常的登山活动，不必努力攀登,争取个第一名。对于这个活动,我一向是主张序齿的，老年人有优待证。但是，这个优待证他可以不使用。我自己反正已经下定决心，决不抢班夺权，决不加塞。等到我"应尽"的时候，我会坦然从命，既不"饮恨"，也不"吞声"。

2002 年 4 月 4 日

老年四“得”

著名的历史学家周一良教授在他去世前的一段时间内，在一些公开场合，讲了他的或者他听到的老年健身法门。每一次讲，他都是眉开眼笑、眉飞色舞，十分投入。他讲了四句话：吃得进，拉得出，睡得着，想得开。这话我曾听过几次。我在心里第一个反应是：这有什么好讲的呢？不就是这样子吗？

一良先生不幸逝世以后，迫使我时常想到一些与他有关的事情，以上四句话，四个“得”，当然也在其中。我越想越觉得，这四句话确实很平凡；但是，人世间真正的真理不都是平凡的吗？真理蕴藏于平凡中，世事就是如此。

前三句话，就是我们所说的吃喝拉撒睡那一套，是每一个人每天都必须处理的，简直没有什么还值得考虑和研究的价值，但这是年青人和某一些中年人的看法。当年我在清华大学读书的时候，从来没想到这四个“得”的问题，因为它们不成问题。当时听说一个个子高大的同学患失眠症，我大惊失色。我睡觉总是睡不够的，一个人怎么会能失眠呢？失眠对我来说简直像是一个神话。至于吃和拉，更是不在话下。每一顿饭，如果少吃了一点，则不久就感到饿意。“二战”期间我在德国时，饿得连地球都想吞下去（借用俄国文豪果戈理《巡按使》中的话）。有一次下乡帮助农民摘苹果，得到四五斤土豆，我回家后一顿吃光，幸而没有撑死。怎么能够吃不下呢？直到 80 岁，拉对我也从来没有成为问题。

可是，“如今一切都改变”。前三个“得”，对我都成问题了。三天两头，总要便秘一次。吃了三黄片或果导，则立即变为腹泻。弄得我束手无策，不知所措。至于吃，我可以说，现在想吃什么就有什么。然而有时却什么也不想吃。偶尔有点饿意，便大喜若狂，昭告身边的朋友们：“我害饿了！”睡眠则多年来靠舒乐安定过日子。不值一提了。

我认为，周一良先生的四“得”的要害是第四个，也就是“想得开”。人，虽自称为“万物之灵”，对于其他生物可以任意杀害，也并不总是高兴的。常言道：“不如意事常八九，可与言人无二三。”这两句话对谁都适合。连叱咤风云的君王和大独裁者，以及手持原子弹吓唬别的民族的新法西斯头子，也不会例外。对待这种情况，万应神药只有一味，就是“想得开”。可惜绝大多数人做不到。尤其是我提到的三种人。他们想不开，也根本不想想得开。最后只能成为不齿于人类的狗屎堆。

想不开的事情很多，但统而言之不出名利二字，所谓“名缰利索”者便是。世界上能有几人真正逃得出这个缰和这条索？对于我们知识分子，名缰尤其难逃。逃不出的前车之鉴比比皆是。周一良先生的第四“得”，我们实在应深思。它不但适用于老年人，对中青年人也同样适用。

2002 年 6 月 16 日

难得糊涂

清代郑板桥提出来的亦书写出来的“难得糊涂”四个大字，在中国，真可以说是家喻户晓，尽人皆知的。一直到今天，二百多年过去了，但在人们的文章里，讲话里，以及嘴中常用的口语中，这四个字还经常出现，人们都耳熟能详。

我也是难得糊涂党的成员。

不过，在最近几个月中，在经过了一场大病之后，我的脑筋有点开了窍。我逐渐发现，糊涂有真假之分，要区别对待，不能眉毛胡子一把抓。

什么叫真糊涂，而什么又叫假糊涂呢？

用不着作理论上的论证，只举几个小事例就足以说明了。例子就从郑板桥举起。

郑板桥生在清代乾隆年间，所谓康乾盛世的下一半。所谓盛世历代都有，实际上是一块其大无垠的遮羞布。在这块布下面，一切都照常进行。只是外寇来得少，人民作乱者寡，大部分人能勉强吃饱了肚子，“不识不知，顺帝之则”了。最高统治者的宫廷斗争，仍然是血腥淋漓，外面小民是不会知道的。历代的统治者都喜欢没有头脑没有思想的人；有这两个条件的只是士这个阶层。所以士一直是历代统治者的眼中钉。可离开他们又不行。于是胡萝卜与大棒并举。少部分争取到皇帝帮闲或帮忙的人，大致已成定局。等而下之，一大批士都只有一条向上爬的路——科举制度，成功与否，完全看自己的运气。翻一翻《儒林外史》，就能洞悉一切。但同时皇帝也多以莫须有的罪名大兴文字狱，杀鸡给猴看。统治者就这样以软硬兼施的手法，统治天下。看来大家都比较满意。但是我认为，这是真糊涂，如影随形，就在自己身上，并不“难得”。

我的结论是：真糊涂不难得，真糊涂是愉快的，是幸福的。

此事古已有之，历代如此。楚辞所谓“举世皆浊我独清，众人皆醉我独醒”，所谓“醉”，就是我说的糊涂。

可世界上还偏有郑板桥这样的人，虽然人数极少极少，但毕竟是有的。他们为天地留了点正气。他已经考中了进士。据清代的一本笔记上说，由于他的书法不是台阁体，没能点上翰林，只能外放当一名知县，“七品官耳”。他在山东潍县做了一任县太爷，又偏有良心，同情小民疾苦，有在潍县衙斋里所作的诗为证。结果是上官逼，同僚挤，他忍受不了，只好丢掉乌纱帽，到扬州当八怪去了。他一生诗书画中都有一种愤闷不平之气，有如司马迁的《史记》。他倒霉就倒在世人皆醉而他独醒，也就是世人皆真糊涂而他独必须装糊涂，假糊涂。

我的结论是：假糊涂才真难得，假糊涂是痛苦，是灾难。

现在说到我自己。

我初进三〇一医院的时候，始终认为自己患的不过是癣疥之疾。

隔壁房间里主治大夫正与北大校长商议发出病危通告，我这里却仍然嬉皮笑脸，大说其笑话。终医院里的四十六天，我始终没有危急感。现在想起来，真正后怕。原因就在，我是真糊涂，极不难得，极为愉快。

我虔心默祷上苍，今后再也不要让真糊涂进入我身，我宁愿一生背负假糊涂这一个十字架。

2002年12月2日在三〇一医院于

大夫护士嘈杂声中写成，亦一快事也

糊涂一点，潇洒一点

最近一个时期，经常听到人们的劝告：要糊涂一点，要潇洒一点。

关于第一点糊涂问题，我最近写过一篇短文《难得糊涂》。在这里，我把糊涂分为两种，一个叫真糊涂，一个叫假糊涂。普天之下，绝大多数的人，争名于朝，争利于市。尝到一点小甜头，便喜不自胜，手舞足蹈，心花怒放，忘乎所以。碰到一个小钉子，便忧思焚心，眉头紧皱，前途暗淡，哀叹不已。这种人滔滔者天下皆是也。他们是真糊涂，但并不自觉。他们是幸福的，愉快的。愿老天爷再向他们降福。

至于假糊涂或装糊涂，则以郑板桥的“难得糊涂”最为典型。郑板桥一流的人物是一点也不糊涂的。但是现实的情况又迫使他们非假糊涂或装糊涂不行。他们是痛苦的。我祈祷老天爷赐给他们一点真糊涂。

谈到潇洒一点的问题，首先必须对这个词儿进行一点解释。这个词儿圆融无碍，谁一看就懂，再一追问就糊涂。给这样一个词儿下定义，是超出我的能力的。还是查一下词典好。《现代汉语词典》的解释是：“（神情、举止、风貌等）自然大方，有韵致，不拘束。”看了这个解释，我吓了一跳。什么“神情”，什么“风貌”，又是什么“韵致”，全是些抽象的东西，让人无法把握。这怎么能同我平常理解和使用的“潇洒”挂上钩呢？我是主张模糊语言的，现在就让“潇洒”这个词儿模糊一下吧。我想到中国六朝时代一些当时名士的举动，特别是《世说新语》等书所记载的，比如刘伶的“死便埋我”，什么雪夜访戴，等等，应该算是“潇洒”吧。可我立刻又想到，这些名士，表面上潇洒，实际上心中如焚，时时刻刻担心自己的脑袋。有的还终于逃不过去，嵇康就是一个著名的例子。

写到这里，我的思维活动又逼迫我把“潇洒”，也像糊涂一样，分为两类：一真一假。六朝人的潇洒是装出来的，因而是假的。

这些事情已经“俱往矣”，不大容易了解清楚。我举一个现代的例子。上一个世纪30年代，我在清华读书的时候，一位教授（姑隐其名）总想充当一下名士，潇洒一番。冬天，他穿上锦缎棉袍，下面穿的是锦缎棉裤，用两条彩色丝带把棉裤紧紧地系在腿的下部。头上头发也故意不梳得油光发亮。他就这样飘飘然走进课堂，顾影自怜，大概十分满意。在学生们眼中，他这种矫揉造作的潇洒，却是丑态可掬，辜负了他一番苦心。

同这位教授唱对台戏的——当然不是有意的——是俞平伯先生。有一天，平伯先生把脑袋剃了个精光，高视阔步，昂然从城内的住处出来，走进了清华园。园内几千人中这是唯一的一个精光的脑袋，见者无不骇怪，指指点点，窃窃私议，而平伯先生则全然置之不理，照样登上讲台，高声朗诵宋代名词，摇头晃脑，怡然自得。朗诵完了，连声高呼：“好！好！就是好！”此外再没有别的话说。古人说：“是真名士自风流。”同那位教英文的教授一比，谁是真风流，谁是假风流；谁是真潇洒，谁是假潇洒，昭然呈现于光天化日之下。

这一个小例子，并没有什么深文奥义，只不过是想辨真伪而已。

为什么人们提倡糊涂一点，潇洒一点呢？我个人觉得，这能提高人们的和为贵的精神，大大地有利于安定团结。

写到这里，这一篇短文可以说是已经写完了。但是，我还想加上一点我个人的想法。

当前，我国举国上下，争分夺秒，奋发图强，巩固我们的政治，发展我们的经济，期望在预期的时间内建成名副其实小康社会。哪里容得半点糊涂、半点潇洒！但是，我们中国人一向是按照辩证法的规律行动的。古人说：“文武之道，一张一弛。”有张无弛不行，有弛无张也不行。张弛结合，斯乃正道。提倡糊涂一点，潇洒一点，正是为了达到这个目的的。

2002 年 12 月 18 日

我的美人观

说清楚一点，就是：我怎样看待美人。

纵观动物世界，我们会发现，在雌雄之间，往往是雄的漂亮、高雅，动人心魄，惹人瞩目。拿狮子来说，雄狮多么威武雄壮，英气磅礴。如果张口一吼，则震天动地，无怪有人称之为兽中之王。再拿孔雀来看，雄的倘一开屏，则遍体金碧耀目，非言语所能形容。仪态万方，令人久久不能忘怀。

但是，一讲到人美，情况竟完全颠倒过来。我们不知道，造物主囊中卖的是什么药。她（他，它）先创造人中雌（女人）。此时她大概心情清爽，兴致昂扬，精雕细琢，刮垢磨光。结果是创造出来的女子美妙、漂亮、悦目、闪光。她看到了自己的作品，左看右看，十分满意，不禁笑上脸庞。

但是，她立刻就想到，只造女人是不行的。这样怎么能传宗接代呢？必须再创造人中雌的对应物人中雄。这样创造活动才算完成。

这样想过，她立即着手创造人中雄。此时，她的心情比较粗疏，因此手法难以细腻。结果是，造出来的人中雄，一反禽兽的标格，显得有点粗陋。连她自己都并不怎样满意。但是，既然造出来了，就只能听之任之，不必再返工了。

到了此时，造物主老年忽发少年狂，决心在本来已经很秀丽、美妙、赏心悦目的人中雌中再创造几个出类拔萃、傲视群雌的超级美人。于是人类中就出现了西施、明妃、赵飞燕、貂蝉、二乔、杨贵妃、柳如是、董小宛、陈圆圆等出类拔萃的超级美人。这样一来，在中国老百姓的中国史观中，就凭空增添了几分靓丽，几分滋润，几分光彩，几分清芬。

打油一首：

中华自古重美人，
西施貂蝉论纷纭。
美人只今仍然在，
各为神州添馨淳。

但是，我还是有问题的。世界文明古国，特别是亚洲文明古国，不止中国一个。为什么只有中国传留下来这么多超级美人，而别的国家则毫无所闻呢？我个人认为，这决不是一个无足轻重的问题。如果研究比较文化史，这个问题绝对躲不过去的。目前，我对于这个问题考虑得还不够深透。我只能说，中国老百姓的中国史观，是丰富多彩的，有滋有味的，不是一堆干巴巴的相斫书。

我现在越来越不安分了，越来胆子越大了。我想在太岁头上动一下土，探讨一下“美人”这个美字的含义。我没有研究过美学，只记得在很多年以前，中国美学论坛上忽然爆发了一场论战。我以一个外行人的身份，从窗外向论坛上瞥了一眼，只见专家们意气风发，舌剑唇枪争得极为激烈。有的学者主张，美是主观的。有的学者主张，美是客观的。有的学者主张，美是主客观相结合的。像美这样扑朔迷离、玄之又玄的现象或者问题，是一向难以得到大家一致同意的结论或者解释的。专家们讨论完了，一哄而散，问题仍然摆在那里，原封未动。

我想从一个我认为是新的观点中解决问题。我认为，美人之所以被称为美人，必然有其异于非美人者。但是，她们也只具有五官四肢，造物主并没有给她们多添上一官一肢，也没有挪动官肢的位置，只在原有的排列上卖弄了一点手法，使这个排列显得更匀称，更和谐，更能赏心悦目。

美人身上有多处美的亮点，我现在不可能一一研究。我只选其中一个最引人注意的来谈一谈，这就是细腰的问题。这是一个极老的问题；但是，无论多么古老，也古老不到蒙昧的远古。那时候，人类首要的问题是采集野果，填饱肚子。男女都整天奔波，男女的腰都是粗而又粗的。哪里有什么余裕来要妇女细腰呢？大概到了先秦时期，情况有了改变。《诗经》第一篇中的“苗条（窈窕）淑女，君子好逑”，苗条二字，无论怎样解释也离不开妇女的腰肢。先秦典籍中还有“楚王好细腰，宫中多饿死”的记载。可见此风在高贵不劳动的妇女中已经形成。流风所及，延续未断，可以说到今天也并没有停住。

中国古典诗词中，颇有一些描绘美人的文章。其中讲到美人的各个方面，细腰当然不会遗漏。我现在从宋词中选取几个例子，以见一斑。

1. 柳永《乐章集·木兰花》

酥娘一搦腰肢袅，回雪萦尘皆尽妙。几多狎客看无厌，一辈舞童功未到。星眸顾指精神峭，罗袖迎风身段小。而今长大懒婆娑，只要千金酬一笑。

2. 柳永《乐章集·浪淘沙令》

有个人人，飞燕精神，急锵环佩上华茵。促拍尽随红袖举，风柳腰身。

3. 柳永《乐章集·合欢带》

身材儿、早是妖娆，算风措、实难描。一个肌肤浑似玉，更都来、占了千娇。妍歌艳舞，莺惭巧舌，柳妒纤腰。自相逢，便觉韩娥价减，飞燕声消。

4. 柳永《乐章集·少年游》

世间尤物意中人，轻细好腰身。

5. 秦观《淮海集·虞美人影》

妒云恨雨腰肢袅，眉黛不堪重扫。薄幸不来春老，羞带宜男草。

6. 秦观《淮海集·昭君怨》

隔叶乳鸦声软。啼断日斜阴转。杨柳小腰肢，画楼西。

7. 贺方回《万年欢》

吴都佳丽苗而秀，燕样腰身，按舞华茵。

8. 秦观《淮海集·满江红》

越艳风流，占天上、人间第一。须信道，绝尘标致，倾城颜色。翠绾垂螺双髻小。柳柔花媚娇无力。笑从来，到处只闻名，今相识。

9. 辛弃疾《临江仙》

小靥人怜都恶瘦，曲眉天与长颦。沉思欢事惜腰身。枕添离别泪，粉落却深匀。

宋词里面讲到细腰的地方，大体就是这样。遗漏几个地方，无关大局，不影响我的推论。

中国其他古典诗词中，也有关于细腰的叙述。因为同我要谈的主要问题无关，我就不谈了。

我现在的首要任务是解释一下，为什么细腰这个现象会同美联系起来。简捷了当地说一句话，我是想使用德国心理学家 Lipps 的“感情移入”的学说来解决这个问题。比如说，你看一个细腰的美女走在你的眼前，步调轻盈，柔软，好像是曹子建眼中的洛神。你一时失神，产生了感情移入的效应，仿佛与细腰女郎化为一体，得大喜悦，飘飘欲仙了。真诚的喜悦，同美感是互相沟通的。

笑着走

走者，离开这个世界之谓也。赵朴初老先生，在他生前曾对我说过一些预言式的话。比如，1986 年，朴老和我奉命陪班禅大师乘空军专机赴尼泊尔公干。专机机场在大机场的后面。当我同李玉洁女士走进专机候机大厅时，朴老对他的夫人说："这两个人是一股气。"后来又听说，朴老说：别人都是哭着走，独独季羡林是笑着走。这一句话给我留下了很深的印象。我认为，他是十分了解我的。

现在就来分析一下我对这一句话的看法。应该分两个层次来分析：逻辑分析和思想感情分析。

先谈逻辑分析。

江淹的《恨赋》最后两句是："自古皆有死，莫不饮恨而吞声。"第一句话是说，死是不可避免的。对待不可避免的事情，最聪明的办法是，以不可避视之，然后随遇而安，甚至逆来顺受，使不可避免的危害性降至最低点。如果对生死之类的不可避免性进行挑战，则必然遇大灾难。"服食求神仙，多为药所误"。秦皇、汉武、唐宗等等是典型的例子。既然非走不行，哭又有什么意义呢？反不如笑着走更使自己洒脱，满意，愉快。这个道理并不深奥，一说就明白的。我想把江淹的文章改一下：既然自古皆有死，何必饮恨而吞声呢？

总之，从逻辑上来分析，达到了上面的认识，我能笑着走，是不成问题的。

但是，人不仅有逻辑，他还有思想感情。逻辑上能想得通的，思想感情未必能接受。而且思想感情的特点是变动不居。一时冲动，往往是靠不住的。因此，想在思想感情上承认自己能笑着走，必须有长期的磨炼。

在这里，我想，我必须讲几句关于朴老的话。不是介绍朴老这个人。“天下谁人不识君”。朴老是用不着介绍的。我想讲的是朴老的“特异功能”。很多人都知道，朴老一生吃素，不近女色，他有特异功能，是理所当然的。他是虔诚的佛教徒，一生不妄言。他说我会笑着走，我是深信不疑的。

我虽然已经九十五岁，但自觉现在讨论走的问题，为时尚早。再过十年，庶几近之。

2006 年 3 月 19 日

常建的一首诗

前一个阶段，每当我在输液众瓶威慑之下吓得连呼吸都有点战战兢兢的时候，我的脑袋一躺在枕头上，唐代诗人常建的一首诗（《题破山寺后禅院》）便浮现到我的眼前：

清晨入古寺，初日照高林。
曲径通幽处，禅房花木深。
山光悦鸟性，潭影空人心。
万籁此俱寂，但余钟磬音。

异哉！怪哉！胡为乎来哉！我同这一首诗相别恐怕已有几十年的时间了。哪里会想到，它竟光临了三〇一医院，在这里恭候我哩。

细想起来，其中也似乎有道理。诗中的“曲径通幽”四个字，常在文人学士的笔下出现。这代表了一种生活情趣，一种审美情趣，为西方文人所无法理解的。

中国古代没有纯粹的山水诗，我的看法是，有之自六朝始，而应以谢灵运为鼻祖。这同佛教的传入和印度文化的影响有密切的关联。印度的佛祖就住在灵鹫山上。在中国，到了唐代，山水诗蔚成大观，王维的那一些山水诗遂独步天下了。唐代许多诗人都创作山水诗。唐代以后，这个传统继续发展。宋代诗中也有大量的山水诗。

这个爱山水诗的传统一直存在下来，直至近现代。清新秀丽的山山水水，能在人们心中唤起心旷神怡的感情。这种感情是每一个人都需要的。更何况此时躺在病床上输液的我呢。

2003 年 6 月 24 日于三〇一医院

忆往昔

时间是一种无始无终，永远不停地前进的东西，过去了一秒，就永远过去了，虽有翻天覆地的手段也是拉不回来的。……在我写这十年回忆的时候，我确实感觉到，自己是“再少”了十年。仅仅这一点，就值得自己大大地欣慰了。

我的小学和中学 · 小引

最近几年，我逐渐注意到，校内外的许多青年朋友对我的学习历程颇感兴趣。也许对我的小学和中学更感兴趣。在这方面，蔡德贵先生的《季羡林传》和于青女士的《东方宏儒季羡林》，都有所涉及；但都由于缺少资料语焉不详。我自己出版了一部《留德十年》，把在哥廷根大学的学习过程写得比较详细。另一部书《清华园日记》即将出版，写的是四年清华大学读书的情况。至于小学和中学，前后共有十几年，都是在济南上的，除了在一些短文里涉及一点以外，系统的陈述尚付阙如。这似乎是一件必须加以弥补的憾事。

我现在就来做这件事情。

我在济南共上过五所中小学，时间跨度是从 1918 年至 1930 年，绝大部分时间是军阀混战时期，最后两年多是国民党统治，正是人民生活最不安定的时期。我叙述的主要对象当然会是我的学习情况；但是其中也难免涉及社会上的一些情况。这对研究山东现代教育史的学者来说当然会有些用处，即使对研究社会史的人也会有些参考价值。

我为什么在这个时候来写这样的文章呢？

原因就在眼前。我今年已经是九十晋一。查遍了季氏家谱，恐怕也难找出几个年龄这样老的人。可是我自己却并没有感受到这一点。我还正在“老骥伏枥，志在万里”哩。从健康情况来看，尽管身体上有这样那样的病——我认为，这是正常的；如果一点病都没有，反而反常——但没有致命的玩意儿。耳虽半聪，目虽半明，但脑袋还是“难得糊涂”的，距老年痴呆症还有一段距离，因此，自己就有点忘乎所以了。总认为，自己还有很多题目要做，比如佛教史上的大乘起源问题，稍有点佛教常识的人都会知道，这是一个重大的课题。但是，中国以及世界上其他一些国家研究佛教史的学者无虑数百人，却没有哪一个人对大乘起源问题能讲出一个令人信服的道理来，多数是隔靴搔痒，少数甚至不着边际。我自己想弥补这个缺失有年矣，已经积累了一些资料。最近我把资料拿出来看了看，立刻又放下，不由地叹上一口气，好像晚年的玄奘一样，觉得办不到了。再像七八年前那样每天跑上一趟大图书馆，腿脚已经不灵了；再看字极小的外文参考书，眼睛也不济了。在这样的情况下，我只有废书兴叹，即使志在十万里，也只是一种幻想了。

可我又偏是一个闲不住的人，每天不写点什么，不读点书，静夜自思，仿佛是犯了罪。现在，严肃的科研工作既然无力进行了，但是记忆还是有的，而且自信是准确而且清晰的。想来想去，何不把脑袋里的记忆移到纸上来，写一写我的小学和中学，弥补上我一生学习的经历呢？

这就是我写这几篇文章的原因。以上这些话就算是小引。

2002年3月3日

回忆一师附小

学校全名应该是山东省立第一师范附属小学。

我于 1917 年阴历年时分从老家山东清平（现划归临清市）到了济南，投靠叔父。大概就在这一年，念了几个月的私塾，地点在曹家巷。第二年，就上了一师附小。地点在南城门内升官街西头。所谓“升官街”，与升官发财毫无关系。“官”是“棺”的同音字，这一条街上棺材铺林立。大家忌讳这个“棺”字，所以改谓升官街，礼也。

附小好像是没有校长，由一师校长兼任。当时的一师校长是王士栋，字祝晨，绰号“王大牛”。他是山东教育界的著名人物。民国一创建，他就是活跃的积极分子，担任过教育界的什么高官，同鞠思敏先生等同为山东教育界的元老，在学界享有盛誉。当时，一师和一中并称，都是山东省立重要的学校，因此，一师校长也是一个重要的职位。在一个七八岁的小学生眼中，校长宛如在九天之上，可望而不可即。可是命运真正会捉弄人，在十六年以后，在 1934 年，我在清华大学毕业后到山东省立济南高中来教书，王祝晨老师也在这里教历史，我们成了平起平坐的同事。在王老师方面，在一师附小时，他根本不会知道我这样一个小学生，他对此事，决不会有什么感触。而在我呢，情况却迥然不同，一方面我对他执弟子礼甚恭，一方面又是同事，心里直乐。

我大概在一师附小只待了一年多，不到两年，因为在我的记忆中换过一次教室，足见我在那里升过一次级。至于教学的情况，老师的情况，则一概记不起来了。唯一的残留在记忆中的一件小事，就是认识了一个“盔”字，也并不是在国文课堂上，而是在手工课堂上。老师教我们用纸折叠东西，其中有一个头盔，知道我们不会写这个字，所以用粉笔写在黑板上。这事情发生在一间大而长的教室中，室中光线不好，有点黯淡，学生人数不少。教员写完了这个字以后，回头看学生，戴着近视眼镜的脸上，有一丝笑容。

我在记忆里深挖，再深挖，实在挖不出多少东西来。学校的整个建筑，一团模糊。教室的情况，如云似雾。教师的名字，一个也记不住。学习的情况，如海上三山，糊里糊涂。总之是一点具体的影像也没有。我只记得，李长之是我的同班。因为他后来成了名人，所以才记得清楚，当时对他的印象也是模糊不清的。最奇怪的是，我记得了一个叫卞蕴珩的同学。他大概是长得非常漂亮，行为也极潇洒。对于一个七八岁的孩子来说，男女外表的美丑，他们是不关心的。可不知为什么，我竟记住了卞蕴珩，只是这个名字我就觉得美妙无比。此人后来再没有见过。对我来说，他成为一条神龙。

此外，关于我自己，还能回忆起几件小事。首先，我做过一次生意。我住在南关佛山街，走到西头，过马路就是正觉寺街。街东头有一个地方，叫新桥。这里有一所炒卖五香花生米的小铺子。铺子虽小，名气却极大。这里的五香花生米（济南俗称长果仁）又咸又香，远近驰名。我经常到这里来买。我上一师附小，一出佛山街就是新桥，可以称为顺路。有一天，不知为什么，我忽发奇想，用自己从早点费中积攒起来的一些小制钱（中间有四方孔的铜币）买了半斤五香长果仁，再用纸分包成若干包，带到学校里向小同学兜售，他们都震于新桥花生米的大名，纷纷抢购，结果我赚了一些小制钱，尝到做买卖的甜头，偷偷向我家的阿姨王妈报告。这样大概做了几次。我可真没有想到，自己在七八岁时竟显露出来了做生意的“天才”。可惜我以后“误”入“歧途”，“天才”没有得到发展。否则，如果我投笔从贾，说不定我早已成为一个大款，挥金如土，不像现在这样柴、米、油、盐、酱、醋、茶都要斤斤计算了。我是一个被埋没了的“天才”。

还有一件小事，就是滚铁圈。我一闭眼，仿佛就能看到一个八岁的孩子，用一根前面弯成钩的铁条，推着一个铁圈，在升官街上从东向西飞跑，耳中仿佛还能听到铁圈在青石板路上滚动的声音。这就是我自己。有一阵子，我迷上了滚铁圈这种活动。在南门内外的大街上没法推滚，因为车马行人，喧闹拥挤。一转入升官街，车少人稀，英雄就大有用武之地了。我用不着拐弯，一气就推到附小的大门。

然而，世事多变，风云突起。为了一件没有法子说是大是小的、说起来简直是滑稽的事儿，我离开了一师附小，转了学。原来，当时正是五四运动风起云涌的时候，而一师校长王祝晨是新派人物，立即起来响应，改文言为白话。忘记了是哪个书局出版的国文教科书中选了一篇名传世界的童话《阿拉伯的骆驼》，内容讲的是：在沙漠大风暴中，主人躲进自己搭起来的帐篷，而把骆驼留在帐外。骆驼忍受不住风沙之苦，哀告主人说："只让我把头放进帐篷行不行？"主人答应了。过了一会儿，骆驼又哀告说："让我把前身放进去行不行？"主人又答应了。又过了一会儿，骆驼又哀告说："让我全身都进去行不行？"主人答应后，自己却被骆驼挤出了帐篷。童话的意义是非常清楚的。但是天有不测风云，这篇课文竟让叔父看到了。他大为惊诧，高声说："骆驼怎么能说话呢！荒唐！荒唐！转学！转学！"

于是我立即转了学。从此一师附小只留在我的记忆中了。

2002 年 2 月 28 日

回忆新育小学

我从一师附小转学出来，转到了新育小学，时间是在 1920 年，我九岁。我同一位长我两岁的亲戚同来报名。面试时我认识了一个“骡”字，定为高小一班。我的亲戚不认识，便定为初小三班，少我一字，一字之差我比他高了一班。

我们的校舍

新育小学坐落在南圩子门里，离我们家不算远。校内院子极大，空地很多。一进门，就是一大片空地，长满了青草，靠西边有一个干涸了的又圆又大的池塘，周围用砖石砌得整整齐齐，当年大概是什么大官的花园中的花池，说不定曾经有过荷香四溢、绿叶擎天的盛况，而今则是荒草凄迷、碎石满池了。

校门东向。进门左拐有几间平房，靠南墙是一排平房。这里住着我们的班主任李老师和后来是高中同学的、北大毕业生宫兴廉的一家子，还有从曹州府来的三个姓李的同学，他们在家乡已经读过多年私塾，年龄比我们都大，国文水平比我们都高，他们大概是家乡的大地主子弟，在家乡读过书以后，为了顺应潮流，博取一个新功名，便到济南来上小学。带着厨子和听差，住在校内，令我怀念难忘的是他们吃饭时那一蒸笼雪白的馒头。

进东门，向右拐，是一条青石板砌成的小路，路口有一座用木架子搭成的小门，门上有四个大字：循规蹈矩。我当时不知道是什么意思，但觉得这四个笔划繁多的字很好玩。进小门右侧是一个花园，有假山，用太湖石堆成，山半有亭，翼然挺立。假山前后，树木蓊郁。那里长着几棵树，能结出黄色的豆豆，至今我也不知道叫什么树。从规模来看，花园当年一定是繁荣过一阵的。是否有纳兰容若词中所写的“晚来风起撼花铃，人在碧山亭”那样的荣华，不得而知；但是，极有气派，则是至今仍然依稀可见的。可惜当时的校长既非诗人，也非词人，对于这样一个旧花园熟视无睹，任它荒凉衰败、垃圾成堆了。

花园对面，小径的左侧是一个没有围墙的大院子，没有多少房子，高台阶上耸立着一所极高极大的屋子，里面隔成了许多间，校长办公室，以及其他一些会计、总务之类的部门，分别占据。屋子正中墙上挂着一张韦校长的炭画像，据说是一位高年级的学生画的，我觉得，并不很像。走下大屋的南台阶，距离不远的地方，左右各有一座大花坛，春天栽上牡丹和芍药什么的，一团锦绣。出一个篱笆门，是一大片空地，上面说的大圆池就在这里。

出高台阶的东门，就是“循规蹈矩”小径的尽头。向北走进一个门是一个极大的院子，东西横排着两列大教室，每一列三大间，供全校六个班教学之用。进门左手是一列走廊，上面有屋顶遮盖，下雨淋不着。走廊墙上是贴布告之类的东西的地方。走过两排大教室，再向北，是一个大操场，对一个小学来说，操场是够大的了。有双杠之类的设施，但是，不记得上过什么体育课。小学没有体育课是不可思议的。再向北，在西北角上，有几间房子，是教员住的。门前有一棵古槐，覆盖的面积极大，至今脑海里还留有一团蓊郁翠秀的影像。

校舍的情况就是这个样子。

教员和职员

按照班级的数目，全校教员应该不少于十几个的；但是，我能记住的只有几个。

我们的班主任是李老师，从来就不关心他叫什么名字，小学生对老师的名字是不会认真去记的。他大概有四十多岁，在一个九岁孩子的眼中就算是一个老人了。他人非常诚恳忠厚，朴实无华，从来没有训斥过学生，说话总是和颜悦色，让人感到亲切，他是我一生最难忘的老师之一。当时的小学教员，大概都是教多门课程的，什么国文、数学（当时好像是叫算术）、历史、地理等课程都一锅煮了。因为程度极浅，用不着有多么大的学问。一想到李老师，就想起了两件事。一件事是，某一年的初春的一天，大圆池旁的春草刚刚长齐，天上下着小雨，“沾衣欲湿杏花雨，吹面不寒杨柳风”。李老师带着我们全班到大圆池附近去种菜，自己挖地，自己下种，无非是扁豆、芸豆、辣椒、茄子之类。顺便说一句，当时西红柿还没有传入济南，北京如何，我不知道。于时碧草如茵，嫩柳鹅黄，一片绿色仿佛充塞了宇宙，伸手就能摸到。我们蹦蹦跳跳，快乐得像一群初入春江的小鸭，是我一生三万多天中最快活的一天。至今回想起来还兴奋不已。另一件事是，李老师辅导我们的英文。认识英文字母，他有妙法。他说，英文字母 f 就像一只大马蜂，两头长，中间腰细。这个比喻，我至今不忘。我不记得课堂上的英文是怎样教的。但既然李老师辅导我们，则必然有这样一堂课无疑。好像还有一个英文补习班，这桩事下面再谈。

另一位教员是教珠算（打算盘）的，好像是姓孙，名字当然不知道了。此人脸盘长得像知了，知了在济南叫 shao qian，就是蝉，因此学生们就给他起了一个外号，叫 shao qian，我到现在也不知道这两个字是怎样写。此人好像是一个迫害狂，一个法西斯分子，对学生从来没有笑脸。打算盘本来是一个技术活，原理并不复杂，只要稍加讲解，就足够了，至于准确纯熟的问题，在运用中就可以解决。可是这一位 shao qian 公，对初学的小孩子制定出了极残酷不合理的规定：打错一个数，打一板子。在算盘上差一行，就差十个数，结果就是十板子。上一堂课下来，每个人几乎都得挨板子。如果错到几十个到一百个数，那板子不知打多久，才能打完。有时老师打累了，才板下开恩。那时候认为体罚是合情合理的，八九岁十来岁的孩子到哪里去告状呀！小学生被赶到穷途末路，起来造了一次反。这件事也在下面再谈。

其余的教师都想不起来了。

那时候，新育已经有男女同学了，还有缠着小脚去上学的女生，大家也不以为怪。大约在我高小二年级时，学校里忽然来了一个女教师，年纪不大，教美术和音乐。我们班没有上过她的课，不知姓字名谁。除了初来时颇引起了一阵街谈巷议之外，不久也就习以为常了。

至于职员，我们只认识一位，是管庶务的。我们当时都写大字，叫作写“仿”。仿纸由学生出钱，学校代买。这一位庶务，大概是多克扣了点钱，买的纸像大便后用的手纸一样粗糙。山东把手纸叫草纸。学生们就把“草纸”的尊号上给了这一位庶务先生。

我的学习和生活

在我的小学和中学中，新育小学不能说是一所关键的学校。可是不知为什么，我对新育三年记忆得特别清楚。一闭眼，一幅完整的新育图景就展现在我的眼前，仿佛是昨天才离开那里的，校舍和人物，以及我的学习和生活，巨细不遗，均深刻地印在我的记忆中。更奇怪的是，我上新育与一师附小紧密相联，时间不过是几天的工夫，而后者则模糊成一团，几乎是什么也记不起来。其原因到现在我也无法解释。

新育三年，斑斓多彩，文章谈到我自己、我的家庭、当时的社会情况，内容异常丰富，只能再细分成小题目，加以叙述。

学习的一般情况

总之，一句话，我是不喜欢念正课的。对所有的正课，我都采取对付的办法。上课时，不是玩小动作，就是不专心致志地听老师讲，脑袋里不知道是想些什么，常常走神儿，斜眼看到教室窗外四时景色的变化，春天繁花似锦，夏天绿柳成荫，秋天风卷落叶，冬天白雪皑皑。旧日有一首诗："春天不是读书天，夏日迟迟正好眠，秋有蚊虫冬有雪，收拾书包好过年。"可以为我写照。当时写作文都用文言，语言障碍当然是有的，最困难的是不知道怎样起头。老师出的作文题写在黑板上，我立即在作文簿上写上"人生于世"四个字，下面就穷了词儿，仿佛永远要"生"下去似的。以后憋好久，才能憋出一篇文章。万没有想到，以后自己竟一辈子舞笔弄墨。我逐渐体会到，写文章是要讲究结构的，而开头与结尾最难，这现象在古代大作家笔下经常可见。然而，到了今天，知道这种情况的人似乎已不多了。也许有人竟认为这是怪论，是迂腐之谈，我真欲无言了。有一次作文，我不知从什么书里抄了一段话："空气受热而上升，他处空气来补其缺，遂流动而成风。"句子通顺，受到了老师的赞扬。可我一想起来，心里就不是滋味，愧悔有加。在今天，这也可能算是文坛的腐败现象吧。可我只是十岁的孩子，不知道什么叫文坛，我一不图名，二不图利，完全为了好玩儿。但自己也知道，这样做是不对的，所以才悔愧，从那以后，一生中再没有剽窃过别人的文字。

小学也是每学期考试一次，每年两次，三年共有六次，我的名次总盘桓在甲等三四名和乙等前几名之间。甲等第一名被一个叫李玉和的同学包办。他比我大几岁，是一个拼命读书的学生。我从来也没有争第一名的念头，我对此事极不感兴趣。根据我后来的经验，小学考试的名次对一个学生一生的生命历程没有多少影响。家庭出身和机遇影响更大。我从前看过一幅丰子恺的漫画，标题是“小学的同学”，画着一副卖吃食的担子，旁边站着两个人，颇能引人深思。但是，我个人有一次经历，比丰老画得深刻多了。有一天晚上，我在济南院前大街雇洋车回佛山街，在黑暗中没有看清车夫是什么人。到了佛山街下车付钱的时候，蓦抬头，看到是我新育小学的同班同学！我又惊讶又尴尬，一时说不出话来。我如果是漫画家，画上一幅画，一辆人力车，两个人，一人掏钱，一人接钱。相信会比丰老的画更能令人深思。

我的性格

我一生自认为是一个性格内向的人，一个上不得台盘的人。每次参加大会，在大庭广众中，浑身觉得不自在，总想找一个旮旯儿藏在那里，少与人打交道。“今天天气，哈，哈，哈”一类的话，我不愿意说；说出来也不地道。每每看到一些男女交际花，在人群中走来走去，如鱼得水，左边点头，右边哈腰，脸上作微笑状，纵横捭阖，折冲樽俎，得意洋洋，顾盼自雄，我真是羡慕得要死，可我做不到。我现在之所以被人看作社会活动家，甚至国际活动家，完全是环境造成的。是时势造“英雄”，我是一只被赶上了架的鸭子。

可是现在回想起来，我在新育小学时期，性格好像不是这个样子，一点也不内向，外向得很。我喜欢打架，欺负人，也被人欺负。有一个男孩子，比我大几岁，个子比我高半头，总好欺负我。最初我有点怕他，他比我劲大。时间久了，我忍无可忍，同他干了一架。他个子高，打我的上身。我个子矮，打他的下身。后来搂抱住滚在双杠下面的沙土堆里，有时候他在上面，有时候我在上面，没有决出胜负。上课铃响了，各回自己的教室。从此他再也不敢欺负我，天下太平了。

我却反过头来又欺负别的孩子。被我欺负最厉害的是一个名叫刘志学的小学生，岁数可能比我小，个头差不多，但是懦弱无能，一眼被我看中，就欺负起他来。根据我的体会，小学生欺负人并没有任何原因，也没有什么仇恨。只是个人有劲使不出，无处发泄，便寻求发泄的对象了。刘志学就是我寻求的对象，于是便开始欺负他，命令他跪在地下，不听就拳打脚踢。如果他鼓起勇气，抵抗一次，我也许就会停止，至少会收敛一些。然而他是个窝囊废，一丝抵抗的意思都没有。这当然更增加了我的气焰，欺负的次数和力度都增加了。刘志学家同婶母是拐弯抹角的亲戚。他向家里告状，他父母便来我家告状。结果是我挨了婶母一阵数落，这一幕悲喜剧才告终。

从这一件小事来看，我无论如何也不能算是一个内向的孩子。怎么会一下子转成内向了呢？这问题我从来没有想到过。现在忽然想起来了，也就顺便给它一个解答。我认为，《三字经》中有两句话："性相近，习相远。""习"是能改造"性"的。我六岁离开母亲，童心的发展在无形中受到了阻碍。我能躺在一个非母亲的人的怀抱中打滚撒娇吗？这是不能够想象的。我不能说，叔婶虐待我，那样说是谎言；但是在日常生活中小小的歧视，却是可以感觉得到的，比如说，做衣服，有时就不给我做。在平常琐末的小事中，偏心自己的亲生女儿，这也是人之常情，不足为怪。一个七八岁的孩子对于这些事情并不敏感。但是，积之既久，在自己潜意识中难免留下些印记，从而影响到自己的行动。我清晰地记得，向婶母张口要早点钱，在我竟成了难题。有一个夏天的晚上，我们都在院子里铺上席，躺在上面纳凉。我想到要早点钱，但不敢张口，几次欲言又止，最后时间已接近深夜，才鼓起了最大的勇气，说要几个小制钱。钱拿到手，心中狂喜，立即躺下，进入梦乡，睡了一整夜。对一件事来说，这样的心理状态是影响不大的，但是时间一长，性格就会受到影响。我觉得，这个解释是合情合理的。

我在这里必须补充几句。我为什么能够从乡下到济南来呢？原因极为简单。我的上一辈大排行兄弟十一位，行一的大大爷和行二的二大爷是亲兄弟，是举人的儿子。我父亲行七，叔父行九，还有一个十一叔，是一母一父所生。最后一个因为穷，而且父母双亡，送给了别人，改姓刁。其余的行三四五六八十的都因穷下了关东，以后失去了联系，不知下落。留下的五个兄弟，大大爷有一个儿子，早早死去。我生下来时，全族男孩就我一个，成了稀有金属，传宗接代的大任全压在我一个人身上。在我生前很多年，父亲和九叔不到二十岁的时候，失怙失恃，无衣无食，兄弟俩被迫到济南去闯荡，经过了千辛万苦，九叔立定了脚跟。我生下来六岁时，把我接到济南。如果当时他有一个男孩的话，我是到不了济南的。如果我到不了济南，也不会有今天的我。我大概会终生成为一个介乎贫雇农之间的文盲，也许早已不在人世，墓木久拱了。所以我毕生感谢九叔。上面说到的那一些家庭待遇，并没有逾越人情的常轨，我并不怀恨在心。不过，既然说到我的小学和我的性格，不得不说说而已。

回家路上

我的家距离新育小学并不算远。虽然有的地方巷子很窄，但都是青石铺路，走上去极为平坦，舒适，并没有难走的地方。

我同一般的比较调皮的小孩子一样，除非肚子真饿了，放学后往往不立即回家，在路上同一些小朋友打打闹闹，磨蹭着不肯回家。见到什么新鲜事儿，必然挤上去围观。看到争吵打架的，就更令我们兴奋，非看个水落石出不行。这一切都是男孩子共有的现象，不足为怪。但是，我们也有特立独行的地方。济南地势，南高北低。到了夏天下大雨的时候，城南群山的雨水汇流成河，顺着一条大沙沟，奔腾而北，进了圩子墙，穿过朝山街、正觉寺街等马路东边房子后面的水沟，再向前流去，济南人把这一条沙沟叫“山水沟”。山水每年夏季才有，平常日子这条沟是干的。附近的居民就把垃圾，以及死狗死猫丢在沟里，根本没有人走这里。可我就选了朝山街的山水沟作回家去的路，里面沙石满地，臭不可闻，根本没有走人的路。我同几个小伙伴就从这里走回家。虽然不是每天如此，次数也不会太少。八九十来岁的男孩子的行动是不可以理喻的。

看捆猪

还有不可以理喻的一些行动，其中之一就是看捆猪。

新育小学的西邻是一个养猪场，规模大概相当大，我从来没有进去过。大概是屠宰业的规定，第二天早晨杀猪，头一天下午接近黄昏的时候就把猪捆好。但是，捆猪并不容易，猪同羊和牛都不一样。当它们感到末日来临时，是会用超常的力量来奋起抵抗的。我和几位调皮的小伙伴往往在放学后不立即回家，而是一听隔壁猪叫就立即爬上校内的柳树，坐在树的最高处，看猪场捉猪。有的猪劲极大，不太矮的木栅栏一跃而过，然后满院飞奔。捉猪人使用极其残暴的手段和极端残忍的工具——一条长竿顶端有两个铁钩，努力把猪捉住。有时候竿顶上的铁钩深刺猪的身躯上的某一部分，鲜血立即喷出。猪仍然不肯屈服，带血狂奔，流血满地，直到筋疲力尽，才被人捆绑起来，嘴里仍然嚎叫不止，有的可能叫上一夜，等到第二天早晨挨上那一刀，灵魂或者进入地狱，或者进入天堂，除了印度相信轮回转生者以外，没有人能够知道了。这实在是极端残忍的行为。在高级的雍荣华贵的餐厅里就着葡萄美酒吃猪排的美食者，大概从来不会想到这一点的。还是中国古代的君子聪明，他们“远庖厨”，眼不见为净。

我现在——不是当年，当年是没有这样敏感的——浮想联翩，想到了很多事情。首先我想到造物主——我是不相信有这玩意儿的——实在是非常残酷不仁。他一定要让动物互相吞噬，才能生活下去。难道不能用另外一种方法来创造动物界吗？即使退一步想，让动物像牛羊一样只吃植物行不行呢？当然，植物也是生物，也有生命；但是，我们看不到植物流泪，听不到它们嚎叫，至少落个耳根清净吧。

我又想到，同样是人类，对猪的态度也不尽相同。我曾在德国住过多年。那里的农民有的也养猪。怎样养法，用什么饲料，我一概不知。养到一定的重量，就举行一次 Schlachtfest（屠宰节），邀请至亲好友，共同欢聚一次。我的女房东有时候就下乡参加这样的欢聚。她告诉我，先把猪赶过来，乘其不备，用手枪在猪头上打上一枪，俟其倒毙，再来动手宰割，将猪身上不同部位的肉和内脏，加工制成不同的食品，然后大家暂时或长期享用。猪被人吃，合乎人情事理，但不让猪长时间受苦，德国人这种猪道主义是颇值得我们学习的。至于在手枪发明以前德国人是怎样杀猪的，就没有研究过，只好请猪学专家去考证研究了。

看杀人

最不可以理喻的行动是喜欢看杀人。其实，这可能是最可以理喻的，因为大人们也都喜欢看。

新育小学坐落在南圩子门里。圩子门是朝山街的末端。出圩子门向右拐，有一条通往齐鲁大学的大道。大道中段要经过上面提到的山水沟，右侧有一座小小的龙王庙，左侧则是一大片荒滩，对面土堤很高，这里就是当时的刑场，是处决犯人的地方。犯人出发的地方是城里院东大街路北山东警察厅内的监狱。出大厅向右走一段路，再左拐至舜井街，然后出南城门，经过朝山街，出南圩子门，照上面的说法走，就到了目的地。

朝山街是我上学必经之路。有时候，看到街道两旁都挤满了人，就知道，今天又要杀人了。我于是立即兴奋起来，把上学的事早已忘到九霄云外去了。挤在人群里，伸长了脖子，等候着，等候着。此时，只有街道两旁人山人海，街道中间则既无行人，也无车马。不久，看到一个衣着破烂的人，喝得醉醺醺的，右肩背着一支步枪，慢腾腾地走了过去。大家知道，这就是刽子手。再过不久，就看到大队警察簇拥着待决的囚犯，一个或多个，走了过来，囚犯是五花大绑，背上插着一根木牌，上面写着他的名字，名字上面用朱笔画上了一个红 ×。犯人过去了以后，街上的秩序立即大乱。人群纷纷向街中间，拥拥挤挤，摩肩接踵，跟着警察大队，挤出南圩子门，纷纷抢占高地制高点，能清晰看到刑场的情况，但又不敢离得太近，理由自明。警察押着犯人走向刑场，犯人向南跪在高崖下面，枪声一响，仪式完毕，警察撤走。这时一部分群众又拥向刑场，观看躺在地上的死尸。枪毙土匪，是没有人来收尸的。我们几个顽皮的孩子当然不甘落后，也随着大家往前拥。经过了这整个过程，才想起上学的事来。走回学校，免不了受到教员的斥责。然而却决不改悔，下一次碰到这样的事，仍然照看不误。

当时军阀混战，中原板荡。农村政权，形同虚设。县太爷龟缩在县城内，广大农村地区不见一个警察。坏人或者为穷所逼铤而走险的人，变成了土匪（山东话叫“老缺”），横行乡里。从来没听说，哪一帮土匪劫富济贫，替天行道。他们绑票勒索，十分残酷。我的一个堂兄，林字辈的第一人季元林，家里比较富裕，被土匪绑走，勒索巨款。家人交上了赎票的钱，但仍被撕票，家人找到了他的尸体，惨不忍睹，双眼上各贴一张狗皮膏药，两耳中灌满了蜡烛油。可见元林在匪穴中是受了多么大的痛苦。这样的土匪偶尔也会被捉住几个，送到济南来，就演出一出上面描写的那样的悲喜剧。我在新育三年，这样的剧颇看了不少。对一个十一二岁的孩子来说，了解社会这一方面的情况，并无任何坏处。

马 市

马市指的是旧社会定期举行的买卖骡马的集市。新育小学大门外空地上就有这样的马市。忘记是多久举行一次了。到了这一天，空地上挤满了人和马、骡、驴等，不记得有牛。这里马嘶驴鸣，人声鼎沸，一片繁忙热闹的景象。骡马的高低肥瘦，一看便知；但是年龄却是看不出来的。经纪人也自有办法。骡、马、驴都是吃草的动物，吃草要用牙，草吃多了，牙齿就受到磨损。专家们从牙齿磨损的程度上就能看出它们的年龄。于是，在看好了骡马的外相之后，就用手扒开它们的嘴，仔细观看牙齿。等到这一些手续都完了以后，就开始讨价还价了。在这里，不像在蔬菜市场上或其他市场上那样，用语言，用嘴来讨价还价，而是用手，经纪人和卖主或他的经纪人，把手伸入袖筒里，用手指头来讨论价格，口中则一言不发。如果袖筒中价钱谈妥，则退出手来，交钱牵牲口。这些都是没有见过世面的“下等人”，不懂开什么香槟酒来庆祝胜利。甚至有的价格还抵不上一瓶昂贵的香槟酒。如果袖筒会谈没有结果，则另起炉灶，找另外的人去谈了。至于袖筒中怎样谈法，这是经纪人垄断的秘密，我们局外人是无法知道的。这同中国佛教禅宗的薪火相传，颇有些类似之处。

九月九庙会

每年到了夏历九月初九日，是所谓重阳节，是登高的好日子。这个节日来源很古，可能已有几千年的历史。济南的重阳节庙会（实际上并没有庙，姑妄随俗称之）是在南圩子门外大片空地上，西边一直到山水沟。每年，进入夏历九月不久，就有从全省一些地方，甚至全国一些地方来的艺人会聚此地，有马戏团、杂技团、地方剧团、变戏法的、练武术的、说山东快书的、玩猴的、耍狗熊的等，应有尽有。他们各圈地搭席棚围起来，留一出入口，卖门票收钱。规模大小不同，席棚也就有大有小，总数至少有几十座。在夜里有没有“夜深千帐灯”的气派，我没有看到过，不敢瞎说。反正白天看上去，方圆几十里，颇有点动人的气势。再加上临时赶来的，卖米粉、炸丸子和豆腐脑等的担子，卖花生和糖果的摊子，特别显眼的柿子摊——柿子是南山特产，个大色黄，非常吸引人，这一切混合起来，形成了一种人声嘈杂、歌吹沸天的气势，仿佛能南摇千佛山，北震大明湖，声撼济南城了。

我们的学校，同庙会仅一墙（圩子墙）之隔，会上的声音依稀可闻。我们这些顽皮的孩子能安心上课吗？即使勉强坐在那里，也是身在课堂心在会。因此，一有机会，我们就溜出学校，又嫌走圩子门太远，就近爬过圩子墙，飞奔到庙会上，一睹为快。席棚很多，我们光捡大的去看。我们谁身上也没有一文钱，门票买不起。好在我们都是三块豆腐干高的小孩子，混在购票观众中挤了进去，也并不难。进去以后，就成了我们的天地，不管耍的是什么，我们总要看个够。看完了，走出来，再钻另外一个棚，几乎没有钻不进去的。实在钻不进去，就绕棚一周，看看哪一个地方有小洞，我们就透过小洞往里面看，也要看个够。在十几天的庙会中，我们钻遍了大大小小的棚，对整个庙会一览无余，一文钱也没有掏过。可是，对那些卖吃食的摊子和担子，则没有法钻空子，只好口流涎水，望望然而去之。虽然不无遗憾，也只能忍气吞声了。

看 戏

这一次不是在城外了，而是在城内，就在我们住的佛山街中段一座火神庙前。这里有一座旧戏台，已经破旧不堪，门窗有的已不存在，看上去，离倒塌的时候已经不太远了。我每天走过这里，不免看上几眼；但是，好多年过去了，没有看到过一次演戏。有一年，还在我在新育小学念书的时候，不知道是哪一位善男信女，忽发大愿，要给火神爷唱上一天戏，就把旧戏台稍稍修饰了一下，在戏台和火神庙门之间，左右两旁搭上了两座木台子，上设座位，为贵显者所专用。其余的观众就站在台下观看。我们家里规矩极严，看戏是决不允许的。我哪里能忍受得了呢？没有办法，只有在奉命到下洼子来买油、打醋、买肉、买菜的时候，乘机到台下溜上几眼，得到一点满足。有一次，回家晚了，还挨了一顿数落。至于台上唱的究竟是什么戏，我完全不懂。剧种也不知道，反正不会是京剧，也不会是昆曲，更不像后来的柳子戏，大概是山东梆子吧。前二者属于阳春白雪之列，而这样的戏台上只能演下里巴人的戏。对于我来说，我只瞥见台上敲锣拉胡琴儿的坐在一旁，中间站着一位演员在哼哼唧唧地唱，唱词完全不懂；还有红绿的门帘，尽管陈旧，也总能给寥落古老的戏台增添一点彩色，吹进一点生气，我心中也莫名其妙地感到一点兴奋，这样我就十分满足了。

不知道什么原因，一些演员的名字我至今记忆犹新。女角叫云金兰，老生叫耿永奎，丑角叫胡风亭。胡就住在正谊中学附近，我后来到正谊念书时，还见到过他，看来并不富裕，同后来的京剧名演员梅兰芳、马连良等阔得流油的情况相比，有天渊之别了。

学英文

我在上面曾说到李老师辅导我们学英文字母的事情。英文补习班似乎真有过，但具体的情况则完全回忆不起来了。时间大概是在晚上。我的记忆中有很清晰的一幕：在春天的晚间，上过课以后，在校长办公室高房子前面的两座花坛中间，我同几个小伙伴在说笑，花坛里的芍药或牡丹的大花朵和大叶子，在暗淡的灯光中，分不清红色和绿色，但是鼻子中似乎能嗅到香味。芍药和牡丹都不以香名。唐人诗“国色朝酣酒，天香夜染衣”，其中用“天香”二字，似指花香。不管怎样，当时，在料峭的春夜中，眼前是迷离的花影，鼻子里是淡淡的清香，脑袋里是刚才学过的英文单词，此身如遗世独立。这一幅电影画面以后常在我眼中展现，至今不绝。我大概确实学了不少的英文单词。毕业后报考正谊中学时，不意他们竟考英文，题目是翻译几句话：“我新得了一本书，已经读了几页；不过有些字我不认识。”我大概是翻出来了，所以才考了一个一年半级。

国文竞赛

有一年，在秋天，学校组织全校学生游开元寺。

开元寺是济南名胜之一，坐落在千佛山东群山环抱之中。这是我经常来玩的地方。寺上面的大佛头尤其著名，是把一面巨大的山崖雕凿成了一个佛头，其规模虽然比不上四川的乐山大佛，但是在全国的石雕大佛中也是颇有一点名气的。从开元寺上面的山坡往上爬，路并不崎岖，爬起来比较容易。爬上一刻钟到半个小时就到了佛头下。据说佛头的一个耳朵眼里能够摆一桌酒席。我没有试验过，反正其大概可想见了。从大佛头再往上爬，山路当然崎岖，山石更加亮滑，爬起来颇为吃力。我曾爬上来过多次，颇有驾轻就熟之感，感觉不到多么吃力。爬到山顶上，有一座用石块垒起来的塔似的东西。从济南城里看过去，好像是一个橛子，所以这一座山就得名橛山。同泰山比起来，橛山不过是小巫见大巫；但在济南南部群山中，橛山却是鸡群之鹤，登上山顶，望千佛山顶如在肘下，大有“一览众山小”之慨了。可惜的是，这里一棵树都没有，不但没有松柏，连槐柳也没有，只有荒草遍山，看上去有点童山濯濯了。

从橛山山顶，经过大佛头，走了下来，地势渐低，树木渐多，走到一个山坳里，就是开元寺。这里松柏参天，柳槐成行，一片浓绿，间以红墙，仿佛在沙漠里走进了一片绿洲。虽然大庙那样的林宫梵宇、崇阁高塔在这里找不到，但是也颇有几处佛殿，佛像庄严。院子里有一座亭子，名叫静虚亭。最难得最引人注目的是一泓泉水，在东面石壁的一个不深的圆洞中。水不是从下面向上涌，而是从上面石缝里向下滴，积之既久，遂成清池，名之曰秋棠池。洞中水池的东面岸上长着一片青苔，栽着数株秋海棠。泉水是上面群山中积存下来的雨水，汇聚在池上，一滴一滴地往下滴。泉水甘甜冷冽，冬不结冰。庙里住持的僧人和络绎不绝的游人，都从泉中取水喝。用此水煮开泡茶，也是茶香水甜，不亚于全国任何名泉。有许多游人是专门为此泉而来开元寺的。我个人很喜欢开元寺这个地方，过去曾多次来过。这一次随全校来游，兴致仍然极高，虽归而兴未尽。

回校后，学校出了一个作文题目《游开元寺记》，举行全校作文比赛，把最好的文章张贴在教室西头走廊的墙壁上。前三名都是我在上面提到过的从曹州府来的三位姓李的同学所得。第一名作文后面教师的评语是“颇有欧苏真气”。我也榜上有名，但却在八九名之后了。

一次失败的“造反”

我在上面介绍教员时，曾提到一位教珠算的绰号叫 shao qian 的教员。他那法西斯式的教学方法引起了全班学生的愤怒。哪里有压迫，哪里就有抵抗。对于小孩子也不例外。大家挨够了他的戒尺，控诉无门。告诉家长，没有用处。告诉校长，我们那位校长是一个小官僚主义者，既不教书，也不面对学生，不知道他整天干些什么。告诉他也不会有用。我们小小的脑袋瓜里没有多少策略，想来想去，只有一条路，就是造反，把他"架"（赶走）了。比我大几岁的几个男孩子带头提出了行动方略：在上课前把教师用的教桌倒翻过来，让它四脚朝天。我们学生都离开教室，躲到那一个寥落的花园假山附近的树丛中，每人口袋里装满了上面提到的那些树上结满了的黄色的豆豆，准备用来打 shao qian 的脑袋。但是，十一二岁的孩子们不懂什么组织要细密，行动要统一，意见要一致，便贸然行事。我喜欢热闹，便随着那几个大孩子，离开了教室，躲在乱树丛中，口袋里装满了黄豆豆，准备迎接胜利。但是，过了半个多小时，我们都回到教室里，准备用黄豆豆打教师的脑袋时，我们都傻了眼：大约有三分之一的学生安然坐在那里，听老师讲课，教桌也早已翻了过来。原来能形成的统一战线，现在彻底崩溃了。学生分成了两类：良民与罪犯。我们想造反的人当然都属于后者。shao qian 本来就不是什么好东西，现在看到有人居然想砸他的饭碗，其忿怒之情概可想见，他满面怒容，威风凛凛地坐在那里，竹板戒尺拿在手中，在等候我们这一批自投罗网的小罪犯。他看个子大小，就知道谁是主犯，谁是从犯。他先把主犯叫过去，他们自动伸出了右手。只听到重而响的啪啪的板子声响彻了没有人敢喘大气的寂静的教室。那几个男孩子也真有“种”，被打得龇牙咧嘴，却不哼一声。轮到我了，我也照样把右手伸出去，啪啪十声，算是从轻发落，但手也立即红肿起来，刺骨地热辣辣地痛。我走出教室，用一只红肿的手，把口袋里的黄豆豆倒在地上，走回家去，右手一直痛了几天。

我的第一次“造反”就这样失败了。

现在回想起来，大概我们都不是造反的材料。我们谁也没有研究、总结一下失败的教训：出了“叛徒”？没有做好“统战”工作？事过之后，谁都老老实实地上珠算课，心甘情愿地挨 shao qian 的竹板子打，从此以后，天下太平了。

偷看小说

那时候，在我们家，小说被称为“闲书”，是绝对禁止看的。但是，我和秋妹都酷爱看“闲书”，高级的“闲书”，像《红楼梦》《西游记》之类，我们看不懂，也得不到，所以不看。我们专看低级的“闲书”，如《彭公案》《施公案》《济公传》《七侠五义》《小五义》《东周列国志》《说唐》《封神榜》等等。我们都是小学水平，秋妹更差，只有初小水平，我们认识的字都有限。当时没有什么词典，有一部《康熙字典》，我们也不会、也不肯去查。经常念别字，比如把“飞檐走壁”，念成了“飞 dan 走壁”，把“气往上冲（衝）”念成了“气住上冲（重）”。反正，即使有些字不认识，内容还是能看懂的。我们经常开玩笑说：“你是用笤帚扫，还是用扫帚扫？”不认识的字少了，就是笤帚，多了就用扫帚。尽管如此，我们看闲书的瘾头仍然极大。那时候，我们家没有电灯，晚上，把煤油灯吹灭后，躺在被窝里，用手电筒来看。那些闲书，都是洋光纸石印的，字极小，有时候还不清楚。看了几年，我居然没有变成近视眼，实在是出我意料。

我不但在家里偷看，还把书带到学校里去，偷空就看上一段。校门外左首空地上，正在施工盖房子。运来了很多红砖，摞在那里，不是一摞，而是很多摞，中间有空隙，坐在那里，外面谁也看不见。我就搬几块砖下来，坐在上面，在下课之后，且不回家，掏出闲书，大看特看。书中侠客们的飞檐走壁，刀光剑影，仿佛就在我眼前晃动，我似乎也参与其间，乐不可支。等到脑筋清醒了一点，回家已经过了吃饭的时间，常常挨数落。

这样的闲书，我看得数量极大，种类极多。光是一部《彭公案》，我就看到了四十几续。越说越荒唐，越说越神奇，到了后来，书中的侠客个个赛过《西游记》的孙猴子。但这有什么害处呢？我认为没有。除了我一度想练铁砂掌以外，并没有持刀杀人，劫富济贫，做出一些荒唐的事情，危害社会。不但没有害处，我还认为有好处。记得鲁迅先生在答复别人问他怎样才能写通写好文章的时候说过，要多读多看，千万不要相信《文章作法》一类的书籍。我认为，这是至理名言。现在，对小学生，在课外阅读方面，同在别的方面一样，管得过多，管得过严，管得过死，这不一定就是正确的方法。无为而治，我并不完全赞成，但为得太多，我是不敢苟同的。

蚂蚱进城

还有一件小事，我必须在这里讲上一讲。因为我一生只见过一次，可能不能称为小事了，这就是蚂蚱进城。这种事，我在报纸上读到过，却还没有亲眼见过。

有一天，我去上学，刚拐进曹家巷，就看到地上蹦的跳的全是蚂蚱，不是有翅膀的那一种大个的，而是浑身光溜溜的小个的那一种。越往前走，蚂蚱越多，到朝山街口上，地上已经密密麻麻的全是蚂蚱了。人马要想走路，路上根本没有落脚之地，一脚下去，至少要踩死十几二十个。地上已经积尸成堆，如果蚂蚱有血的话，那就必然是血流成河了。但是小蚂蚱们对此视若无睹。它们是从南圩子门跳进城来的，目的是北进，不管有多大阻碍，它们硬是向北跳跃，可以说是置生死于不顾，其势是想直捣黄龙，锐不可当。我没有到南圩子门外去看，不知道那里的情况怎样。我也不知道，这一路蝗虫纵队是在哪里形成的，是怎样形成的。听说，它们所到之处，见绿色植物就吃，蝗群过后，庄稼一片荒芜。如果是长着翅膀的蝗群，连树上的叶子一律吃光，算是一种十分可怕的天灾。我踩着蚂蚱，走进学校，学校里一只也没有。看来学校因为离圩子门还有一段路，是处在蝗虫冲击波以外的地方，所以才能幸免。上午的课程结束后，在回家的路上，我又走过朝山街。此时蝗虫冲击波已经过去。至于这个波冲击多远，是否已经到了城门里面，我不知道。只见街上全是蚂蚱的尸体，令人见了发怵。有的地方，尸体已被扫成了堆，扫入山水沟内。有的地方则仍然是尸体遍野，任人践踏。看来这一次进城的蚂蚱，不能以万计，而只能以亿计。这一幕蚂蚱进城的闹剧突然而起，戛然而止。我当时只是觉得好玩而已，没有更多的想法。现在回想起来，我觉得，大自然这玩意儿是难以理解、难以揣摩的。它是慈祥的，人类的衣食住行无不仰给于大自然，这时的大自然风和日丽。但它又是残酷的，有时候对人类加以报复，这时的大自然阴霾蔽天。人类千万不要翘尾巴，讲什么“征服自然”。人类要想继续生存下去，只能设法理解自然，同自然交朋友，这就是我最近若干年来努力宣扬的“天人合一”。

想念母亲

我六岁离开了母亲，初到济南时曾痛哭过一夜。上新育小学时是九岁至十二岁。中间曾因大奶奶病故，回家过一次，是在哪一年，却记不起来了。常言道：“孩儿见娘，无事哭三场。”我见到了日夜思念的母亲，并没有哭；但是，我却看到母亲眼里溢满了泪水。

那时候，我虽然年纪尚小，但依稀看到了家里日子的艰难。根据叔父的诗集，民国元年，他被迫下了关东，用身上仅有的五角大洋买了十分之一张湖北水灾奖券，居然中了头奖。虽然只拿到了十分之一的奖金，但数目已极可观。他写道，一夜做梦，梦到举人伯父教他作诗，有两句诗，醒来还记得：“阴阳往复竟无穷，否极泰来造化工。”后来中了奖，以为是先人呵护。他用这些钱在故乡买了地，盖了房，很阔过一阵。我父亲游手好闲，农活干不了很多，又喜欢结交朋友，结果拆了房子，卖了地，一个好好的家，让他挥霍殆尽，又穷得只剩半亩地，依旧靠济南的叔父接济。我在新育小学时，常见到他到济南来，住上几天，拿着钱又回老家了。有一次，他又来了，住在北屋里，同我一张床。住在西房里的婶母高声大叫，指桑骂槐，数落了一通。这种做法，旧社会的妇女是常常使用的。我父亲当然懂得的，于是辞别回家，以后几乎没见他再来过。失掉了叔父的接济，他在乡下同母亲怎样过日子，我一点都不知道。尽管不知道，我仍然想念母亲。可是，我“身无彩凤双飞翼”，我飞不回乡下，想念只是白白地想念了。

我对新育小学的回忆，就到此为止了。我写得冗长而又拉杂。这对今天的青少年们，也许还会有点好处。他们可以通过我的回忆了解一下七十年前的旧社会，从侧面了解一下中国近现代史。对我自己来说，在写作的过程中，我仿佛又回到了七十多年前，又变成了一个小孩子，重新度过那可爱又并不怎么可爱的三年。

2002 年 3 月 15 日写完

回忆正谊中学

在过去的济南，正谊中学最多只能算是一所三流学校，绰号“破正谊”，与“烂育英”凑成一对，成为难兄难弟。但是，正谊三年毕竟是我生命中一个阶段，即使不是重要的阶段，也总能算是一个有意义的阶段。因此，我在过去写的许多文章中都谈到了正谊；但是，谈得很不全面，很不系统。现在想比较全面地、比较系统地叙述一下我在正谊三年的过程。

正谊中学坐落在济南大明湖南岸阎公祠（阎敬铭的纪念祠堂）内。原有一座高楼还保存着，另外又建了两座楼和一些平房。这些房子是什么时候建造的，我不清楚，也没有研究过。校内的景色是非常美的，特别是北半部靠近原阎公祠的那一部分。绿杨撑天，碧水流地。一条清溪从西向东流，尾部有假山一座，小溪穿山而过。登上阎公祠的大楼，可以看到很远的地方，向北望，大明湖碧波潋滟，水光接天。夏天则是荷香十里，绿叶擎天。向南望，是否能看到千佛山，我没有注意过。我那时才十三四岁，旧诗读得不多，对古代诗人对自然美景的描述和赞美，不甚了了，也没有兴趣。我的兴趣是在大楼后的大明湖岸边上。每到夏天，湖中长满了芦苇。芦苇丛中到处是蛤蟆和虾。这两种东西都是水族中的笨伯。在家里偷一根针，把针尖砸弯，拴上一条绳，顺手拔一条苇子，就成了钓竿似的东西。蛤蟆端坐在荷叶上，你只需抓一只苍蝇，穿在针尖上，把钓竿伸向它抖上两抖，蛤蟆就一跃而起，意思是想扑捉苍蝇，然而却被针尖钩住，捉上岸来。我也并不伤害它，仍把它放回水中。有了这个教训的蛤蟆是否接受教训，不再上当，我没法研究。这疑难问题，虽然比不上相对论，但要想研究也并不容易，只有请美国科学家们代劳了。最笨的还是虾。这种虾是长着一对长夹的那一种，齐白石画的虾就是这样的。对付它们，更不费吹灰之力，只需顺手拔一支苇子，看到虾，往水里一伸，虾们便用长夹夹住苇秆，死不放松，让我拖出水来。我仍然把它们再放回水中。我是醉翁之意不在酒，而在戏耍也。上下午课间的几个小时，我就是这样打发的。

我家住在南城，要穿过整个济南城才能到大明湖畔，因此中午不回家吃饭。婶母每天给两个铜元当午餐费，一个铜元买一块锅饼，大概不能全吃饱，另一个铜元买一碗豆腐脑或一碗炸丸子，就站在校门外众多的担子旁边，狼吞虎咽，算是午饭，心里记挂的还是蛤蟆和虾。看到路旁小铺里卖的一个铜元一碟的小葱拌豆腐，简直是垂涎三尺。至于那几个破烂小馆里的炒木樨肉等炒菜，香溢门外，则更是如望海上三山，可望而不可即了。有一次，从家里偷了一个馒头带在身边，中午可以节约一个铜元，多喝一碗豆腐脑或炸丸子。惹得婶母老大不高兴。古话说“君子不二过”，从此不敢再偷了。又有一次，学校里举办什么庆祝会，我参加帮忙。中午每人奖餐券一张，到附近一个小馆里去吃一顿午饭。我如获至宝，昔日可望而不可即的地方，今天我终于来了，饱饱地吃了一顿，以致晚上回家，连晚饭都吃不下了。这也许是我生平吃得最饱的一顿饭。

我当时并不喜欢念书。我对课堂和老师的重视远远比不上我对蛤蟆和虾的兴趣。每次考试，好了可以考到甲等三四名，坏了就只能考到乙等前几名，在班上总还是高材生。其实我根本不计较这些东西。提到正谊的师资，因为是私立，工资不高，请不到好教员。班主任叫王烈卿，绰号“王劣子”，不记得他教过什么课，大概是一位没有什么学问的人，很不受学生的欢迎。有一位教生物学的教员，姓名全忘记了。他不认识“玫瑰”二字，读之为“久块”，其他概可想象了。

杜老师

但也确有饱学之士。有一位教国文的老先生，姓杜，名字忘记了，也许当时就没有注意，只记得他的绰号“杜大肚子”。此人确系饱学之士，熟读经书，兼通古文，一手小楷写得俊秀遒劲，不亚于今天的任何书法家。听说前清时还有过什么功名。但是，他生不逢时，命途多舛，毕生浮沉于小学教员与中学教员之间，后不知所终。他教我的时候是我在高一的那一年。我考入正谊中学，录取的不是一年级，而是一年半级，由秋季始业改为春季始业。我只待了两年半，初中就毕业了。毕业后又留在正谊，念了半年高一。杜老师就是在这个时候教我们班的。时间是 1926 年，我 15 岁。他出了一个作文题目与描绘风景抒发感情有关。我不知天高地厚，写了一篇带有骈体文味道的作文。我在这里补说一句：那时候作文都是文言文，没有写白话文的。我对自己那一篇作文并没有沾沾自喜，只是写这样的作文，我还是第一次尝试，颇有期待老师表态的想法。发作文簿的时候，看到杜老师在上面写满了密密麻麻的字，等于他重新写了一篇文章。他的批语是："欲作花样文章，非多记古典不可。"短短一句话，可以说是正击中了我的要害。古文我读过不少，骈文却只读过几篇。这些东西对我的吸引力远远比不上《彭公案》《济公传》《七侠五义》等等一类的武侠神怪小说。这些东西被叔父贬为"闲书"，是禁止阅读的，我却偏乐此不疲，有时候读起了劲，躲在被窝里利用手电筒来读。我脑袋里哪能有多少古典呢？仅仅凭着那几个古典和骈文习用的辞句就想写"花样文章"，岂非是一个典型的癞蛤蟆吗？看到了杜老师批改的作文，心中又是惭愧，又是高兴。惭愧的原因，用不着说。高兴的原因则是杜老师已年届花甲竟不嫌麻烦这样修改我的文章，我焉得不高兴呢？离开正谊以后，好多年没有回去，当然也就见不到杜老师了。我不知道他后来怎样了。但是，我却不时怀念他。他那挺着大肚皮步履蹒跚地走过操场去上课的形象，将永远留在我的记忆中。

郑又桥老师

另外一个让我难以忘怀的老师，就是教英文的郑又桥先生。他是南方人，不是江苏，就是浙江。他的出身和经历，我完全不知道，只知道他英文非常好，大概是专教高年级的。他教我们的时间，同杜老师同时，也是在高中一年级，当时那是正谊的最高年级。我自从进正谊中学将近三年以来，英文课本都是现成的:《天方夜谭》《泰西五十轶事》，语法则是《纳氏文法》。大概所有的中学都一样。郑老师用的也不外是这些课本。至于究竟是哪一本，现在完全忘记了。郑老师教书的特点，突出地表现在改作文上。别的同学的作文本我没有注意，我自己的作文，则是郑老师一字不改，而是根据我的原意另外写一篇。现在回想起来，这有很大的好处。我情动于中，形成了思想，其基础或者依据当然是母语，对我来说就是汉语，写成了英文，当然要受汉语的制约，结果就是中国式的英文。这种中国式的英文,一直到今天,还没有能消除。郑老师的改写是地道的英文，这是多年学养修炼成的，并不是每个人都能做到的。拿我自己的作文和郑先生的改作细心对比，可以悟到许多东西，简直可以说是一把开门的钥匙。可惜只跟郑老师学了一个学期，就离开了正谊。再一次见面已经是二十多年以后的事情了。1947 年暑假，我从北京回到了济南。到母校正谊去探望。万没有想到竟见到了郑老师。我经过了三年高中，四年清华，十年德国，已经从一个小孩子变成了一个小伙子，而郑老师则已垂垂老矣。他住在靠大明湖的那座楼上中间一间屋子里，两旁以及楼下全是教室，南望千佛山，北倚大明湖，景色十分宜人。师徒二十多年没有见面,其喜悦可知。我曾改写杜诗："人生不相见，动如参与商。今夕复何夕，共此明湖光。"他大概对我这个徒弟很感到骄傲，曾在教课的班上，手持我的名片，激动地向同学介绍了一番。从那以后，"世事两茫茫"，再没有见到郑老师，也不知道他的下落。直到今天，我对他仍然是忆念难忘。

徐金台老师

徐老师大概是正谊的资深的教员，很受到师生的尊敬。我没有上过他的课，但是，他在课外办了一个古文补习班。愿意学习的学生，只需每月交上几块大洋，就能够随班上课了。上课时间是下午放学以后，地点是阎公祠大楼的一间教室里，念的书是《左传》《史记》一类的古籍，讲授者当然就是徐金台老师了。叔父听到我谈这一件事，很高兴，立即让我报了名。具体的时间忘记了，反正是在那三年中。记得办班的时间并不长，不知道是由于什么原因，突然结束了。大概读了几篇《左传》和《史记》。对我究竟有多大影响，很难说清楚。反正读了几篇古文，总比不读要好吧。

叔父对我的古文学习，还是非常重视的。就在我在正谊读书的时候，他忽然心血来潮，亲自选编，亲自手抄了一本厚厚的《课侄选文》，并亲自给我讲解。选的文章都是理学方面的，唐宋八大家的文章一篇也没有选。说句老实话，我并不喜欢这类的文章。好在他只讲解过几次之后就置诸脑后，再也不提了。这对我是一件十分值得庆幸的事情，我仿佛得到了解放。

鞠思敏先生

要谈正谊中学，必不能忘掉它的创办人和校长鞠思敏（承颖）先生。由于我同他年龄差距过大，他大概大我五十岁，我对他早年的活动知之甚少。只听说，他是民国初年山东教育界的领袖人物之一，当过什么长。后来自己创办了正谊中学，一直担任校长。我十二岁入正谊，他大概已经有六十来岁了，当然不可能引起他的注意，没有谈过话。我每次见到他，就油然升起敬仰之情。他个子颇高，身材魁梧，走路极慢，威仪俨然。穿着极为朴素，夏天布大褂，冬天布棉袄，脚上穿着一双黑布鞋，袜子是布做的。现在机器织成的袜子，当时叫作洋袜子，已经颇为流行了。可鞠先生的脚上却仍然是布袜子，可见他简朴之一斑。

鞠先生每天必到学校里来，好像并不担任什么课程，只是来办公。我还是一个孩子，不了解办学的困难。在军阀的统治之下，军用票满天飞，时局板荡，民不聊生。在这样的情况下，维持一所有几十名教员、有上千名学生的私立中学，谈何容易。鞠先生身上的担子重到什么程度，我简直无法想象了。然而，他仍然极端关心青年学生们的成长，特别是在道德素质方面，他更倾注了全部的心血，想把学生培养成有文化、有道德的人。每周的星期一上午八时至九时，全校学生都必须集合在操场上。他站在台阶上对全校学生讲话，内容无非是怎样做人，怎样爱国，怎样讲公德、守纪律，怎样严以律己、宽以待人，怎样孝顺父母，怎样尊敬师长，怎样与同学和睦相处，总之，不外是一些在家庭中也常能听到的道德教条，没有什么新东西。他简直像一个絮絮叨叨的老太婆，而且每次讲话内容都差不多。事实上，内容就只有这些，他根本不可能花样翻新。当时还没有什么扩音器等洋玩意儿。他的嗓子并不洪亮，站的地方也不高。我不知道，全体学生是否都能够听到，听到后的感觉如何。我在正谊三年，听了三年。有时候确也感到絮叨。但是，自认是有收获的。他讲的那一些普普通通做人的道理，都是金玉良言，我也受到了潜移默化的影响。

我在正谊待了三年以后，1926 年，我 15 岁，考入山东大学附设高中。鞠思敏先生应聘担任了这里的教员，教的是伦理学，课本用的是蔡元培的《中国伦理学史》。他衣着朴素如故，威仪俨然如故，讲课慢条斯理，但是句句真诚动听。他这样一个人本身简直就是伦理的化身。其效果当时是不可能立竿见影的，但是，我相信，它将影响我们的终身。

我在山大附中待了两年，1928 年，日寇占领了济南，我当了一年亡国奴，九死一生，躲过了那一场灾难。从 1929 年起，我在省立济南高中读了一年书，在清华读了四年，又回高中教了一年书，然后到德国去待了十年，于 1947 年才再回到济南。沧海桑田，鞠老师早已不在人间。但是，人们并没有忘记他，他在日寇占领期间，大义凛然，不畏日寇的威胁利诱，誓死不出任伪职，穷到每天只能用盐水泡煎饼果腹，终至贫困而死，为中华民族留正气，为后世子孙树楷模。我听了这些话，不禁肃然起敬，较之朱自清先生，鞠老师似尤过之。为了纪念这一位伟大的爱国主义教育家，人民政府把正谊中学前面的一条马路改称鞠思敏街，这实在是令人敬佩之举。但是，不幸的是，正谊中学已经改了校名。又听说，鞠思敏街也已换了街名。我个人认为，这都是十分不妥的。后者，如果是真的话，尤其令人不解。难道是有关当局通过内查外调，发现了鞠思敏先生有什么对不起中国人民的行动吗？我希望，山东省的有关当局能够恢复正谊中学的建制，而且——如果真正去掉的话——能够恢复鞠思敏街的名称。现在，我国人民生活大大地提高，国势日隆，真正是换了人间。但是，外敌环伺，他们不愿意看到我们中华民族的崛起。在这样的关键时刻，中央发布的公民道德建设的简短的条文中，第一就是爱国，这实在是切中要害的英明之举。在山东宣传一下鞠思敏，用身边的例子来教育人民，必然是事半而功倍。为山东人，为中国人，留下这一股爱国主义的浩然正气，是会有悠久而深远的意义的。

鞠思敏先生将永远活在我的心中。

尚实英文学社

写完了正谊中学，必须写一写与正谊同时的尚实英文学社。

这是一个私人办的学社，坐落在济南城内按察司街南口一条巷子的拐角处。创办人叫冯鹏展，是广东人，不知道何时流寓在北方，英文也不知道是在哪里学的，水平大概是相当高的。他白天在几个中学兼任英文教员，晚上则在自己家里的前院里招生教英文。学生每月记得是交三块大洋。教员只有三位：冯鹏展先生、钮威如先生、陈鹤巢先生。他们都各有工作，晚上教英文算是副业；但是，他们教书都相当卖力气。学子趋之若鹜，总人数大概有七八十人。别人我不清楚，我自己是很有收获的。我在正谊之所以能在英文方面居全班之首，同尚实是分不开的。在中小学里，课程与课程在得分方面是很不相同的。历史、地理等课程，考试前只需临时抱佛脚死背一气，就必能得高分。而英文和国文则必须有根底才能得高分，而根底却是在相当长的时间内打下的，现上轿现扎耳朵眼是办不到的。在北园山大高中时期，我有一个同班同学，名叫叶建桪，记忆力特强。但是，两年考了四次，我总是全班状元，他总屈居榜眼，原因就是其他杂课他都能得高分，独独英文和国文，他再聪明也是上不去，就因为他根底不行。我的英文之所以能有点根底，同尚实的教育是紧密相连的。国文则同叔父的教育和徐金台先生是分不开的。

说句老实话，我当时并不喜欢读书，也无意争强，对大明湖蛤蟆的兴趣远远超过书本。现在回想起来，当时对我的压力真够大的。每天（星期天当然除外）早上从南关穿过全城走到大明湖，晚上五点再走回南关。吃完晚饭，立刻就又进城走到尚实英文学社，晚九点回家，真可谓马不停蹄了。但是，我并没有感觉到什么压力，在精神上和肉体上都没有。每天晚上，尚实下课后，我并不急于回家，往往是一个人沿着院东大街向西走，挨个儿看马路两旁的大小铺面，有的还在营业。当时电灯并不明亮。大铺子，特别是那些卖水果的大铺子，门口挂上一盏大的煤气灯，照耀得如同白昼，下面摆着摊子，在冬天也陈列着从南方运来的香蕉和橘子，再衬上本地产的苹果和梨，红绿分明，五光十色，真正诱人。我身上连一个铜板都没有，只能过屠门而大嚼，徒饱眼福。然而却百看不厌，每天晚上必到。一直磨蹭到十点多才回到家中。第二天一大早就又要长途跋涉了。

我就是这样度过了三年的正谊中学时期和几乎同样长的尚实英文学社时期，当时我 12 岁到 15 岁。

2002 年 2 月 1 日写完

回忆北园山大附中

1926年，我15岁，在正谊中学春季始业的高中待了半年，秋天考入山东大学附设高中一年级。入正谊时占了半年的便宜，结果形同泡影，一扫而光了。

山大高中坐落在济南北园白鹤庄。泉城济南的地势，南高北低。常言道："水往低处流。"泉城七十二名泉的水，流出地面以后，一股脑儿都向北流来。连泰山北麓的泉水也通过黑虎泉、龙洞等处，注入护城河，最终流向北园，一部分注入小清河，向大海流去。因此，北园成了水乡，到处荷塘密布，碧波潋滟。风乍起，吹皱一塘清水。无风时则如一片明镜，可以看到二十里外的千佛山的倒影。有人怀疑这种说法，最初我也是怀疑派。后来我亲眼看到了，始知此语非虚。塘边绿柳成行。在夏天，绿叶葳蕤，铺天盖地，都是绿雾，仿佛把宇宙也染成了绿色的。虽然不能"烟笼十里堤"，也自风光旖旎，悦人心目。记得叔父有一首七绝：

> 杨花落尽菜花香，嫩柳扶疏傍寒塘。
> 蛙鼓声声向人语，此间即是避秦乡。

虽然写的是春天的景色，完全可以举一反三，看看北园究竟是一个什么样的地方。

白鹤庄就是处在绿杨深处、荷塘环绕的一个小村庄。高中所在地是村中的一处大宅院。当年初建时，据说是一个什么农业专科学校，后来关门了，山大高中初建就选定了这一座宅院作校址。这真是一个念书的绝妙的好地方。我们到的时候，学校已经有三年级一个班，二年级一个班，我们一年级共分四个班，总共六个班，学生二百余人。

教员队伍

高中是公立的学校，经费不发生问题。因此，师资队伍可谓极一时之选，远非正谊中学所可比。在下面，我先把留给我印象最深的几位老师简要地介绍一下。

鞠思敏先生

在回忆正谊中学的时候，我已经写到了鞠思敏先生，有比较详细的介绍，我在这里不再重复。

在正谊中学，鞠思敏先生是校长，不教书。在北园高中，他是教员，讲授伦理学，仍然兼任正谊校长。他仍然穿着一身布衣，朴素庄重。他仍然是不苟言笑。但是，根据我的观察，所有的教员对他都十分尊敬。从辈分上来讲，他是山东教育界的元老。其他教员都可能是他的学生一辈。作为讲课的教员，鞠先生可能不是最优秀的。他没有自己的讲义，使用的课本是蔡元培的《中国伦理学史》，他只是加以阐发。讲话的声调，同在正谊每周一训话时一模一样，不像是悬河泄水，滔滔不绝，没有什么抑扬顿挫，但是我们都听得清，听得进。我们当时年龄虽小，但是信息还是灵通的。每一位教员是什么样子，有什么德行，我们还是一清二楚的。鞠先生的过去，以及他在山东教育界的地位，我们心中都有数。所以学生们都对他表示出极高的敬意。

祁蕴璞先生

在山东中学教育界，祁蕴璞先生是鼎鼎大名的人物。他大概毕生都是著名的一中的教员，讲授历史和地理。在历史和地理的教学中，他是状元，无人能出其右者。

在课堂上，祁老师不是一个口才很好的人，说话还有点磕巴。他的讲义每年都根据世界形势的变化和考古发掘的最新结果以及学术界的最新学说加以补充修改。所以他教给学生的知识都是最新的知识。这种做法，不但在中学绝无仅有，即使在大学中也十分少见。原因就是祁老师精通日文。自从明治维新以后，日本最积极地，最热情地，最及时地吸收欧美的新知识。而祁先生则订有多种日文杂志，还随时购买日本新书。有时候他把新书拿到课堂上给我们看。他怕沾有粉笔末的手弄脏了新书，战战兢兢地用袖子托着书。这种细微的动作并没能逃过我的眼睛。可以看到他对书籍是怎样地爱护。如果是在今天的话，他早已成了什么特级教师，并会有许多论文发表，还结成了多少集子。他的大名会出现在什么《剑桥名人录》上，还有花钱买来的《名人录》上，堂而皇之地印在名片上，成为“名人”。

然而祁先生对这种事情他决不会干。他读新书是为了教好学生，没有今天学术界这种浮躁的学风。同今天比起来，那时候的人实在是淳朴到可爱的程度了。

上面曾说到，祁先生不是一个口才很好的人，还有点磕巴。他讲课时，声调高扬，语音铿锵，但为了避免磕巴，他自己发明了一个办法，不时垫上三个字 shi lin la，有音无字，不知道应该怎样写。乍听时，确实觉得有点怪，但听惯了，只需在我们耳朵中把这三个音删掉，就一切正常了。

祁老师教的是历史和地理。他关心国家大事，关心世界大事。眼前的世界形势随时变动，没有法子在正课中讲。他于是另在课外举办世界新形势讲座。学生中愿意听者可以自由去听，不算正课，不考试，没有分数。先生讲演，只有提纲，没有写成文章。讲演时指定两个被认为文笔比较好的学生做记录，然后整理成文，交先生改正后，再油印成讲义，发给全体学生。我是被指定的两个学生之一。当时不记得有什么报纸，反正在北园两年，没看过报。国内大事都极模糊，何况世界大事！祁老师的讲演开阔了我们的视野，增加了我们的知识，对我们的学习有极大的帮助。

1928 年，日寇占领了济南，学校停办。从那以后，再没有见到祁蕴璞老师。但是他却永远活在我的记忆中，一直到现在。

王崑玉先生

王老师是国文教员，是山东莱阳人，父亲是当地有名的文士，也写古文。所以王先生家学渊源，从小受过良好的教育，特别是古文写作方面更为突出。他为文遵桐城派义法，结构谨严，惜墨如金，逻辑性很强。我不研究中国文学史，但有一些胡思乱想的看法。我认为，桐城派古文同八股文有紧密的联系。其区别只在于，八股文必须代圣人立言，《四书》以朱子注为标准，不容改变。桐城派古文，虽然也是“文以载道”，但允许抒发个人感情。二者的差别，实在是微乎其微。王老师有自己的文集，都是自己手抄的，从来没有出版过，也根本没有出版的可能。他曾把文集拿给我看过。几十年的写作，只有薄薄一小本。现在这文集不知到哪里去了，惜哉！

王老师上课，课本就使用现成的《古文观止》。不是每篇都讲，而是由他自己挑选出来若干篇，加以讲解。文中的典故，当然在必讲之列。而重点则在文章义法。他讲的义法，已如我在上面讲到的那样，基本是桐城派，虽然他自己从来没有这样说过。《古文观止》里的文章是按年代顺序排列的。不知道什么原因，王老师选讲的第一篇文章是比较晚的明代袁中郎的《徐文长传》。讲完后出了一个作文题目“读《徐文长传》书后”。我从小学起作文都用文言，到了高中仍然未变。我仿佛驾轻就熟般地写了一篇《书后》，自觉并没有什么了不起，不意竟获得了王老师的青睐，定为全班压卷之作，评语是“亦简劲，亦畅达”。我当然很高兴，我不是一个没有虚荣心的人。老师这一捧，我就来了劲儿。于是就拿来韩、柳、欧、苏的文集，认真读过一阵儿。实际上，全班国文最好的是一个叫韩云鹄的同学。可惜他别的课程成绩不好，考试总居下游。王老师有一个习惯，每次把学生的作文簿批改完后，总在课堂上占用一些时间，亲手发给每一个同学。排列是有顺序的，把不好的排在最上面，依次而下，把最好的放在最后。作文后面都有批语，但有时候他还会当面说上几句。我的作文和韩云鹄的作文总是排在最后一二名，最后一名当然就算是状元，韩云鹄当状元的时候比我多。但是一二名总是被我们俩垄断，几年从来没有过例外。

我在上面已经谈到过，北园的风光是非常美丽的。每到春秋佳日，风光更为旖旎。最难忘记的是夏末初秋时分，炎夏初过，金秋降临。秋风微凉，冷暖宜人。每天晚上，夜深以后，同学们大都走出校门，到门前荷塘边上去散步，消除一整天学习的疲乏。于时月明星稀，柳影在地，草色凄迷，荷香四溢。如果我是一个诗人的话，定会好诗百篇。可惜我从来就不是什么诗人，只空怀满腹诗意而已。王崑玉老师大概也是常在这样的时候出来散步的。他抓住这个机会，出了一个作文题目“夜课后闲步校前溪观捕蟹记”。我生平最讨厌写论理的文章。对哲学家们那一套自认为是极为机智的分析，我十分头痛。除非有文采，像庄子、孟子等，其他我都看不下去。我喜欢写的是抒情或写景的散文，有时候还能情景交融，颇有点沾沾自喜。王老师这个作文题目正合吾意，因此写起来很顺畅，很惬意。我的作文又一次成为全班压卷之作。

自从北园高中解散以后，再没有见到过王崑玉老师。后来听说，他到山东大学（当时还在青岛）中文系去教书，只给了一个讲师的头衔。我心中愤愤不平。像王老师那样的学问和人品，比某一些教授要高得多。现在有什么人真懂而且又能欣赏桐城派的古文呢？王老师郁郁不得志，也在情理之中。但是，在我的心中，王老师形象却始终是高大的，学问是非常好的，是一个真正的读书人。王老师将永远活在我的心中。

完颜祥卿先生

完颜这个姓，在中国是非常少见的，大概是“胡”人之后。其实我们每个人，在长期民族融合之后，差不多都有“胡”血。完颜祥卿先生是一中的校长，被聘到山大高中来教论理学，也就是逻辑学。这不是一门重要的课，学生也都不十分注意和重视。因此我对完颜祥卿先生没有多少可以叙述的材料。但是，有一件事我必须讲一讲。完颜先生讲的当然是旧式的形式逻辑。考入清华大学以后，学校规定，文科学生必须选一门理科的课，逻辑可以代替。于是只有四五个教授的哲学系要派出三个教授讲逻辑，其中最受欢迎的是金岳霖先生，我也选了他的课。我原以为自己在高中已经学过逻辑，现在是驾轻就熟。焉知金先生讲的不是形式逻辑。是不是接近数理逻辑？我至今仍搞不清楚，反正是同完颜先生讲的大异其趣。最初我还没有完全感觉到，乃至答题碰了几个钉子，我才翻然悔悟，改弦更张，才达到了“预流”的水平。

王老师

教数学，名字忘记了，好像当时就不清楚。他是一中的教员，到高中来兼课。在山东中学界，他大名鼎鼎，威信很高。原因只能有一个，就是他教得好。在北园高中，他教的不外三角、小代数和平面几何之类。他讲解十分清楚，学生不需用多大劲，就都能听懂。但是，文科学生对数学是不重视的，大都是敷衍了事。后来考大学，却吃了大亏。出的题目比我们在高中学的要深得多。理科高中的毕业生比我们这些文科高中的毕业生在分数方面沾了大光。

刘老师

教英文，名字也忘记了。他是北大英文系毕业的，英文非常好，也是一中的教员。因为他的身躯相当矮，学生就给他起了一个外号，叫作“× 豆”，是非常低级，非常肮脏的。但是，这些十七八岁的大孩子毫无污辱之意，我们对刘老师还是非常敬重的。由于我有尚实英文学社的底子，在班上英文是绝对的状元，连跟我分数比较接近的人都没有。刘老师有一个习惯，每当学生在课堂上提出问题，他自己先不答复，而是指定学生答复。指定的顺序是按照英文的水平的高低。关于这问题他心里似乎有一本账。他指定比问问题者略高的人来答复。如果答复不了，他再依次向上指定学生答复。往往最后是指定我，这算是到了头。一般我都能够答复，但也有露怯的时候。有一次，一个同学站起来问：not at all 是什么意思？这本来不能算是一个严重的问题；但是，我却一时糊涂油蒙了心，没有解释对，最后刘老师只好自己解答。

尤桐先生

教英文。听口音是南方人。我不记得他教过我们班，但是，我们都很敬重他。1928年，日寇占领了济南，高中停办。教师和学生都风流云散。我们听说，尤先生还留在学校，原因不清楚。有一天我就同我的表兄孙襄城，不远十里，来到白鹤庄看望尤老师。昔日喧腾热闹的大院子里静悄悄的，好像只有尤老师和一个工友。我感觉到非常凄凉，心里不是滋味。我们陪尤老师谈了很久。离开以后，再没有见过面，也不知道他的下落。

大清国先生

教经学的老师。天底下没有“大清国”这样的姓名，一看就知道是一个诨名。来源是他经常爱说这几个字，学生们就以其人之道还治其人之身，干脆就叫他“大清国”，结果是，不但他的名字我们不知道，连他的姓我也忘了。他年纪已经很大，超过六十了吧。在前清好像得到过什么功名，最大是个秀才。他在课堂上讲话，张口就是：“你们民国，我们大清国，怎样怎样……”“大清国”这个诨名就是这样来的。他经书的确读得很多，五经、四书，本文加注疏，都能背诵如流。据说还能倒背。我真不知道，倒背是怎样一个背法？究竟有什么意义？所谓“倒背”，大家可能不理解是什么玩意儿。我举一个例子。《论语》：“子曰：学而时习之……”倒背就是：“之习时而学……”这不是毫无意义的瞎胡闹吗？他以此来表示自己的学问大。他对经书确实很熟，上课从来不带课本。《诗》《书》《易》《礼》

他都给我们讲过一点，完全按照注疏讲。谁是谁非，我们十几岁的孩子也完全懵然。但是，在当时当局大力提倡读经的情况下，经学是一门重要课程。

附带说一句，当时教经学的还有一位老师，是前清翰林，年纪已经八十多，由他的孙子讲注。因为没有教过我们，情况不了解。

德文老师

德文不是正课，是一门选修课，所以不大受到重视。教德文的老师是胶东人，方面大耳，留着一撮黑胡子，长得很像一个德国人。大概在青岛德国洋行里做过什么事，因而学会了一点德文，所以就被请来教我们德文。我选了这一门课，可惜连他的姓名都没有记住，他也没有诨名。他的德文大概确实很有限，发音更差。他有一次在课堂上大声抱怨，有人说他发音不好。他把德文的 gut（好，英文的 good）读为“古吃”。这确实不是正确的发音，但是他却愤愤不平，满面愠色。用的德文课本是一个天主教堂编的。里面的汉语陈腐不堪，好像是前清时代编成的，一直未改。这位德文教员，德文虽然不怎么样，杂学却有一两下子。他专门搜集十七字诗，印成了一本书，完全自费，他送给我一本。因为滑稽有趣，我看了一遍就背住了一些首，直至七十年后的今天还能成诵。我举一首，以概其余：

发配到云阳，
见舅如见娘，

两人齐下泪，
三行。

因为这位舅父瞎了一只眼。我当时在家中颇受到歧视，心有所感，也作了一首十七字诗：

叔婶不我爱，
于我何有哉，
但知尽孝道，
应该。

没有多少趣味，只是略抒心中的不平而已。这一首诗曾惹得叔父的亲女儿秋妹的不满。

王老师

教诸子的老师，名字忘记了，北大毕业，戴一副深度的近视眼镜。书读得很多，也有学问。他曾写了篇长文《孔子的仁学》，把《论语》中讲到“仁”的地方全部搜集起来，加以综合分析，然后得出结论。此文曾写成讲义，印发给学生们。我的叔父读了以后，大为赞赏，可能是写得很不错的。但是此文未见发表。王老师大概是不谙文坛登龙术，不会吹拍，所以没有能获得什么名声，只浮沉于中学教师中。从那以后，我再也没得到他的消息。

高中教员介绍到此为止。

我们的校舍

校舍很大，据说原来是一所什么农业专科学校。现在用作高中的校舍，是很适当的。

从城里走来，一走进白鹤庄，如果是在春、夏、秋三季，碧柳撑天，绿溪潺湲，如入画图中。向左一拐，是一大片空地，然后是坐北朝南的大门。进门向左拐是一个大院子，左边是一排南房，第一间房子里住的是监学，其余的房子里住着几位教员。靠西墙是一间大教室，一年级三班就在那里上课。向北走，走过一个通道，两边是两间大教室，右手的一间是一班，也就是我所在的班；左手是二班。走出通道是一个院子，靠东边是四班的教室。中间有几棵参天的大树，后面有几间房子，“大清国”、王崑玉和那位翰林住在里面。再向左拐是一个跨院，有几间房子。再往北走，迎面是一间大教室，曾经做过学生宿舍，住着二十多人。向东走，是一间教室，二年级的唯一的一个班在这里上课。再向东走，走过几间房子，有一个旁门，走出去是学生食堂，这已经属于校外了。回头向西走，经过住学生的大教室，有一个旁门，出去有几排平房，这是真正的学生宿舍。校舍的情况，大体上就是这个样子。应该说，里面的空间是相当大的，住着二三百学生并无拥挤之感。

学校管理和学生生活

现在回想起来，学校的管理是非常奇特的。应该有而且好像也真有一个校长；但是从来没有露过面，至于姓什么叫什么，统统忘掉了。学生们平常接触的学校领导人是一位监学。这个官衔过去没有碰到过，不知道是几品几级；也不知道他应该管什么事。当时的监学姓刘，名字忘记了。这个人人头极次，人缘不好，因为几乎全秃了顶，学生们赠以诨名“刘秃蛋”，竟以此名行。他经常住在学校中，好像什么事情都管。按理说，他应该是专管学生的操行和纪律的，教学应该由教务长管。可是这位监学也常到课堂上去听课，老师正在讲课，他站在讲台下面，环视全室，面露奸笑，感觉极为良好，大有天上天下，唯我独尊之势。学生没有一个人喜欢他的，他对此毫无感受。我现在深挖我的记忆，挖得再深，也挖不出一个刘秃蛋到学生宿舍或学生食堂的镜头。现在回想起来，这简直是不可思议的事情。足见他对学生的生活毫无兴趣，而对课堂上的事情却极端注意。每一个班的班长都由他指定。我因为学习成绩好，在两年四个学期中，始终被他指定为班长。他之所以这样做，是“司马昭之心路人皆知”的，无非是想拉拢我，做他的心腹，向他打小报告，报告学生行动的动向。但是，我鄙其为人，这样的小报告，一次也没有打过。在校两年中，仅有一次学生“闹事”的事件，是三班学生想“架”一位英文教员。刘秃蛋想方设法动员我们几个学生支持他。我终于也没有上他的圈套。

我无论怎么想，也想不起学校有一间办公室，有什么教务员、会计、出纳之类的小职员。对一所有几百人的学校来说，这应该是不能缺的。学校是公立，不收学费，所以没有同会计打过交道。但是，其他行政和教学事务应该还是有的；可我无论如何也回忆不起来了。

至于学生生活，最重要的无非是两项：住和吃。住的问题，上面已经谈到，都住宿舍中，除了比较拥挤之外，没有别的问题。吃是吃食堂，当时叫作“饭团”。学校根本不管，由学生自己同承包商打交道。学生当然不能每人都管，由他们每月选出一名伙食委员，管理食堂。这是很复杂很麻烦的工作，谁也不愿意干。被选上了，只好干上一个月。但是，行行出状元。二年级有一个同学，名叫徐春藻，他对此既有兴趣，也有天才。他每夜起来巡视厨房，看看有没有厨子偷肉偷粮的事件。有一次还真让他抓到了。承包人把肉藏在酱油桶里，准备偷运出去，被他抓住，罚了款。从此伙食质量大有提高，经常能吃到肉和黄花鱼。徐春藻连选连任，他乐此不疲，一时成了风流人物。

我的生活和学习

关于生活，上面谈到的学生生活，我都有份儿，这里用不着再来重复。

但是，我也有独特的地方，我喜欢自然风光，特别是早晨和夜晚。早晨，在吃过早饭以后上课之前，在春秋佳日，我常一个人到校舍南面和西面的小溪旁去散步，看小溪中碧水潺潺，绿藻飘动，顾而乐之，往往看上很久。到了秋天，夜课以后，我往往一个人走出校门在小溪边上徘徊流连。上面我曾提到王崑玉老师出的作文题“夜课后闲步校前溪观捕蟹记”，讲的就是这个情景。我最喜欢看的就是捕蟹。附近的农民每晚来到这里，用苇箔插在溪中，小溪很窄，用不了多少苇箔，水能通过苇箔流动，但是鱼蟹则是过不去的。农民点一盏煤油灯，放在岸边。我在回忆正谊中学的文章中，曾说到蛤蟆和虾是动物中的笨伯。现在我要说，螃蟹决不比它们聪明。在夜里，只要看见一点亮，就从芦苇丛中爬出来，奋力爬去，爬到灯边，农民一伸手就把它捉住，放在水桶里，等待上蒸笼。间或也有大鱼游来，被苇箔挡住，游不过去，又不知回头，只在箔前跳动。这时候农民就不能像捉螃蟹那样，一举手，一投足，就能捉到一只，必须动真格的了。只见他站起身来，举起带网的长竿，鱼越大，劲越大，它不会束“手”待捉，奋起抵抗，往往斗争很久，才能把它捉住。这是我最爱看的一幕。我往往蹲在小溪边上，直到夜深。

在学习方面，我现在开始买英文书。我经济大概是好了一点，不像上正谊时那么窘，节衣缩食，每年大约能省出二三块大洋，我就用这钱去买英文书。买英文书，只有一个地方，就是日本东京的丸善书店。办法很简便，只需写一张明信片，写上书名，再加上三个英文字母 COD（cash on delivery），日文叫作“代金引换”，意思就是：书到了以后，拿着钱到邮局去取书。我记得，在两年之内，我只买过两三次书，其中至少有一次买的是英国作家 Kipling 的短篇小说集。不知道为什么我当时竟迷上了 Kipling。后来学了西洋文学，才知道，他在英国文学史上是一个上不得大台盘的作家。我还试着翻译过他的小说，只译了一半，稿子早就不知道丢到哪里去了。反正我每次接到丸善书店的回信，就像过年一般地欢喜。我立即约上一个比较要好的同学，午饭后，立刻出发，沿着胶济铁路，步行走向颇远的商埠，到邮政总局去取书，当然不会忘记带上两三元大洋。走在铁路上的时候，如果适逢有火车开过，我们就把一枚铜元放在铁轨上，火车一过，拿来一看，已经压成了扁的，这个铜元当然就作废了，这完全是损己而不利人的恶作剧。要知道，当时我们才十五六岁，正是顽皮的时候，不足深责的。有一次，我特别惊喜。我们在走上铁路之前，走在一块荷塘边上。此时塘里什么都没有，荷叶、苇子和稻子都没有。一片清水像明镜一般展现在眼前，“天光云影共徘徊”，风光极为秀丽。我忽然见（不是看）到离开这二三十里路的千佛山的倒影清晰地印在水中，我大为惊喜。记得刘铁云《老残游记》中曾写到在大明湖看到千佛山的倒影。有人认为荒唐，离开二十多里，怎能在大明湖中看到倒影呢？我也迟疑不决。今天竟于无意中看到了，证明刘铁云观察得细致和准确，我怎能不狂喜呢？

从邮政总局取出了丸善书店寄来的书以后，虽然不过是薄薄的一本，然而内心里却似乎增添了极大的力量。一种语言文字无法传达的幸福之感油然溢满心中。在走回学校的路上，虽然已经步行了二十多里路，却一点也感不到疲倦。同来时比较起来，仿佛感到天空更蓝，白云更白，绿水更绿，草色更青，荷花更红，荷叶更圆，蝉声更响亮，鸟鸣更悦耳，连刚才看过的千佛山倒影也显得更清晰，脚下的黄土也都变成了绿茵，踏上去软绵绵的，走路一点也不吃力。这是我第一次用自己省下来的钱买自己心爱的英文书的感觉，七十多年以后的今天，一回忆起来，仍仿佛就在眼前。这种好买书的习惯一直伴随着我，至今丝毫没有减退。

北园高中对我一生的影响，还不仅仅是培养购书的兴趣一项，还有更重要的影响。这种影响是关键性的，夸大一点说是一种质变。

我在许多文章中都写到过，我幼无大志。小学毕业后，我连报考著名的一中的勇气都没有，可见我懦弱、自卑到什么程度。在回忆新育小学和正谊中学的文章中，特别是在第二篇中，我曾写到，当时表面上看起来很忙；但是我并不喜欢念书，只是贪玩。考试时虽然成绩颇佳，距离全班状元道路十分近，可我从来没有产生过当状元的野心，对那玩意儿一点兴趣都没有。钓虾、捉蛤蟆对我的引诱力更大。至于什么学者，我更不沾边儿，我根本不知道天壤间还有学者这一类人物。自己这一辈子究竟想干什么，也从来没有想过。朦朦胧胧地似乎觉得，自己反正是一个上不得台盘的人，一辈子能混上一个小职员当当，也就心满意足了。我常想，自己是有自知之明的，但是自知得过了头，变成了自卑。家里的经济情况始终不算好。叔父对我大概也并不望子成龙，婶母则是希望我尽早能挣钱。正谊中学毕业后，我曾被迫去考邮政局，邮政局当时是在外国人手中，公认是铁饭碗。幸而我没有被录取。否则我就会干一辈子邮政局，完全走另外一条路了。

但是，人的想法是能改变的，有时甚至是一百八十度的改变。我在北园高中就经历了这样的改变，这一次改变，不是由于我参禅打坐顿悟而来的，也不是由于天外飞来的什么神力，而完全是由于一件非常偶然的事件。

北园高中是附设在山东大学之下的。当时山大校长是山东教育厅长王寿彭，是前清倒数第二或第三位状元，是有名的书法家，提倡尊孔读经。我在上面曾介绍过高中的教员，教经学的教员就有两位，可见对读经的重视，我想这与状元公不无关联。这时的山东督军是东北军的张宗昌，绿林出身，绰号狗肉将军，不知道自己有多少兵，不知道自己有多少钱，不知道自己有多少姨太太，以这“三不知”蜚声全国。他虽一字不识，也想附庸风雅。有一次竟在山东大学校本部举行祭孔大典，状元公当然必须陪同。督军和校长一律长袍马褂，威仪俨然。我们附中学生十五六岁的大孩子也奉命参加，大概想对我们进行尊孔的教育吧。可惜对我们这一群不识抬举的顽童来说，无疑是对牛弹琴。我们感兴趣的不是三跪九叩，而是院子里的金线泉。我们围在泉旁，看一条金线从泉底袅袅地向上飘动，觉得十分可爱，久久不想离去。

在第一年级第一学期结束时考试完毕以后，状元公忽然要表彰学生了。大学的情况我不清楚，恐怕同高中差不多。高中表彰的标准是每一班的甲等第一名，平均分数达到或超过 95 分者，可以受到表彰。表彰的办法是得到状元公亲书的一个扇面和一副对联。王寿彭的书法本来就极有名，再加上状元这一个吓人的光环，因此他的墨宝就极具有经济价值和荣誉意义，很不容易得到的。高中共有六个班，当然就有六个甲等第一名；但他们的平均分数都没有达到 95 分。只有我这个甲等第一名平均分数是 97 分，超过了标准，因此，我就成了全校中唯一获得状元公墨宝的人，这当然算是极高的荣誉。不知是何方神灵呵护，经过了七十多年，经过了不知道多少世局动荡，这一个扇面竟然保留了下来，一直保留到今天。扇面的全文是：

净几单床月上初，
主人对客似僧庐。
春来预作看花约，
贫去宜求种树书。
隔巷旧游成结托，
十年豪气早销除。
依然不坠风流处，
五亩园开手剪蔬。

录樊榭山房诗 丁卯夏五
羡林老弟正 王寿彭

至于那一副对联，似尚存在于天壤间。但踪迹虽有，尚未到手。大概当年家中绝粮时，婶母取出来送给了名闻全国的大财主山东章丘旧津孟家，换面粉一袋，孟家是婶母的亲戚。这个踪迹是友人山大蔡德贵教授侦查出来的。我非常感激他，但是，从寄来的对联照片来看，字迹不类王寿彭，而且没有“羡林老弟”这几个字。因此，我有点怀疑。我已经发出了“再探”的请求，将来究竟如何，只有“且看下回分解”了。

王状元这一个扇面和一副对联对我的影响万分巨大，这看似出乎意料，实际上却在意料之中。虚荣心恐怕人人都有一点的，我自问自己的虚荣心不比任何人小。我屡次讲到幼无大志，讲到自卑，这其实就是有虚荣心的一种表现。如果一点虚荣心都没有，哪里还会有什么自卑呢?

这里面有三层意思。第一层意思是，97 分这个平均分数给了我许多启发和暗示。我在上面已经说到过，分数与分数之间是不相同的。像历史、地理等的课程，只要不是懒虫或者笨伯，考试前，临时抱一下佛脚，硬背一通，得个高分并不难。但是，像国文和英文这样的课程，必须有长期的积累和勤奋，还须有一定的天资，才能有所成就，得到高分。如果没有基础，临时无论怎样努力，也是无济于事的。我大概是在这方面有比较坚实的基础，非其他五个甲等第一名可比。他们的国文和英文也决不会太差，否则就考不到第一名。但是，同我相比，恐怕要稍逊一筹。每念及此，心中未免有点沾沾自喜，觉得过去的自卑实在有点莫名其妙，甚至有点可笑了。

第二层意思是，这样的荣誉过去从未得到过，它是来之不易的。现在于无意中得之，就不能让它再丢掉，如果下一学期我考不到甲等第一，我这一张脸往哪里搁呀！这是最原始最简单的虚荣心，然而就是这一点虚荣心，促使我在学习上改弦更张，要认真埋头读书了。就在不到一年前的正谊中学时期，虾和蛤蟆对我的引诱力远远超过书本。眼前的北园，荷塘纵横，并不缺少虾和蛤蟆，然而我却视而不见了。俗话说“浪子回头金不换”，我现在成了回头的浪子、勤奋用功的好学生了。

第三层意思是，我原来的想法是，中学毕业后，当上一个小职员，抢到一只饭碗，浑浑噩噩地，甚至窝窝囊囊地过上一辈子，算了。我只是一条小蛇，从来没有幻想成为一条大龙。这一次表彰却改变了我的想法：自己即使不是一条大龙，也决不是一条平庸的小蛇，最明显的例证是几年以后我到北京来报考大学的情况。当时北京的大学五花八门，鱼龙混杂，有的从几十个报考者中选一人，而有的则是来者不拒，因为多一个学生就多一份学费。从山东来的几十名学员中大都报考六七个大学，我则信心十足地只报考了北大和清华。这同小学毕业时不敢报考一中，形成了鲜明的对比。好像我变了一个人。

以上三层意思说明了我从自卑到自信，从不认真读书到勤奋学习，一个关键就是虚荣心。是虚荣心作祟呢？还是虚荣心作福？我认为是后者。虚荣心是不应当一概贬低的。王状元表彰学生可能完全是出于偶然，他万万不会想到，一个被他称为“老弟”的 15 岁的大孩子，竟由于这个偶然事件而改变为另一个人。我永远不会忘记王寿彭老先生。

北园高中可回忆的东西还有一些，但是最重要的印象、最深的印象上面都已经写到了。因此，我的回忆就写到这里为止。

我在北园白鹤庄的两年，我 15 岁到 16 岁，正是英国人称之为 teen 的年龄，也就是人生最美好的年龄。我的少年，因为不在母亲身边，并不能说是幸福的，但是，我在白鹤庄，却只能说是幸福的。只是“白鹤庄”这个名字，就能引起人们许多美丽的幻影。古人诗“西塞山前白鹭飞”，多么美妙绝伦的情境。我不记得在白鹤庄曾见到白鹭；但是，从整个北园的景色来看，有白鹭飞来是必然会有的。到了现在，我离开北园已经七十多年了，再没有回去过。可是我每每会想到北园，想到我的 teen，每一次想到，心头总会油然漾起一股无比温馨、无比幸福的感情，这感情将会伴我终生。

2002 年 2 月 24 日写完

羡林按：以上一段文字是去年 2 月写的。到今天还不到一年的时间。前几天，李玉洁和杨锐整理我的破旧东西，突然发现了王状元的这副对联。打开一看，楮墨如新。写的是：

美林老弟雅督

才华舒展临风锦
意气昂藏出岫云

王寿彭

我们都大喜过望。一个 60 岁老状元对一个 16 岁的大孩子的赞誉使我忐忑不安，真仿佛有神灵呵护，才出现了这样一个奇迹。

2003 年 1 月 9 日补记

回忆济南高中

1928年，日寇占领了济南，我被迫停学一年。

1929年，日军撤走，国民党的军队进城，从此结束了军阀割据混战的局面，基本上由一个军阀统治中国。

北园高中撤销，成立了全山东省唯一的一个高中：山东省立济南高中，全省各县的初中毕业生，想要上进的，必须到这里来，这里是通向大学（主要是北京的）的唯一桥梁。

校舍

山东省立济南高中，坐落在济南西城杆石桥马路上，在路北的一所极大的院落内。原来这里是一个什么衙门，这问题当时我就不清楚，我对它没有什么兴趣。校门前有一个斜坡，要先走一段坡路，然后才能进入大门。大门洞的左侧有一个很大的传达室。进了大门，是一个极大的院子，东西两侧都有许多房子，东边的一间是教员游艺室，里面摆着乒乓球台。从院子西侧再向前走，上几个台阶，就是另一个不大的院子。南侧有房子一排，北侧高台阶上有房子一排，是单身教员住的地方。1934—1935年，我回母校任国文教员时，曾在其中的一间中住过一年。房子前，台阶下，种着一排木槿花。

春天开花时，花光照亮了整个院子。院子西头，有一个大圆门，进门是一座大花园。现在虽已破旧，但树木依然蓊郁，绿满全园。有一个大荷塘，现已干涸，当年全盛时，必然是波光潋滟，荷香四溢。现在学生仍然喜欢到里面去游玩。从这个不大的院子登上台阶向北走，有一个门洞，门洞右侧有一间大房子，曾经是学生宿舍，我曾在里面住过一段时间。出了这个门洞，豁然开朗，全校规模，顿现眼前。到这里来，上面讲的那一个门洞不是唯一的路。进校门直接向前走，走上台阶，是几间极高大的北屋，校长办公室、教务主任办公室、教务处、训导处、庶务处等都在这里。从这里向西走，下了台阶，就是全校规模最大的院子，许多间大教室和学生宿舍都在这里。学生宿舍靠西边，是许多排平房。宿舍的外面是一条上面盖有屋顶的极宽极长的走廊，右面是一大排教室。沿走廊向北走，走到尽头，右面就是山东省立一中。原来这一座极大的房子是为济南省立高中和一中（只有初中）所占用。有几座大楼，两校平分。

校舍总的情况就是这个样子。

教员和职员

有一个颇怪的现象，先提出来说一说。在时间顺序中，济南高中是在最后，也就是说，离现在最近，应该回忆得最清晰。可是，事实上，至少对教职员的回忆，却最模糊。其中道理，我至今不解。

高中初创办时，校长姓彭，是南方人，美国留学生，名字忘记了。不久就调山东省教育厅任科长。在现在的衙门里，科长是一个小萝卜头，但在当时的教育厅中却是一个大官，因为没有处长，科长直通厅长。接任的是张默生，山东人，大学国文系毕业，曾写过一本书《王大牛传》，传主是原第一师范校长王世栋（祝晨），上面已经提到过。“王大牛”是一个绰号，表示他的形象，又表示他的脾气倔强。他自己非常欣赏，所以采用作书名，不表示轻蔑，而表示尊敬。我不记得，张校长是否也教书。

教务主任是蒋程九先生，山东人，法国留学生，教物理或化学，记不清楚了。我们是高中文科，没有上过他的课。

有一位李清泉先生，法国留学生，教物理，我没有上过他的课。

我记得最详细最清楚的是教国文的老师。总共有四位，一律是上海滩上的作家。当时流行的想法是，只要是作家，就必然能教国文。因此，我觉得，当时对国文这一学科的目的和作用，是并不清楚的。只要能写出好文章，目的就算是达到了。北园高中也有同样的情况，唯一的区别只在于，那里的教员是桐城派的古文作家，学生作文是用文言文。国民党一进城，就仿佛是换了一个世界，文言变为白话文。

我们班第一个国文教员是胡也频先生，从上海来的作家，年纪很轻，个子不高，但浑身充满了活力。上课时不记得他选过什么课文。他经常是在黑板上写上几个大字：“现代文艺的使命”。所谓现代文艺，也叫普罗文学，就是无产阶级文学。其使命就是无产阶级革命。市场上流行着几本普罗文学理论的译文，作者叫弗理契，大概是苏联人，原文为俄文，由日译本转译为汉文，佶屈聱牙，难以看懂。原因大概是，日本人本来就没有完全看懂俄文，再由日文转译为汉文，当然就驴唇不对马嘴，被人称之为天书了。估计胡老师在课堂上讲的普罗文学的理论，也不出这几本书。我相信，没有一个学生能听懂的。但这并没有减低我们的热情。我们知道的第一个是革命，第二个是革命，第三个仍然是革命，这就足够了。胡老师把他的夫人丁玲从上海接到济南暂住。中学生大都是追星族。见到了丁玲，我们兴奋得难以形容了。但是，国民党当局焉能容忍有人在自己鼻子底下革命，于是下令通缉胡也频。胡老师逃到了上海去，一年多以后就给国民党杀害了。

接替胡先生的是董秋芳先生。董先生，笔名冬芬，北大英文系毕业，译有《争自由的波浪》一书，鲁迅先生作序。他写给鲁迅的一封长信，现保存于《鲁迅全集》中。董老师的教学风格同胡老师完全不同。他不讲什么现代文艺，不讲什么革命，而是老老实实地教书。他选用了日本厨川白村著、鲁迅译的《苦闷的象征》作教材，仔细分析讲授。作文不出题目，而是在黑板上大写四个字“随便写来”，意思就是，你愿意写什么就写什么。有一次，我竟用这四个字为题目写了一篇作文，董老师也没有提出什么意见。

高中国文教员，除了董秋芳先生之外，还有几位。一位是董每戡先生，一位是夏莱蒂，都是从上海来的小有名气的作家。他们的作品，我并没有读过。董每戡在济南一家报纸上办过一个文学副刊。二十多年以后，我在一张报纸上看到了他的消息，他在广州的某一所大学里当了教授。

除了上述几位教员以外，我一个教员的名字都回忆不起来了。按高中的规模至少应该有几十位教员的。起码教英文的教员应该有四五位的，我们这一班也必然有英文教员，这同我的关系至为密切，因为我在全校学生中英文水平是佼佼者，可是我现在无论怎样向记忆里去挖掘，却是连教我们英文的教员都想不起来了。我觉得，这真是一件怪事。

我的学习和生活

荣誉感继续作美

我在上面回忆北园高中时，曾用过“虚荣心”这个词儿。到现在时间过了不久，我却觉得使用这个词儿是不准确的，应改为“荣誉感”。

懂汉语的人，只从语感上就能体会出这两个词儿的不同。所谓“虚荣心”是指羡慕高官厚禄，大名盛誉，男人梦想“红袖添香夜读书”，女人梦想白马王子，最后踞坐在万人之上，众人则踽蹐自己脚下。走正路达不到，则走歪路，甚至弄虚作假，吹拍并举。这就是虚荣心的表现，害己又害人，没有一点好处。荣誉感则另是一码事。一个人在某一方面做出了成绩，有关人士予以表彰，给以荣誉。这种荣誉不是营求得来的，完全是水到渠成。这同虚荣心有质的不同。我在北园高中受到王状元的表彰，应该属于这一个范畴，使用“虚荣心”这一个词儿，是不恰当的。虚荣心只能作祟，荣誉感才能作美。

我到了杆石桥高中，荣誉感继续作美。念了一年书，考了两个甲等第一。

要革命

我在上面已经说到，我在济南高中有两个国文老师，第一个是胡也频先生。他在高中待的时间极短，大概在 1929 年秋天开学后只教了几个月。我从他那里没有学到什么国文的知识，而只学到了一件事，就是要革命，无产阶级革命。他在课堂上只讲普罗文学，也就是无产阶级文学，为了给自己披上一件不太刺激人的外衣，称之为现代文艺。现代文艺的理论也不大讲，重点讲的是它的目的或者使命，说白了，就是要革命。胡老师不但在堂上讲，而且在课外还有行动。他召集了几个学生，想组织一个现代文艺研究会。公然在宿舍外大走廊上摆开桌子，铺上纸，接收会员，引起了极大的轰动，一时聚观者数百人。他还曾同上海某一个出版社联系，准备出版一个刊物，宣传现代文艺。我在组织方面和出版刊物方面都是一个积极分子。我参加了招收会员的工作，并为将要出版的刊物的创刊号写了一篇文章，题目干脆就叫“现代文艺的使命”，内容已经记不清楚，大概不外是革命，革命，革命。也许还有一点理论，也不过是从弗理契书中抄来的连自己都不甚了了的“理论”。不幸（对我来说也许是幸）被国民党当局制止，胡老师逃往上海，群龙无首，烟消云散。否则，倘若这个刊物真正出版成功，我的那一篇论文落到敌人手里，无疑是最好的罪证，我被列入黑名单也说不定。我常自嘲这是一场类似阿 Q 要革命的悲喜剧，在自己糊里糊涂中就成了“革命家”，遭到迫害。同时，我对胡也频先生这样真正的革命家又从心眼里佩服，他们视国民党若无物，这种革命的气概真可以惊天地，泣鬼神。从战术上来讲，难免幼稚；但是，在革命的过程中，这也是难以避免的，我甚至想说这是必要的。没有这种气概，强大的敌人是打不倒的。

上国文课

胡也频先生教的是国文；但是，正如上面所讲的那样，他从来没有认真讲过国文。胡去董来，教学风格大变。董老师认认真真地讲解文艺理论，仔仔细细地修改学生的作文。他为人本分，老实，忠厚，纯诚，不慕荣利，淡泊宁静，在课堂上不说一句闲话，从而受到了学生们的爱戴。至于我自己，从写文言文转到写白话文，按理说，这个转变过程应该带给我极大的困难。然而，实际上我却一点困难都没有。原因并不复杂。从我在一师附小读书起，“五四”新文化运动的大潮，汹涌澎湃，向全国蔓延。“骆驼说话事件”发生以后，我对阅读“五四”初期文坛上各大家的文章，极感兴趣。不能想象，我完全能看懂；但是，不管我手里拿的是笤帚或是扫帚，我总能看懂一些的。再加上我在新育小学时看的那些“闲书”，《彭公案》《济公传》之类，文体用的都是接近白话的。所以由文言转向白话文，我不但一点勉强的意思都没有，而且还颇有一点水到渠成的感觉。

写到这里，我想写几句题外的话。现在的儿童比我们那时幸福多了。书店里不知道有多少专为少年和儿童编著的读物，什么小儿书，什么连环画，什么看图识字，等等，印刷都极精美，插图都极漂亮，同我们当年读的用油光纸石印的《彭公案》一类的“闲书”相比，简直有天渊之别。当年也有带画的“闲书”，叫作绣像什么什么，也只在头几页上印上一些人物像，至于每一页上上图下文的书也是有的，但十分稀少。我觉得，今天的少儿读物图画太多，文字过少，这是过低估量了少儿的吸收能力，不利于他们写文章，不利于他们增强读书能力。这些话看上去似属题外，但仔细一想也实在题内。

我觉得，我由写文言文改写白话文而丝毫没有感到什么不顺手，与我看“闲书”多有关。我不能说，每一部这样的“闲书”文章都很漂亮，都是生花妙笔，但是，一般说起来，文章都是文从字顺，相当流利。而且对文章的结构也十分注意，决不是头上一榔头，屁股上一棒槌。此外，我读中国的古文，几乎每一篇流传几百年一两千年的文章在结构方面都十分重视。在潜移默化中，在我根本没有意识到的情况下，我无论是写文言文，或是写白话文，都非常注意文章的结构，要层次分明，要有节奏感。对文章的开头与结尾更特别注意。开头如能横空出硬语，自为佳构。但是，貌似平淡也无不可，但要平淡得有意味。让读者读了前几句必须继续读下去。结尾的诀窍是言有尽而意无穷，如食橄榄，余味更美。到了今天，在写了七十多年散文之后，我的这些意见不但没有减退，而且更加坚固，更加清晰。我曾在许多篇文章中主张惨淡经营，反对松松垮垮，反对生造词句。我力劝青年学生，特别是青年作家多读些中国古文和中国过去的小说；如有可能，多读些外国作品，以提高自己的文化修养和审美情趣。我这种对文章结构匀称的追求，特别是对文章节奏感的追求，在我自己还没有完全清楚之前，一语破的点破的是董秋芳老师。在一篇比较长的作文中，董老师在作文簿每一页上端的空白处批上了"一处节奏""又一处节奏"等等的批语。他敏锐地发现了我作文中的节奏，使我惊喜若狂。自己还没能意识到的东西，竟蒙老师一语点破，能不狂喜吗？这一件事影响了我一生的写作。我的作文，董老师大概非常欣赏，在一篇作文的后面，他在作文簿上写了一段很长的批语，其中有几句话是："季羡林的作文，同理科一班王联榜的一样，大概是全班之冠，也可以说是全校之冠吧。"这几句话，同王状元的对联和扇面差不多，大大地增强了我的荣誉感。虽然我在高中毕业后在清华学西洋文学，在德国治印度及中亚古代文字，但文学创作始终未停。我觉得，科学研究与文学创作不但没有矛盾，而且可以互济互补，身心两利。所有这一切都同董老师的鼓励是分不开的，我终生不忘。

学生对外打群架

我在上面谈到上新育小学时学生互相欺负打架的情况，这恐怕是男孩子八九十来岁时不可避免的现象。他们有过多的剩余精力又不大懂道理，总想找一个机会发泄一下。到了高中阶段，已经十七八岁了，有了一点理智，同学互相打架的事情就几乎没有了。我在济南高中待了一年，却亲眼看到了两次对外打群架的事。

一次是同校外的回民。

济南，同中国其他一些大城市一样，是汉回杂居的。回民大都聚住在西城一带，杆石桥内外居住的几乎都是回民。回汉两个民族风俗习惯颇有些不同之处，最显著的是回民不吃猪肉。可是在高中学生中汉族占绝对多数，必须吃猪肉，而吃猪肉又必须出去买，而买又必须经过回族的聚居区。矛盾就由此发生。如果在当时能有现在这样多塑料布，放在洋车上的成片的猪肉只需用塑料布一盖，就不至于暴露于光天化日之下，招遥过市，引起回民的不满。日子一久，回民心中积满了怒火。有一天，几个高中学生去采购猪肉，回来时走过杆石桥大街，被一群虔诚的穆斯林痛打了一顿。在旧社会，最不敢惹的人是军人，是兵，他们人多势众也。因此得了一个绰号“丘八”。其次最难惹的人是学生，也是由于人多势众，因此得了一个绰号“丘九”。这一次，高中学生在街上遭到了回民的毒打，焉能善罢甘休。被打的学生回校一宣扬，立刻有几百个学生聚集起来，每人手持木棒之类的东西，涌出校门，走到回民居住区，不管青红皂白，遇到凡是鼻子有点高貌似回民的人，举棒便打。回民一时聚集不起来，否则一场大规模的械斗就难以避免了。我没有参加这一场出击，我是事后才听说的。我个人认为，凡是宗教信仰不同的国家或地区，行为准则的第一条应该是互相尊重对方的生活习惯和宗教信仰。可惜这一句话说起来容易做起来极难，天下从此多事矣。

另一次打群架是同西邻的育英中学。

有一天，不知由于什么事由，育英中学举办了一个文艺晚会。

高中有几个学生想进去看，但又没有票。于是引起了口角，一群育英学生把高中的学生打了一顿。高中学生回校后，在宿舍区大声号召，于是响应者云起，又是各持木棒什么的，涌出学校，涌向育英，见人便打，一直打进会场，把一场晚会搅乱，得胜回朝，这是大丘九打小丘九，十七八岁的孩子打十四五岁的孩子，没有多少道理可讲的。

从此济南高中成了济南的西霸天，没有人敢在太岁头上动土了。

毕业旅行筹款晚会

我在济南高中一年，最重大最棘手的事，莫过毕业旅行筹款晚会的经营组织。

不知道是谁忽然心血来潮，想在毕业后出去旅行一番，这立即得到了全班同学的热烈响应。但是，旅行是需要钱的，我们大多数的家长是不肯也没有能力出这个钱的。于是我们只有一条路可走：自己筹款。那时候还没有像现在这样多的暴发户大款，劝募无门。想筹款只能举办文艺晚会，卖票集资。于是全班选出了一个筹委会，主任一人，是比我大四五岁的一位诸城来的学生，他的名字我不说。为什么不说，我也不说。我也是一个积极分子，在筹委会里担任组织工作。晚会的内容不外是京剧、山东快书、相声、杂耍之类。演员都是我们自己请。我只记得，唱京剧的主要演员是二年级的台镇中同学，剧目是《失空斩》。台镇中京剧唱得确极有味，曾在学校登台演出过，其他节目的演员我就全记不清了。总之，筹备工作进行得顺利而迅速。连入场券都已印好，而且已经送出去了一部分。但是，万事俱备，只欠东风，东风就是校长的批准。张默生校长是一个老实人，活动能力不强，他同教育厅长何思源的关系也并不密切，远远比不上他的前任。他实在无法帮助推销这样多的入场券。但他又不肯给学生们泼冷水，实在是进退两难。只好采用拖的办法，能拖一天，就拖一天。后来我们逐渐看出了这个苗头。我们几经讨论，出于对张校长的同情，我简直想说，出于对他的怜悯，我们决定停止这一场紧锣密鼓的闹剧。我们每个人都空做了一场旅行梦。

以上就是我对济南高中的回忆。虽然只有一年，但是能够回忆能够写出的东西，决不止上面这一些。可是那些鸡毛蒜皮的小事，写出来了无意义。于是我的回忆就到此为止了。

2002 年 3 月 25 日写完

我的小学和中学·结语

我在上面用了四万三千字相当长的篇幅回忆了我从小学到中学的经历，是我九岁到十九岁，整整十年。也或许有人要问：有这个必要吗？就我个人来讲，确乎无此必要。但是，最近几年来，坊间颇出了几本有关我的传记，电视纪录片的数目就更多，社会上似乎还有人对我的生平感到兴趣。别人说，不如我自己说，于是就拿起笔来。那些传记和电视片我一部也没有完全看过，对于报纸杂志上那些大量关于我的报导或者描绘，我也看得很少。原因并不复杂：我害怕那些溢美之词，有一些头衔让我看了脸红。我感谢他们对我的鼓励；但我必须声明，我决不是什么天才。现在学术界和文学艺术界这个坛上或那个坛上自命天才的大有人在，满脸天才之气可掬，可是这玩意儿“只堪自怡悦”，勉强别人是不行的。真正的天才还在我的期望中。为了澄清事实，避免误会，我就自己来，用平凡而真实的笔墨讲述一下自己平凡的经历，对别人也许会有点好处。

另外一个动手写作的原因是，我还有写作的要求。我今年已经是九十晋一，年龄够大了。可是耳尚能半聪，目尚能半明，脑袋还是“难得糊涂”。写作的可能还是有的。我一生舞笔弄墨，所写的东西大体上可以分为两种：一种是严肃的科学研究的论文或专著，一种比较轻松的散文、随笔之类。这两种东西我往往同时进行。而把主要精力用在前者上，后者往往只是调剂，只是陪衬。可是，到了今天，尽管我写作的要求和可能都还是有的，尽管我仍然希望同以前一样把重点放在严肃的科学研究的文章上，不过却是力不从心了。举一个简单的例子，七八年前，我还能每天跑一趟大图书馆，现在却是办不到了，腿脚已经不行了，我脑袋里还留有不少科学研究的问题，要同那些稀奇古怪的死文字拼命，实际上，脑筋却不够用了，只能希望青年人继续做下去了。总而言之，要想满足自己写作的欲望，只能选取比较轻松的题目，写一些散文、随笔之类的文章，对小学和中学的回忆正属于这一类，这可以说是天作之合，我只有顺应天意了。

小学和中学，9 岁（一般人是 6 岁）到 19 岁，正是人生的初级阶段。还没有入世，对世情的冷暖没有什么了解。这些大孩子大都富于幻想，好像他们眼前的路上长的全是玫瑰花，色彩鲜艳，芬芳扑鼻，一点荆棘都没有。我也基本上属于这个范畴；但是，我的环境同绝大多数的孩子都不一样。我也并不缺乏幻想，缺乏希望；但是，在我面前的路上，只有淡淡的玫瑰花的影子，更多的似乎是荆棘。尽管我的高中三年是我生平最辉煌的时期之一，在考试方面，我是绝对的冠军，无人敢撄其锋者，但这并没有改变我那幼无大志的心态，我从来没有梦想成为什么学者，什么作家，什么大人物。家庭对我的期望是娶妻生子，能够传宗接代；做一个小职员，能够养家糊口，如此而已。到了晚年，竟还有写自己的小学和中学十年的必要，是我当时完全没有想到的。

不管怎样，我的小学和中学十年的经历写完了。要问写这些东西有什么好处的话，我的回答是有好处，有原来完全没有想到的好处。我仿佛又回到了七八十年前去，又重新生活了十年。喜当年之所喜，怒当年之所怒，哀当年之所哀，乐当年之所乐。如果不写这一段回忆，如果不向记忆里挖了再挖，这些情况都是不会出现的。苏东坡词：

> 谁道人生无再少？
> 门前流水尚能西，
> 休将白发唱黄鸡。

时间是一种无始无终，永远不停地前进的东西，过去了一秒，就永远过去了，虽有翻天覆地的手段也是拉不回来的。东坡的“再少”是指精神上的，我们不知道他是否有具体的经验。在我写这十年回忆的时候，我确实感觉到，自己是“再少”了十年。仅仅这一点，就值得自己大大地欣慰了。

2002 年 3 月 28 日写完

记北大1930年入学考试

1930年，我高中毕业。当时山东只有一个高中，就是杆石桥山东省立高中，文理都有，毕业生大概有七八十个人。除少数外，大概都要进京赶考的。我之所谓“京”是一个形象的说法，就是指的北京，当时还叫“北平”。山东有一所大学：山东大学，但是名声不显赫，同北京的北大、清华无法并提。所以，绝大部分高中毕业生都进京赶考。

当时北平的大学很多。除了北大、清华以外，我能记得来的还有朝阳大学、中国大学、郁文大学、平民大学、辅仁大学、燕京大学等。还有一些只有校名、没有校址的大学，校名也记不清楚了。

有的同学大概觉得自己底气不足，报了五六个大学的名。报名费每校三元，有几千学生报名，对学校来说是一笔不小的收入。我本来是一个上不得台盘的人，新育小学毕业就没有勇气报考一中。但是，高中一年级时碰巧受到了王寿彭状元的奖励，于是虚荣心起了作用：既然上去，就不能下来！结果三年高中，六次考试，我考了六个第一名。心中不禁“狂”了起来。我到了北平，只报了两个学校：北大与清华。结果两校都录取了我。经过反复的思考，我弃北大而取清华。后来证明我这个判断是正确的。否则我就不会有留德十年。没有留德十年，我以后走的道路会是完全不同的。

那一年的入学考试，北大就在沙滩，清华因为离城太远，借了北大的三院做考场。清华的考试平平常常，没有什么特异之处。北大则极有特色，至今忆念难忘。首先是国文题就令人望而生畏，题目是“何谓科学方法？试分析评论之”。又要“分析”，又要“评论之”，这究竟是考学生什么呢？我哪里懂什么“科学方法”。幸而在高中读过一年逻辑，遂将逻辑的内容拼拼凑凑，写成了一篇答卷，洋洋洒洒，颇有一点神气。北大英文考试也有特点。每年必出一首旧诗词，令考生译成英文。那一年出的是“别来春半，触目愁肠断。砌下落梅如雪乱，拂了一身还满”。所有的科目都考完以后，又忽然临时加试一场英文 dictation。一个人在上面念，让考生整个记录下来。这玩意儿我们山东可没有搞。我因为英文单词记得多，整个故事我听得懂，大概是英文《伊索寓言》一类书籍抄来的一个罢。总起来，我都写了下来，仓皇中把 suffer 写成了 safer。

我们山东赶考的书生们经过了这几大灾难，才仿佛井蛙从井中跃出，大开了眼界，了解到了山东中学教育水平是相当低的。

2003 年 9 月 28 日

高中国文教员一年

1934年夏季，我毕业于清华大学西洋文学系（后改名外国语文系）。当时社会上流行着一句话“毕业即失业”，可见毕业后找工作——当时叫抢一只饭碗——之难。对我来说，这个问题尤其严重。家庭经济已濒临破产，盼望我挣钱，如大旱之望云霓。而我却一无奥援，二不会拍马。我好像是孤身一人在荒原上苦斗，后顾无人，前路茫茫。心中郁闷，概可想见。这种心情，从前一年就有了。一句常用的话“未雨绸缪”或可形容这种心情于万一。

但是，这种“未雨绸缪”毫无结果。时间越接近毕业，我的心情越沉重，简直到了食不甘味的程度。如果真正应了“毕业即失业”那一句话，我恐怕连回山东的勇气都没有，我有何面目见山东父老！我上有老人，下有子女，一家五口，嗷嗷待哺。如果找不到工作，我自己吃饭都成问题，遑论他人！我真正陷入走投无路的绝境。

然而，正如常言所说的那样“天无绝人之路”，在这危急存亡的时刻，好机遇似乎是从天而降。北大历史系毕业生梁竹航先生，有一天忽然来到清华，告诉我，我的母校山东济南高中校长宋还吾先生托他来问我，是否愿意回母校任国文教员。这真是我做梦也想不到的喜讯，我大喜若狂。但立刻又省悟到，自己学的是西洋文学，教高中国文能行吗？当时确有一种颇为流行的看法和做法，认为只要是作家就能教国文。这个看法本身就是不科学的，能写的人不一定能教。何况我只不过是出于个人爱好，在高中时又受到了董秋芳先生的影响，在大报上和高级刊物上发表过一些篇散文，那些都是“只堪自怡悦”的东西，离一个真正的作家还有一段颇长的距离。像我这样的人怎么能到高中去担任国文教员呢？而且我还听说，我的前任是让学生“架”走的，足见这些学生极难对付，我贸然去了，一无信心，二无本钱，岂非自己去到太岁头上动土吗？想来想去，忐忑不安。虽然狂喜，未敢遽应。梁君大我几岁，稳健持重，有行政才能。看到了我的情况，让我再考虑一下。这个考虑实际上是一场思想斗争。最后下定决心，接受济南高中之聘，我心里想：“你敢请我，我就敢去！”实际上，除了这条路以外，我已无路可走。于是我就于 1934 年秋天，到了济南高中。

校 长

校长宋还吾先生是北大毕业生，为人豁达大度，好交朋友，因为姓宋，大家送上绰号曰“宋江”。既然有了宋江，必有阎婆惜，逢巧宋夫人就姓阎，于是大家就称她为“阎婆惜”。宋先生在山东，甚至全国教育界广有名声。因为他在孔子故乡曲阜当校长时演出了林语堂写的剧本《子见南子》，剧本对孔子颇有失敬之处，因此受到孔子族人的攻击。此事引起了鲁迅先生的注意与愤慨，在《鲁迅全集》中对此事有详细的叙述。请有兴趣者自行参阅。我一进学校就受到了宋校长的热烈欢迎。他特在济南著名的铁路宾馆设西餐宴为我接风，热情可感。

教 员

我离开高中四年了。四年的时间，应该说并不算太长。但是，在我的感觉上却仿佛是换了人间。虽然校舍依旧巍峨雄伟，树木花丛、一草一木依旧翁郁葳蕤；但在人事方面却看不到几张旧面孔了。校长换了人，一套行政领导班子统统换掉。在教员中，我当学生时期的老教员没有留下几个。当年的国文教员董秋芳、董每戡、夏莱蒂诸先生都已杳如黄鹤，不知所往。此时，我的心情十分复杂，在兴奋欣慰之中又杂有凄凉寂寞之感。

在国文教员方面，全校共有三个年级，每个年级四个班，共有十二个班，每一位国文教员教三个班，共有国文教员四名。除我以外应该还有三名。但是，我现在能回忆起来的却只有两名。一位是冉性伯先生，是山东人，是一位资深的国文教员。另一位是童经立先生，是江西人，什么时候到高中来的，我完全不知道。他们两位都不是作家，都是地地道道大学国文系的毕业生，教国文是内行里手。这同四年前完全不一样了。

英文教员我只能记起两位，都不是山东人。一位是张友松，一位是顾绶昌。前者后来到北京来，好像是在人民文学出版社当编审。后者则在广东中山大学做了教授。有一年，我到广州中大时，到他家去拜望过他，相见极欢，留下吃了一顿非常丰富的晚餐。从这两位先生身上可以看到，当时济南高中的英文教员的水平是相当高的。

至于其他课程的教员，我回忆不起来多少。和我同时进校的梁竹航先生是历史教员，他大概是宋校长的嫡系，关系异常密切。一位姓周的，名字忘记了，是物理教员，我们之间的关系颇好。1934年秋天，我曾同周和另外一位教员共同游览泰山，一口气登上了南天门，在一个鸡毛小店里住了一夜，第二天凌晨登上玉皇顶，可惜没能看到日出。我离开高中以后，不知道周的情况如何，从此杳如黄鹤了。最让我觉得有趣的是，我八九岁入济南一师附小，当时的校长是一师校长王祝晨（士栋，绰号王大牛）先生兼任，我一个乳臭未干的顽童与校长之间宛如天地悬隔，我从来没有见过他的面，曾几何时，我们今天竟成了同事。他是山东教育界的元老之一，热情地支持五四运动，脾气倔犟耿直，不讲假话。他对我怎么看，我不知道。我对他则是执弟子礼甚恭，我尊敬他的为人，至于他的学问怎么样，我就不敢妄加评论了。

同我往来最密切的是张叙青先生，他是训育主任，主管学生的思想工作，讲党义一课。他大概是何思源（山东教育厅长）、宋还吾的嫡系部队的成员。我1946年在去国十一年之后回到北平的时候，何思源是北平市长，张叙青是秘书长。在高中时，他虽然主管国民党的工作，但是脸上没有党气，为人极为洒脱随和，因此，同教员和学生关系都很好。他常到我屋里来闲聊。我们同另外几个教员经常出去下馆子。济南一些只有本地人才知道的小馆子，由于我是本地人，我们都去过。那时高中教员工资相当高，我的工资是每月一百六十元，是大学助教的一倍。每人请客一次不过二三元，谁也不在乎。我虽然同张叙青先生等志趣不同，背景不同；但是，作为朋友，我们是能谈得来的。有一次，我们几个人骑自行车到济南南面众山丛中去游玩，骑了四五十里路，一路爬高，极为吃力，经过八里窪、土屋，最终到了终军镇（在济南人口中读若仲宫）。终军是汉代人，这是他降生的地方，可见此镇之古老。镇上中学里的一位教员热情地接待了我们，设盛宴表示欢迎之意。晚饭之后，早已过了黄昏时分。我们走出校门，走到唯一的一条横贯全镇的由南向北的大路上，想领略一下古镇傍晚的韵味。此时，全镇一片黢黑，不见一个人影，没有一丝光亮。黑暗仿佛凝结成了固体，伸手可摸。仰望天空，没有月亮，群星似更光明。身旁大树的枝影撑入天空，巍然，森然。万籁俱寂，耳中只能听到远处泉声潺湲。我想套用一句唐诗："泉响山愈静。"在这样的情况下，我真仿佛远离尘境，遗世而独立了。我们在学校的一座小楼上住了一夜。这是我一生最难忘的一夜。第二天早晨，我们又骑上自行车向南行去，走了二三十里路，到了柳堡，已经是泰山背后了。抬头仰望，泰山就在眼前。"岱宗夫如何？齐鲁青未了。"泰山的青仿佛就扑在我们背上。我们都不敢再前进了。拨转车头，向北骑去，骑了将近百里，回到了学校。这次出游，终生难忘。过了不久，我们又联袂游览了济南与泰山之间的灵岩古寺，也是我多年向往而未能到过的地方。从上面的叙述可以看到，我同高中的教员之间的关系是十分融洽的。

上课

我在上面已经提到过，高中共有三个年级，十二个班；包括我在内，有国文教员四人，每人教三个班。原有的三个教员每人包一个年级的三个班，换句话说，就是每一个年级剩下一个班，三个年级共三个班，划归我的名下。有点教书经验的人都知道，这给我造成了颇大的困难，他们三位每位都只有一个头，而我则须起三个头。这算不算“欺生”的一种表现呢？我不敢说，但这个感觉我是有的。可也只能哑子吃黄连了。

好在我选教材有我自己的标准。我在清华时，已经读了不少中国古典文学作品。我最欣赏我称之为唯美派的诗歌，以唐代李义山为代表，西方则以英国的 Swinburne、法国的象征派为代表。此外，我还非常喜欢明末的小品文。我选教材，除了普遍地各方面都要照顾到以外，重点就是选这些文章。我相信，在这一点上，我同其他几位国文教员是不会相同的。

我没有教国文的经验，但是学国文的经验却是颇为丰富的。正谊中学杜老师选了些什么教材，我已经完全记不清了。北园高中王崑玉老师教材皆选自《古文观止》。济南高中胡也频老师没有教材，堂上只讲普罗文学。董秋芳老师以《苦闷的象征》为教材。清华大学刘文典老师一学年只讲了江淹的《恨赋》和《别赋》以及陶渊明的《闲情赋》，课堂上常常骂蒋介石。我这些学国文的经验对我有点借鉴的作用，但是用处不大。按道理，教育当局和学校当局都应该为国文这一门课提出具体的要求，但是都没有。教员成了独裁者，愿意怎么教就怎么教，天马行空，一无阻碍。我当然也想不到这些问题。我根据自己的兴趣，选了一些中国古典诗文。我的任务就是解释文中的典故和难解的词句。我虽读过不少古典诗文，但腹笥并不充盈。我备课时主要靠《辞源》和其他几部类书。有些典故自己是理解的，但是颇为“数典忘祖”，说不出来源。于是《辞源》和几部类书就成了我不可须臾离开的宝贝。我查《辞源》速度之快达到了出神入化的境界。为了应付学生毕业后考大学的需要，我还自作主张，在课堂上讲了一点西方文学的概况。

我在清华大学最后两年写了十几篇散文，都是惨淡经营的结果，都发表在全国一流的报刊和文学杂志上，因此，即使是名不见经传，也被认为是一个“作家”。到了济南，就有报纸的主编来找我，约我编一个文学副刊。我愉快地答应了，就在当时一个最著名的报纸上办了一个文学副刊，取名《留夷》，这是楚辞上一个香花的名字，意在表明，我们的副刊将会香气四溢。作者主要是我的学生。文章刊出后有稿酬，每千字一元。当时的一元可以买到很多东西，穷学生拿到后，不无小补。我的文章也发表在上面，有一篇《游灵岩》，是精心之作，可惜今天遍寻不得了。

我同学生的关系

总起来说，我同学生的关系是相当融洽的。我那年是二十三岁，也还是一个大孩子。同学生的年龄相差不了几岁。有的从农村来的学生比我年龄还大。所以我在潜意识中觉得同学生们是同伴，不懂怎样去摆教员的谱儿。我常同他们闲聊，上天下地，无所不侃。也常同他们打乒乓球。有一位年龄不大而聪明可爱的叫吴传文的学生经常来找我去打乒乓球。有时候我正忙着备课或写文章，只要他一来，我必然立即放下手中的活，陪他一同到游艺室去打球，一打就是半天。

我在上面已经提到过，我的前任一位姓王的国文教员是被学生“架”走的。我知道这几班的学生是极难对付的，因此，我一上任，就有戒心，战战兢兢，如履薄冰，避免蹈我前任的覆辙。但我清醒地意识到，处理好同学生的关系，首先必须把书教好，这是重中之重。有一次，我把一个典故解释错了，第二天上课堂，我立即加以改正。这也许能给学生留下一点印象：季教师不是一个骗子。我对学生决不阿谀奉承，讲解课文，批改作业，我总是实事求是，决不讲溢美之词。

我同校长的关系

宋还吾校长是我的师辈，他聘我到高中来，又可以说是有恩于我，所以我对他非常尊敬。他为人宽宏豁达，颇有豪气，真有与宋江相似之处，接近他并不难。他是山东教育厅长何思源的亲信，曾在山东许多地方，比如青岛、曲阜、济南等地做过中学校长。他当然有一个自己的班底，走到哪里，带到哪里。其中除庶务人员外，也有几个教员。我大概也被看作是宋家军的，但只是一个初出茅庐的杂牌。到了学校以后，我隐隐约约地听人说，宋校长的想法是想让我出面组织一个济南高中校友会，以壮大宋家军的军威。但是，可惜的是，我是一个上不得台盘的人，不善活动，高中校友会终于没有组织成，实在辜负了宋校长的期望。

听说，宋夫人“阎婆惜”酷爱打麻将，大概是每一个星期日都必须打的。当时济南中学教员打麻将之风颇烈。原因大概是，当过几年中学教员之后，业务比较纯熟了，瞻望前途，不过是一辈子中学教员。常言道：“水往低处流，人往高处走。”他们的“高处”在什么地方呢？渺茫到几乎没有。“不为无益之事，何以遣有涯之生！”于是打麻将之风尚矣。据说，有一位中学教员打了一夜麻将，第二天上午有课。他懵懵懂懂地走上讲台。学生问了一个问题：“X 是什么？”他脱口而出回答说：“二饼。”他的灵魂还没有离开牌桌哩。在高中，特别是在发工资的那一个星期，必须进行“原包大战”，“包”者，工资包也。意思就是，带着原工资包，里面至少有一百六十元，走上牌桌。这个钱数在当时是颇高的，每个人的生活费每月也不过五六元。鏖战必定通宵，这不成问题。幸而还没有出现“二饼”的笑话。我们国文教员中有一位我的师辈的老教员也是牌桌上的嫡系部队。我不是不会打麻将，但是让我去参加这一支麻将大军，陪校长夫人戏耍，我却是做不到的。

根据上述种种情况，宋校长对我的评价是：“羡林很安静。”“安静”二字实在是绝妙好词，含义很深远。这一点请读者去琢磨吧。

我的苦闷

我在清华毕业后，不但没有毕业即失业，而且抢到了一只比大学助教的饭碗还要大一倍的饭碗。我应该满意了。在家庭里，我现在成了经济方面的顶梁柱，看不见婶母脸上多少年来那种难以形容的脸色。按理说，我应该十分满意了。

然而，事实却不是这样。我有我的苦闷。

首先，我认为，一个人不管闯荡江湖有多少危险和困难，只要他有一个类似避风港样的安身立命之地，他就不会失掉前进的勇气，他就会得到安慰。按一般的情况来说，家庭应该起这个作用。然而我的家庭却不行。虽然同在一个城内，我却搬到学校里来住，只在星期日回家一次。我并不觉得，家庭是我的安身立命之地。

其次是前途问题。我虽然抢到了一只十分优越的饭碗，但是，我能当一辈子国文教员吗？当时，我只有二十三岁，并没有什么远大的理想，也没有梦想当什么学者；可是看到我的国文老师那样，一辈子庸庸碌碌，有的除了陪校长夫人打麻将之外，一事无成，我确实不甘心过那样的生活。那么，我究竟想干什么呢？说渺茫，确实很渺茫；但是，说具体，其实也很具体。我希望出国留学。

留学的梦想，我早就有的。当年我舍北大而取清华，动机也就在入清华留学的梦容易圆一些。现在回想起来，我之所以痴心妄想想留学，与其说是为了自己，还不如说是为了别人。原因是，我看到那些主要是到美国留学的人，拿了博士学位，或者连博士学位也没有拿到的，回国以后，立即当上了教授，月薪三四百元大洋，手挎美妇，在清华园内昂首阔步，旁若无人，实在会让人羡煞。至于学问怎样呢？据过去的老学生说，也并不怎么样。我觉得不平，想写文章刺他们一下。但是，如果自己不是留学生，别人会认为你说葡萄是酸的，贻笑大方。所以我就梦寐以求想去留学。然而留学岂易言哉！我的处境是，留学之路渺茫，而现实之境难忍，我焉得而不苦闷呢？

我亲眼看到的一幕滑稽剧

在苦闷中，我亲眼看到了一幕滑稽剧。

当时的做法是，中学教员一年发一次聘书（后来我到了北大，也是一年一聘）。到了暑假，如果你还没有接到聘书，那就表示，下学期不再聘你了，自己卷铺盖走路。那时候的人大概都很识相，从来没有听说，有什么人赖着不走，或者到处告状的。被解聘而又不撕破脸皮，实在是个好办法。

有一位同事，名叫刘一山，河南人，教物理。家不在济南，住在校内，与我是邻居，平时常相过从。人很憨厚，不善钻营。大概同宋校长没有什么关系。1935 年秋季开始，校长已决定把他解聘。因此，当年春天，我们都已经接到聘书，独刘一山没有。他向我探询过几次，我告诉他，我已经接到了。他是个老行家，听了静默不语；但他知道，自己被解聘了。他精于此道，于是主动向宋校长提出辞职。宋校长是一个高明的演员。听了刘的话以后，大为惊诧，立即“诚恳”挽留，又亲率教务主任和训育主任，三驾马车到刘住的房间里去挽留，义形于色，正气凛然。我是个新手，如果我不了解内幕，我必信以为真。但刘一山深知其中奥妙，当然不为所动。我真担心，如果刘当时竟答应留下，我们的宋校长下一步棋会怎么下呢？

我从这一幕闹剧中学到了很多处世做人的道理。

天赐良机

常言道："天无绝人之路。"在我无法忍耐的苦闷中，前途忽然闪出了一线光明。在1935年暑假还没有到的时候，我忽然接到我的母校北京清华大学的通知，我已经被录取为赴德国的交换研究生。我可以到德国去念两年书。能够留学，吾愿已定，何况又是德国，还能有比这更令我兴奋的事情吗？我生为山东一个穷乡僻壤的贫苦农民的孩子，能够获得一点成功，全靠偶然的机会。倘若叔父有儿子，我决不会到了济南。如果清华不同德国签订交换留学生协定，我决不会到了德国。这些都是极其偶然的事件。"世间多少偶然事？不料偶然又偶然。"

我在山东济南省立高中一年国文教员的生活，就这样结束了。

2002年5月14日写完

思故人

“当时只道是寻常”这是一句非常明白易懂的话，却道出了几乎人人都有的感觉。所谓“当时”者，指人生过去的某一个阶段。处在这个阶段中时，觉得过日子也不过如此，是很寻常的。过了十几二十年或者更长的时间，回头一看，当时实在有不寻常者在。

忆念张天麟

我一生尊师重友，爱护弟子。因为天性内向，不善交游，所以交的朋友不算太多，但却也不算太少。我自己认为是一个非常重感情的人，几乎所有的师友都在我的文章中留下了痕迹。但是稍微了解内情的人都会纳闷儿：为什么我两个最早的朋友独付阙如？一个是李长之，一个是张天麟。长之这一笔账前不久已经还上了，现在只剩下张天麟了。事必有因。倘若有人要问：为什么是这样子呢？说老实话，我自己也有点说不清道不白。在追忆长之的文章中，我碰了下这个问题；但也只是蜻蜓点水一般一点即过。现在遇到了张天麟，我并没有变得更聪明，依然糊涂如故。张天麟一生待我如亲兄弟，如果有什么扞格不入之处的话，也决不在他身上。那么究竟是在谁身上呢？恍兮惚兮，其中有人。现在已时过境迁，说出来也没有什么意义了，还是不去说它吧。

张天麟，这不是他本来的名字。他本名张天彪，字虎文。因为参加了国民党的革命，借用了他一个堂兄的名字，以作掩护，从此就霸占终生。我于1924年在新育小学毕业，觉得自己是一个上不得台盘的人，是一只癞蛤蟆，不敢妄想吃天鹅肉，大名鼎鼎的一中，我连去报名的勇气都没有，只凑凑合合地去报考了“破正谊”。又因为学习水平确实不低，我录取的不是一年级，而是一年半级，算是沾了半年的光。同班就有老学生张天彪。他大我四岁，因双腿有病，休学了四年，跟我成了同班。在班上，他年龄最大，脑袋瓜最灵，大有鹤立鸡群之势。当时军阀滥发钞票，大肆搜刮，名之曰军用票，是十分不稳定不值钱的纸币。从山东其他县分到济南正谊中学上学的学生，随身带的不是军用票，而是现大洋或中国银行、交通银行的钞票，都是响的硬通货。正谊是私立中学，靠学生的学费来维持学校的开支。张天彪不知是用了些什么手法，用军用票去换取外地学生手中的现大洋或中交钞票。我当时只有十三岁，对他这种行动只觉得有趣，也颇有学习的想法，可是不知道从何处下手，只好作罢。这种本领伴随了张天麟一生。

正谊毕业以后，我考入了山东大学附设高中，时间是 1926 年，我十五岁。从此以后，我走上了认真读书的道路。至于虎文干了些什么，我不清楚。可能是到南方什么地方参加国民党的革命去了。我们再次在济南见面时，大概是在 1928 年末或 1929 年初，反正是在日寇撤离而国民党军队进驻的时候。这时候，他已经当了什么官，我不清楚，我对这种事情从来不感兴趣。但是，我却微妙地感觉到，他此时已经颇有一些官架子了。

时光一下子就到了 1930 年。我在省立济南高中毕业后，来到北平，考入清华大学。虎文不知道是什么时候到北平来的。他正在北京大学德文系读书，投在杨丙辰先生麾下。虎文决不是阿谀奉承，做走狗，拍马屁那样的人物；但是，他对接近权势者和长者并取得他们的欢心，似乎有特异功能。他不久就成为杨丙辰先生的红人。杨先生曾一度回河南故乡担任河南大学的校长，虎文也跟了去，成为他重要的幕僚。杨先生担任大学校长的时间不长，虎文又跟他回到了北平。回来后，他张罗着帮助什么人成立了一个中德学会，他在里面担任什么职务，我不清楚，我一向对这种事情不大热心。后来，他之所以能到德国去留学，大概走的就是这一条线。

我于 1934 年在清华西洋文学系毕业，回母校济南高中教了一年国文。于 1935 年考取清华与德国合办的交换研究生，当年夏天取道“满洲国”和西伯利亚铁路，到了柏林。秋天到了哥廷根，一住就是十年。我不记得，虎文是什么时候到的德国，很可能是在我到了哥廷根之后。他在 Tübingen 念了几年书，拿到了博士学位，又回到柏林，在国民党政府驻柏林公使馆里鬼混，大概也是一个什么官。此时，他的夫人牛西园和儿子张文已经到了德国。有一年，可能是 1939 年或 1940 年，我想回国，到了柏林，就住在虎文家里。他带我去拜见大教育学家 Spranger 和大汉学家 Franche。我没有走成，又回到了哥廷根。隔了不久，虎文全家到哥廷根去看我，大约住了两个礼拜，我们共同过了一段非常愉快的日子，至今难忘。1942 年，德国与汪精卫伪政权建交，国民党公使馆不得已而撤至瑞士。虎文全家也都到瑞士去了。我同当时同住在哥廷根的张维、陆士嘉夫妇共同商议，决定无论如何也不能跟日伪使馆打交道，宣布了无国籍，从此就变成了像天空中的飞鸟一样，任人射杀，不受任何国家的保护。

过了几年海外孤子的生活，并没有遇到什么麻烦，德国师友对我们都极好。转眼到了 1945 年，三个妄想吞并世界的法西斯国家德国、意大利和日本，相继投降，第二次世界大战结束了。人类又度过了一劫。该是我们回国的时候了。最初攻入哥廷根的是美国军队，后来不知道为什么由英国军官来主持全城的行政工作。我同张维去找了英国军官。他把我们看作盟邦的“难民”（displaced person），很慷慨地答应帮我们的忙，送我们到瑞士去。当时德国境内的铁路几乎已完全炸毁，飞机当然更谈不到，想到瑞士去只能坐汽车。那位英国军官找到了一个美国少校和另外一位美国军人，驾驶两辆吉普车，把张维一家三人、刘先志一家两人和我共六人送到了瑞士边境。我们都没有签证，瑞士进不去。我打电话给中国驻瑞士公使馆虎文，他利用中国外交官的名义，把我们都接进了瑞士。离开德国边境时，我心中怅然若有所失。十年来三千六百多个日日夜夜，就此结束了。众多师友的面影一时都闪到我眼前来，“客树回看成故乡”，我胸中溢满了离情别绪，我只有徒唤“奈何”了。

虎文此时在使馆里是个什么官，好像是副武官之类，有一个少校的军衔，还是什么《扫荡报》的记者。我在上面提到的他那种“特异功能”发挥得淋漓尽致。他其实并不真正崇拜蒋介石，也不能算是忠实的国民党员，他有时也说蒋和国民党的坏话。这时公使馆的公使和参赞之间有矛盾。每次南京政府汇款给使馆接济留欧的学生，参赞就偷偷地泄露给我们，我们就到使馆去找公使要钱。要的数目是多多益善，态度则是无理取闹。使馆搞不清留学生的底细，不敢得罪。当时仅就留德学生而论，有一些确非“凡胎”，蒋、宋、孔、陈四大家族，外加冯玉祥、居正、戴传贤等国民党大员的子女均有在德国留学者。像我这样的卑贱者，搀在里面，鱼目混珠，公使馆不明真相，对留学生一律不敢得罪，坐收渔人之利，也弄到了一些美钞。我们知道，这种钱不要白不要，要了也白要。最重要的一点是学会了同国民党的驻外机构打交道，要诀是蛮横，他们吃这一套。

当时，我们从德国来的几个留学生被分派到 Fribourg 来住，住在一个天主教神父开办的不大的公寓里，名叫 Foyer St. Justin，因为用费便宜。虎文全家则住在瑞士首府 Bern。他们有时也来 Fribourg 看我们。我们是从住了六年饥饿炼狱里逃出来的饿鬼，能吃饱肚子就是最高的幸福。我过了一段安定快乐的日子。

1946 年春天，虎文一家、刘先志一家和我准备返回祖国。当时，想从欧洲回国，只有一条路可走，就是乘船走海路。我们从瑞士乘汽车到法国马赛，登上了一艘英国运送法国军队到越南去的大船，冒着极大的危险——因为海中的水雷还没有清除，到了越南西贡。此时西贡正是雨季。我们在这里住了一些时候，又上船到香港，然后从香港乘船到上海登岸。我离开日夜思念的祖国已经快十一年了。我常说：我生平有两个母亲，一个是生我的母亲，一个便是祖国母亲，当时前者已经不在，只剩下后者一个了。俗话说“孩儿见了娘，无事哭三场”，我踏上祖国土地的那一刹那时的心情，非笔墨所能形容于万一也。

我在上海住了一些日子。因为没有钱，住不起旅馆，就住在臧克家兄家里的榻榻米上。克家带我去谒见了叶圣陶、郑振铎等前辈。

也想见郭沫若，他当时正不在上海。我又从上海到了南京。长之不久前随国立编译馆复员回到南京。因同样理由，我就借住在长之的办公室内办公的桌子上。白天他们上班，我无处可去，就在附近的台城、鸡鸣寺、胭脂井一带六朝名胜地区漫游，有时候也走到玄武湖和莫愁湖去游逛。消磨时光，成了我的主要任务。我通过长之认识了梁实秋先生。他虽长我们一辈，但是人极随和，蔼然仁者。我们经常见面，晤谈极欢，订交成了朋友。

此时，国民党政府得胜回朝，兴致不浅；武官怕死，文官要钱；接收大员，腰缠万贯；下属糊涂，领导颟顸；上上下下，一团糜烂。实际上，到处埋藏着危机。在官场中，大家讲究“竹”字头和“草”字头。“竹”字头是简任官，算是高干的低级。“草”字头是荐任官，大概科长以下都算。在这里，虎文又展示了他的特异功能。不知怎样一来，他成了教育部什么司的“帮办”（副司长），属于“竹”字头了。

我已经接受了北大的聘约，对“竹”字头或“草”字头了无兴趣。我于 1946 年深秋从上海乘船到了秦皇岛，从那里乘大车到了北平，我离开故都已经十一年了。现在回到这里，大有游子还乡的滋味。只是时届深秋，落叶满长安（长安街也），一派萧条冷寂的气氛，我感到几分兴奋，几分凄凉，想落泪又没有流出来。阴法鲁兄把我们带到了红楼，就在那里住了一段时间。当了一个星期的副教授，汤用彤先生立即把我提为正教授，又兼东方语言文学系主任。从此一待就是五十六年，而今已垂垂老矣。

不知怎样一来，因缘巧合，我的两位最早的朋友，李长之和张天麟，都来到了北京师范大学任教。解放以后，运动频仍，一年一小运，三年一大运，运得你晕头转向。知识分子仿佛是交了华盖运，每次运动，知识分子都在劫难逃。李长之因为写过一本《鲁迅批判》，“批判”二字，可能是从日本借用过来的，意思不过是“评论”。到了中国，革命小将，也许还有中将和老将，不了解其含义，于是长之殆矣。至于虎文，由我在上面的叙述，也可以看出，他的经历相当复杂，更是难逃“法”网。因此，每一次运动，我的两位老友在北师大都是首当其冲的“运动员”。到了 1957 年，双双被划为右派，留职降级，只准搞资料，不许登讲台。长之我在另外一篇文章中已经谈过，这里不再重复，我只谈虎文。

虎文被划为右派以后，当时批斗过多少次，批斗的情况怎样，我都不清楚，估计他头上的帽子决不止右派一顶。反右后的几次小运动中，他被批斗，自在意料中。斗来斗去，他终于得了病，是一种很奇怪的病：全身抽筋。小小的抽筋的经验，我们每个人都会有过的，其痛苦的程度，我们每个人也都感受过的。可他是全身抽筋，那是一种什么滋味，我们只能想象了。据说，痛得厉害时，彻夜嚎叫，声震屋瓦，连三楼的住户都能听到。我曾到北师大去看过他，给他送去了钱。后来他住进北京一所名牌的医院，我也曾去看过他。大夫给他开出一种非常贵重的药。不知哪一位法制观念极强的人打听他是几级教授。回答说是四级，对方说：不能服用。这话是我听说来的，可靠程度我不敢说。总之，虎文转了院，转到了上海去。从此，虎文就一去不复返，走了，永远永远地走了。我失去了一位真正的朋友，至今仍在怀念他。

综观虎文的一生，尽管他有这样那样的问题，我仍然觉得他是一个爱国的人，一个有是非之辨的人，一个重朋友义气的人，总之，是一个好人。他对学术的向往，始终未变。他想写一本“中国母亲的书”，也终于没有写成，拦路虎就是他对政治过分倾心。长才未展，未能享上寿，“长使英雄泪满襟”也。只要我能活着，对他的记忆将永将活在我的心中。

2002 年 1 月 14 日写毕

寅恪先生二三事

陈寅恪先生是中国20世纪最伟大的学者之一。他的学生中山大学胡守为教授曾在中大为他举办过几次纪念会或学术座谈会，不少海内外学者赶来参加，取得了成功。台湾一位参加过会的历史教授在一篇文章写道，在会上，只听到了“伟大”“伟大”，言外颇有愤愤不平之意，令我难解，不知道究竟是什么原因。但是，伟大是一个客观存在的事实，不是哪一个人可以任意乱用的。依不佞鄙见，寅恪先生不但在伟大处是伟大的，在琐细末节方面他也是伟大的。现在举出二三事，以概其余。

临财不苟得

《礼记·曲礼上》:“临财毋苟得，临难毋苟免。”这种教导属于中国古代优秀文化之列。然而，几千年来，有多少人能够做到？所以老百姓说：“人为财死，鸟为食亡。”可见此风之普遍，至今尤甚。什么叫“贪污腐化”，其中最主要的还是钱。不要认为这是一件小事。

青少年时期，寅恪先生家境大概还是富裕的，否则就不会到欧美日等地去留学。20年代中到30年代中，在北京清华园居住教书，工资优厚，可能是他一生中经济情况最辉煌的时期。七七事变以后，日寇南侵。寅恪先生携家带口，播迁流转于香港和大西南诸省之间，寝不安席，食不果腹。他一向身体多病，夫人唐筼女士也同病相怜，三个女儿也间有病者。加之他眼睛又出了毛病，曾赴英国动过手术，亦未好转，终致失明。此事与在越南丢掉两箱重要图书不无关系。寅恪先生这若干年的生活，只有两句俗话“屋漏偏逢连夜雨，船迟又遇打头风”可以形容于万一。记述他这时期生活的文字颇多。但是，我觉得，表现得最朴素、最真实、最详尽的还是其在致傅斯年的许多封信中（见《陈寅恪集·书信集》，三联书店，2001 年出版。我在下面的引文，也都出于此书，只写页数、行数，不再写书名）。下面我就根据这一本书，按时间顺序，选取一些材料。

p.39 左起第 4—5 行：“不必领中央研究院之薪水。”

p.45 左起第 5—7 行，事同上。

（羡林按：这件事发生在 1933 年。时先生任清华教授兼中央研究院历史语言研究所第一组主任。）

p.52 右起第 1—2 行：“不能到会，不领取川资。”

（羡林按：这件事发生在 1936 年。与前件事一样，是先生经济情况比较好的时候。）

p.57，1939 年，赴英国牛津大学任教，借英庚款会二百英镑。“如入境许可证寄来，而路仍可通及能上岸，则自必须去，否则即将此借款不用，依旧奉还。”

p.109 左起第 6 行：“兄及第一组诸位先生欲赠款，极感，但弟不敢收，必退回，故请不必寄出。”

以上两件事，一在 1939 年，一在 1945 年，正是先生极贫困的时候；但是他仍坚决不取不该取之钱，可见先生之耿介。

p.53 右起第四行，先生说："弟好利而不好名。" 这是先生的戏言，他名与利是都不好的。在这方面，寅恪先生是我们的榜样。

上面引的《礼记·曲礼上》中的话，是中国传统文化的优秀部分，为古今仁人志士所遵守。但是，最近一个时期以来，由于一些不尽相同的原因，贪污腐化之风，颇有抬头之势。贪污与腐化，虽名异而实同，都与不同形式的"财"有关。二者互为表里，互为因果，最后又必同归于尽，这已经是社会上常见的现象。寅恪先生，一介书生，清廉自持，不该取之财，一文不取。他是我们学术界以及其他各界的一面明镜。

备 课

我一生是教书匠，同别的教书匠一样，认为教书备课是天经地义。寅恪先生也是一生教书，但是，对于他的备课，我却在潜意识中有一种想法：他用不着备课。他十几岁时就已遍通经史。其后在许多国家留学，专治不古不今、不中不西之学，具体地讲，就是魏晋南北朝以及隋唐史和佛典翻译问题等。有的课程，他已经讲过许多遍。像这样子，他还需要备什么课呢？然而，事实却不是这样子，他对备课依然异常认真。我列举几点资料。

p.28 中"陈君学问确是可靠，且时时努力求进，非其他国学教员之身（？ ）以多教钟点而绝无新发明者同也"。

p.39 左起第 3 行：“且一年以来，为清华预备功课几全费去时间精力。”

p.50 右起 3—4 行：“在他人，一回来即可上课，弟则非休息及预备功课数日不能上课。”

p.51 左起第 3 行：“弟虽可于一星期内往返，但事实上因身体疲劳及预备功课之故，非请假两星期不可。”

p.206 中：“因弟在此所授课有‘佛经翻译’一课，若无大藏则征引无从矣。”

（羡林按:30 年代初,我在清华旁听先生的课听的就是这一门“佛经翻译文学”。上面这一段话是在 1938 年写的，中间大概已经讲过数次；然而他仍然耿耿于没有《大藏经》，无从征引。仅这一个小例子就足以证明先生备课之认真，对学生之负责。）

根据我个人的经验，虽然有现成的讲义，但上课前仍然必须准备，其目的在于再一次熟悉讲义的内容，使自己的讲授思路条理化，讲来容易生动而有系统。但是，寅恪先生却有更高的要求。上面引的资料中有“新发明”这样的字样，意思就是，在同一门课两次或多次讲授期间，至少要隔上一两年或者更长的时间，在这期间，可能有新材料出现，新观点产生，这一些都必须反映在讲授中，任何课程都没有万古常新的教条。当年我在德国哥廷根大学读书时，常听到老学生讲教授的笑话。一位教授夫人对人发牢骚说：“我丈夫教书，从前听者满堂盈室。但是，到了今天，讲义一个字没有改，听者却门可罗雀。”言下忿忿不平，大叹人心之不古。这位教授夫人的重点是“讲义一个字没有改”，她哪里知道，这正是致命之处。

根据我的观察，在清华大学我听过课的教授中，完全不备课的约占百分之七十，稍稍备课者约占百分之二十，情况不明者占百分之十。完全不备课者，情况又各有不同，第一种是有现成的写好的讲义。教授上课堂，一句闲话也不说，立即打开讲义，一字一句地照读下去。下课铃声一响，不管是读到什么地方，一节读完没读完，便立即合上讲义，出门扬长而去。下一堂课再在打住的地方读起。有两位教授在这方面给我留下的印象最生动深刻，一位是教“莎士比亚”的，讲义用英文写成；一位是教“文学概论”的，讲义是中文写成。我们学生不是听课，而是作听写练习。

第二种是让学生读课本，自己发言极少。我们大一英文，选的课本是英国女作家 Jane Austin 的 *Pride and Prejudice*（《傲慢与偏见》）。上课时从前排右首起学生依次朗读。读着读着，台上一声“stop!”学生应声 stop。台上问：“有问题没有？”最初有一个学生遵命问了一个问题。只听台上一声断喝：“查字典去！”声如河东狮吼，全班愕然。从此学生便噤若寒蝉，不再出声。于是天下太平。教授拿了工资，学生拿了学分，各得其所，猗欤休哉！

第三种是教外语的教员。几乎全是外国人，国籍不同，教学语言则统统是英语。教员按照已经印好的教本照本宣科。教员竟有忘记上次讲课到何处为止者，只好临时问学生，讲课才得以进行。可见这一位教员在登上讲台之一刹那方才进入教员角色，哪里还谈到什么备课！有一位教员，考试时，学生一交卷，他不看内容，立即马上给分数。有一个同学性格黏糊，教员给了他分数，他还站着不走。教员问：“你嫌分数低了，是不是？再给你加上五分。”

以上是西洋文学系的众师相。虽然看起来颇为滑稽，但决无半点妄语。别的系也不能说没有不备课的老师，但决不会这样严重。可是像寅恪先生这样备课的老师，清华园中决难找到第二人。在这一方面，他也是我们的榜样。

不请假

教师上课，有时因事因病请假，是常见的事。但是，陈寅恪先生却把此事看得极重，我先引一点资料。

p.50 左起第 4—8 行：“但此一点犹不甚关重要。别有一点，则弟存于心中尚未告人者，即前年弟发现清华理工学院之教员，全年无请假一点钟者，而文法学院则大不然。彼时弟即觉得此虽小事，无怪乎学生及社会对于文法学印象之劣，故弟去学年全年未请假一点钟，今年至今亦尚未请一点钟假。其实多上一点钟与少上一点钟毫无关系，不过为当时心中默自誓约（不敢公然言之以示矫激，且开罪他人，此次初以告公也），非有特别缘故必不请假，故常有带病而上课之时也。”

p.64 左起第 6 行—p.65 右起第一行：“现已请假一星期未上课（此为九一八以来所未有，惟除去至牯岭祝寿一次不计）。（中略）但此点未决定，非俟在此间毫无治疗希望，或绝对不能授课，则不出此。仍欲善始善终，将校课至暑假六月完毕后，始返港也。”

p.71 左起第 1—2 行："今港大每周只教一二小时，且放假时多，中研评会开会之时正不放假，且又须回港授课，则去而复回，仍旋移居内地。"

p.72 右起第 1—2 行："但因此耽搁港大之功课，似得失未必相偿。"

p.76 右起第 2 行："因耶稣复活节港大放假无课。"

p.79 左起第 3 行："近日因上课太劳，不能多看书作文。"

p.82 右起第 5 行："若不在其假期中往渝，势必缺课太多。"

p.95 左起第 2 行："故终亦不能不离去，以有契约及学生功课之关系，不得不顾及，待暑假方决定一切也。"

上面，我根据寅恪先生的书信，列举了他的三件事。第一件事，大家当然认为是大事。其实第二、三件事，看似琐细，也是大事。这说明了他对学生功课之负责，对教育事业之忠诚。这非大事而何！

当年我在北京读书时，有的教授在四五所大学中兼课，终日乘黄包车奔走于城区中，甚至城内外。每学期必须制订请假计划，轮流在各大学中请假，以示不偏不倚，否则上课时间冲突矣。每月收入多达千元。我辈学生之餐费每月六元，已可吃得很好。拿这些教授跟寅恪先生比，岂非有如天壤吗？因此我才说，寅恪先生在伟大处是伟大的，在细微末节方面也是伟大的。在这两个方面，他都是我们的楷模。

2002 年 7 月 7 日

痛悼钟敬文先生

昨天早晨，突然听说，钟敬文先生走了。我非常哀痛，但是并不震惊。钟老身患绝症，住院已半年多，我们早有思想准备。但是听说，钟老在病房中一向精神极好，关心国事、校事，关心自己十二名研究生的学业，关心老朋友的情况。我心中暗暗地期望，他能闯过百岁大关，把病魔闯个落花流水，闯向茶寿，为我们老知识分子创造一个奇迹。然而，事实证明，我的期望落了空。岂不大可哀哉！

钟老长我八岁，如果在学坛上论资排辈的话，他是我的前辈。想让我说出认识钟老的过程，开始阶段有点难说。我在读大学的时候，他已经在民俗学的研究上颇有名气。虽然由于行当不同，没有读过他的书，但是大名却已是久仰了。这时是我认识他，他并不认识我。此后，从 30 年代一直到 90 年代六十来年的漫长的时期内，我们各走各的路，每个人都有自己的一亩三分地，都在勤恳地耕耘着，不相闻问，事实上也没有互相闻问的因缘。除了大概是在 50 年代他有什么事到北大外文楼系主任办公室找过我一次之外，再无音讯。

1957 年那一场政治大风暴，来势迅猛，钟老也没有能逃过。我一直到现在也不明白，像钟老这样谨言慎行的人，从来不胡说八道，怎样竟也不能逃脱“阳谋”的圈套，堕入陷阱中。自我们相交以来，他对此事没有说过半句抱怨的话，使我在心中暗暗地钦佩。我一向认为，中国知识分子，由几千年历史环境所决定，爱国成性。祖国是我们的母亲。不管受到多么不公平的待遇，母亲总是母亲，我们总是无怨无悔，爱国如故。我觉得，这是中国知识分子最可宝贵的品质，一直到今天，不但没有失去其意义，而且更应当发扬光大。在这方面，钟老是我们的表率。

为什么钟老对我产生了兴趣呢？我有点说不清楚。这大概同我的研究工作有关。我曾用了数年之力翻译了印度两大史诗之一的《罗摩衍那》，也曾对几个民间故事和几种民间习俗，从影响研究的角度上追踪其发展、传播和演变的过程。钟老是民俗学家，所以就发生了兴趣。他曾让我到北师大做过一次有关《罗摩衍那》的学术报告。他也曾让我复印我几篇关于民间故事传播过程的论文。做什么用，我不清楚。对于比较文学，我是浅尝辄止，没有深入钻研。但是，我却倾向于法国学派的影响研究。这种研究摸得着，看得清，是踏踏实实的学问。不像美国学派提倡的平行研究，恍兮惚兮，给许多不学无术之辈提供了藏身洞。钟老可能是倾向于影响研究的，否则他不会复印我的论文。

不管怎样，这样一来，我们就成了朋友，而且是忠诚真挚的朋友。陈寅恪先生《王观堂先生挽词》中说：“风义平生师友间”，我同钟老的关系颇有类似之处，我对他尊敬如师长。他为人正直宽厚，蔼然仁者，每次晤对，如坐春风。由于钟老的缘故，我对北师大的事情也积极起来。每次有会，召之即来，来之必说。主要原因是想见上钟老一面。一面之晤，让我像充了电一般，回校后久久兴奋不已，读书写作更加勤奋。我常常自己想，像钟老这样的老人，忠贞爱国，毕生不贰；百岁敬业，举世无双。他是我们中国知识分子的优秀代表，又是我们学习的楷模。中国人民是永远不会忘记他的。

去年，2001 年，是我的九十岁生日。一些机关、团体和个人变着花样为我祝寿。我常常自嘲是“祝寿专业户”。每次祝寿活动，我总忘不了钟老，只要有借口，我必设法请他参加，他也是每请必到。至于他自己却缺少官样的借口来祝寿，米寿已过，九十也被他甩在后面，离开白寿（九十九岁）最近，可也还有一些距离。去年年初，我们想了一个主意，把接近九十或九十以上的老朋友六七位邀请到一起，来一个联合祝寿，林庚、侯仁之、张岱年等等都参加了。大家都不会忘记钟老，钟老也来参加了。大家尽欢而散，成为一次难能可贵的盛会。可是走出勺园七号楼的大门时，我看到大红布标仍然写着“庆祝季羡林先生九十华诞”，我心中十分愧怍。9 月 29 日，我又以给钟老祝寿的名义，在勺园举办了一次有将近二百人参加的大会，群贤毕至，发言热烈。

去年下半年，钟老因病住院，我曾几次心血来潮，要到医院里去看他。但是，他正在医生的严密的“控制”下，不许会见老朋友，怕他兴奋激动。到了今年年初，我也因病进了医院，也处在大夫的严密“控制”下。可我还梦想，在预定本月中旬中央几个机构为钟老庆祝百岁华诞时说不定能见他一面。然而他却匆匆忙忙地不辞而别。我见他一面的梦想永远化为幻影了。现在他的面影时时在我眼前晃动，然而面影毕竟代替不了真正的面孔，而真正的面孔却永远一去不复返了，奈之何哉！奈之何哉！

写这篇短文，几次泫然泪下。回想同钟老几年的交往，“许我忘年为气类，北海今知有刘备”。而今而后，哪里再找这样的人啊！茫茫苍天，此恨曷极！

2002 年 2 月 12 日

痛悼克家

克家走了，永远永远地走了。有人认为是意内之事：一个老肺病，能活到九十九岁，才撒手人寰，不能不算是一个奇迹。在这个奇迹中建立首功者是克家夫人郑曼女士。每次提到郑曼，北大教授邓广铭则赞不绝口。他还利用他的相面的本领，说郑曼是什么“南人北相”。除了相面一点我完全不懂外，邓的意见我是完全同意的。

克家和我都是山东人，又都好舞笔弄墨。但是认识比较晚，原因是我在欧洲滞留太久。从1935年到1946年，一去就是十一年。我们不可能有机会认识。但是，却有机会打笔墨官司。在他的诗集《烙印》中，有一首写洋车夫的诗，其中有两句话：

夜深了不回家，
还等什么呢？

这种连三岁孩子都能懂得的道理——无非是想多拉几次，多给家里的老婆孩子带点吃的东西回去。而诗人却浓笔重彩，仿佛手持宝剑追苍蝇，显得有点滑稽而已。因此，我认为这是败笔。

类似这样的笔墨官司向来是难以做结论的。这一场没有结论的官司导致了我同克家成了终身挚友。我去国十一年，1946年夏回到上海，没有地方可住，就睡在克家的榻榻米上。我生平第一次，也是唯一的一次喝醉了酒，地方就在这里，时间是 1946 年的中秋节。

此时，我已应北京大学任教授之聘。下学期开学前，我无事可做。克家是有工作的，只在空闲的时候带我拜见了几位学术界的老前辈。在上海住够了，卖了一块瑞士表，给家寄了点钱，又到南京去看望长之。白天在无情的台城柳下漫游，晚上就睡在长之的办公桌上。六朝胜境，恍如烟云。

到了三秋树删繁就简的时候，我们陆续从上海、南京迁回北平。但是，他住东城赵堂子胡同，我住西郊北京大学，相距大概总有七八十里路。平常日子，除了偶尔在外面参加同一个会，享受片刻的晤谈之乐之外，要相见除非是梦里相逢了。

然而，忘记了是从什么时候起，我们有了一个不言的君子协定：每年旧历元旦，我们必然会从西郊来到东城克家家里，同克家、郑曼等全家共进午餐。

克家天生是诗人，脑中溢满了感情，尤其重视友谊，视朋友逾亲人。好朋友到门，看他那一副手欲舞足欲蹈的样子，真令人心旷神怡。他里表如一，内外通明。你无论如何也不会想到有半句假话会从他的嘴中流出。

就连那不足七八平米的小客厅，也透露出一些诗人的气质。一进门，就碰到逼人的墨色。三面壁上挂着许多名人的墨迹，郭沫若、冰心、王统照、沈从文等人的都有。这就证明，这客厅真有点像唐代刘禹锡的“陋室”，“谈笑有鸿儒，往来无白丁”，这两句有名的话，也确实能透露出客室男女主人做人的风范。

郑曼这一位女主人，我在上面已经说了一些好话，但是还没有完。她除了身上有那些美德外，根据我的观察，她似乎还有一点特异功能。别人做不到的事她能做到，这不是特异功能又是什么呢？我举一个小例子——种兰花。兰花是长在南方的植物，在北方很难养。我事前也并不知道郑曼养兰花。有一天，我坐在“陋室”中，在不经意中，忽然感到有几缕兰花的香气流入鼻中。鼻管里没有多大地方，容不下多少香气。人一离开赵堂子胡同，香气就随之渐减。到了车子转进燕园深处后湖十里荷香中时，鼻管里已经恍兮惚兮，但是其中有物无物却不知道了。

明眼人一看就知道，上面的说法，或者毋宁说是幻想，是没有人会认真付诸实践的。既然不能去实行，想这些劳什子干吗？这就如镜中月、水中花，聊以自怡悦而已。

写到这里我偶然想到克家的两句诗，大意是：有的人在活着，其实已经死了。有的人死了，其实还在活着。

克家属于后者，他永远永远地活着。

2004 年 10 月 22 日

悼巴老

巴金老人离开我们，走了，永远永远地走了。此事本在意内，因为他因病卧床不起有年矣。但又极出意外，因为，只要他还有一口气活着，一盏明灯就会照亮中国的文坛，鼓励人们前进，鼓励人们向上。

论资排辈，巴老是我的师辈，同我的老师郑振铎是一辈人。我在清华读书时，就已经读过他的作品，并且认识了他本人。当时，他是一个大作家，我是一个穷学生。然而他却一点架子都没有，不多言多语，给人一个老实巴交的印象。这更引起了我的敬重。

我觉得，一个作家最重要的品德是爱祖国，爱人民，爱人类。在这三爱的基础上，那些皇皇巨著才能有益于人，无愧于己。

巴老一生创作了大量的作品，在国内外广泛流传。特别是他晚年那些随笔，爱国爱民的激情，炽燃心中，而笔锋又足以力透纸背，更引起了广泛的注意和反响。

巴老！你永远永远地走了。你的作品和人格却会永远永远地留下来。在学习你的作品时，有一个人决不会掉队，这就是九十五岁的季羡林。

2005 年 10 月

追忆哈隆教授

1935 年深秋，我来到了德国的哥廷根。

我曾有过一个公式：

天才 + 勤奋 + 机遇 = 成功

我十分强调机遇。我是从机遇缝里钻出来的，从山东穷乡僻壤钻到今天的我。

到了德国以后，我被德国学术交换处分配到哥廷根，而乔冠华则被分配到吐平根（Tübingen）。如果颠倒一下的话，则吐平根既无梵学，也无汉学。我在那里混上两年，一无所获，连回国的路费都无从筹措。我在这里真不能不感谢机遇对我的又一次垂青。

我到了哥廷根，真是如鱼得水。到了 1936 年春，我后来的导师 E. Waldschmidt 调来哥廷根担任梵学正教授。这就奠定了我一生研究的基础。梵文研究所设在东方研究所（都不是正式的名称）内，这个研究所坐落在大图书馆对面 Gauss-Weber-Haus 内。这是几百年前大数学家 Gauss 和他的同伴 Weber 鼓捣电报的地方。房子极老，一层是阿拉伯研究所、巴比伦亚述研究所、古代埃及文研究所。二层是梵文研究所、斯拉夫语研究所、伊朗研究所。三层最高层则住着俄文讲师 V. Grimm 夫妇。

大学另外有一个汉学研究所，不在 Gauss-Weber-Haus 内，而在离开此地颇远的一个大院子中的大楼里。院子极大，有几株高大的古橡树矗立其间，上摩青天，气象万千。大楼极大，我不知道是做什么用的，楼中也很少碰到人。在二楼，有六七间大房子、四五间小房子，拨归汉学研究所使用。同 Gauss-Weber-Haus 比较起来宽敞多了。

汉学研究所没有正教授，有一位副教授兼主任，他就是 G. 哈隆（G. Haloun）教授，这个研究所和哈隆本人都不被大学所重视。他告诉我：他是苏台德人，不为正统的德国人所尊重。事实上也确实是这样的，我从来没有见过他同德国人有什么来往。哥廷根是德国的科学重镇，有一个科学院，院士们都是正教授中之佼佼者。这同他是不沾边的。在这里，他是孤独的，寂寞的。陪伴他出出进进汉学研究所，我只看到他夫人一个人。在汉学研究所他的办公室里，他夫人总是陪他坐在那里，手里摆弄着什么针线活，教授则埋首搞自己的研究工作。好像这里就是他们的家庭。他们好像是处在一个孤岛上，形影不离，相依为命。

哈隆教授对中国古籍是下过一番苦功的。尤其是对中国古代音韵学有深湛的研究。用拉丁字母来表示汉字的发音，西方有许多不同的方法。但是，他认为，这些方法都不能真正准确地表示出汉字独特的发音，因此，他自己重新制造了一个崭新的体系，他自己写文章时就使用这一套体系。

在我到达哥廷根以前若干年中，哈隆教授研究中心问题，似与当时欧洲汉学新潮流相符合，重点研究古代中亚文明。他费了许多年的时间，写了一篇相当长的论文《论月支（化）问题》，发表在有名的《德国东方学会会刊》上，受到了国际汉学家广泛的关注。

哈隆教授能读中文书，但不会说中国话。看这个问题应该有一个历史的观点。几百年前，在欧洲传播一点汉语知识的多半是在中国从事传教活动的神甫和牧师。但是，他们虽然能说中国话，却不是汉学家。再晚一些时候，新一代汉学家成长起来了。他们精通汉语和一些少数民族的语文，但是能讲汉语者极少。比如鼎鼎大名的法国的伯希和（Paul Pelliot），我在清华念书时曾听过他一次报告，是用英语讲的。可见他汉话是不灵的。

上个世纪30年代，我到了德国，汉学家不说汉语的情况并没有改变。哈隆教授决非例外。一直到比他再晚一代的年轻的汉学家，情况才开始改变。"二战"结束，到中国来去方便，年轻的汉学家便成群结队地来到了中国，从此欧洲汉学家不会讲汉语的情况便永远成为历史了。

我初到哥廷根时，中国留学生只有几个人，都是学理工的，对汉学不感兴趣。此时章士钊的妻子吴弱男（曾担任过孙中山的英文秘书）正带着三个儿子游学欧洲，只有次子章用留在哥廷根学习数学。他从幼年起就饱读诗书，能作诗。我们一见面，谈得非常痛快，他认为我是空谷足音。他母亲说，他平常不同中国留学生来往，认识我了以后，仿佛变了一个人，经常找我来闲聊。彼此如坐春风。

章用同哈隆关系不太好。章曾帮助哈隆写过几封致北京一些旧书店买书的信。1935 年深秋，我到了哥廷根，领我去见哈隆的记得就是章用。我同哈隆一见如故。对于哈隆教授这一代的欧洲汉学家，我有自己的实事求是的看法，他们的优缺点，我虽然不敢说是了如指掌，但是八九不离十。我们中国人首先应当尊敬他们，是他们把我国的文化传入欧美的，是他们在努力加强西方人对中国文化的了解。他们有了困难，帮助他们是我们的天职。我们没有任何理由小看他们，不尊重他们。

哈隆教授除了自己进行研究工作以外，他最大的成绩就是努力创造了一个规模不小的汉学图书馆。他多方筹措资金，到中国北京去买书。我曾给他写过一些信给北京琉璃厂的某书店，还有东四脩绠堂等书店，按照他提出的书单，把书运往德国。哥廷根大学图书馆并不收藏汉文书籍，对此也毫无兴趣。哈隆的汉学图书馆占有五六间大房子和几间小房子。大房子中，书架上至天花板，估计有几万册。线装书最多，也有不少的日文书籍。记得还有几册明版的通俗小说，在中国也应该属于善本了。对我来讲，最有用的书极多，首先是《大正新修大藏经》一百册。这一部书是我做研究工作必不可少的。可惜在哥廷根只有 Prof. Waldschmidt 有一套，我无法使用。现在，汉学研究所竟然有一套，只供我一个人使用，真如天降洪福，绝处逢生。此外，这里还有一套长达百本的笔记丛刊。我没事时也常读一读，增加了一些乱七八糟的知识。在这样的情况下，我在哥廷根十年，绝大部分时间是在梵学研究所度过的，其余的时间则多半是在汉学研究所。

我对哈隆的汉学图书馆也可以说是做过一些贡献的。中国木板的旧书往往用蓝色的包皮装裹起来，外面看不到书的名字，这对读者非常不方便。我让国内把虎皮宣纸寄到德国，附上笔和墨。我对每一部这样的书都用宣纸写好书名，贴到书上，让读者一看就知道是什么书，非常方便。而且也美观。几个大书架上，仿佛飞满了黄色的蝴蝶，顿使不太明亮的大书库里也充满了盎然的生气。不但我自己觉得很满意，哈隆更是赞不绝口，有外宾来参观，他也怀着骄傲的神色向他们介绍，这种现象在别的汉学图书馆中也许是见不到的。

时间已经到了 1937 年，清华同德国的交换期满了，我再也拿不到每月 120 马克了。但这也并非绝路，既到了德国，总会有办法的，比如申请洪堡基金等。但是，哈隆教授早已给我安排好了，我被聘为哥廷根大学汉语讲师，工资每月 150 马克。我的开课通知书赫然贴在大学教务处开课通知栏中，供全校上万名学生选择。在几年中确实有人报名学习汉语普通话,但过不了多久,一一都走光。在当时，汉语对德国用处不大。不管怎样，我反正已经是大学的成员之一。对我来说，在当时的政治环境下，这是非常有利的。

这时陆续有几个中国留学生来到哥廷根。他们中有的是考上了官费留学的，这在当时的中国，没有极强硬的后台是根本不可能的。据说，在两年内，他们每月可以拿到 800 马克。其余的留学生中有安徽大地主的子弟，有上海财阀的子女。平时财大气粗；但是，

1939 年“二战”一爆发，邮路梗阻，家里的钱寄不出来，立即显露出一副狼狈相。反观我这区区 150 马克，固若金汤，我毫无后顾之忧，每月到大学财务处去领我的工资。所有这一切，我当然必须感谢哈隆教授。

哈隆教授的汉学图书馆在德国在欧洲是名声昭著的。我到图书馆去的时候，时不时地会遇到一些德国汉学家或欧洲其他国家的汉学家来这里查阅书籍，准备写博士论文或其他著作。英国的翻译家 Arthur Waley，就是我在这里认识的。

时间大概是到了 1938 年，距“二战”爆发还有一年的时间。有一天，哈隆教授告诉我，他已接受英国剑桥大学的邀请去担任汉语讲座教授，对他对我这都是天大的喜事。我向他表示诚挚的祝贺。他说，他真舍不得离开他的汉学图书馆。但是，现在是不离开不行的时候了。他要我同他一起到剑桥去，在那里他为我谋得了一个汉学讲师的位置。我感谢他的美意；但是，我的博士论文还没有完成。此事只好以后再提。

他去国的前几天，我同当时在哥廷根的中国留学生田德望在市政府地下餐厅设宴为他饯行。我们都准时到达。那一天晚上，我看哈隆教授是真动了感情。他坐在那里，半天不说话，最后说：“我在哥廷根十几年，没有交一个德国朋友，在去国之前，还是两个中国朋友来给我饯行。”说罢，真正流出了眼泪。从此以后，他携家走英伦。1939 年“二战”爆发。我的剑桥梦也随之破灭。我再也没有见到过他。

在《站在胡适之先生墓前》那一篇文章里，我曾列举了平生有恩于我的师友，在德国，我只列了两位：Sieg 和 Waldschmidt。现在看来，不够了，应该加上哈隆教授，没有他的帮助，我在哥廷根是完成不了那样多的工作的。

2003 年 6 月 30 日于三〇一医院

当时只道是寻常

这是一句非常明白易懂的话，却道出了几乎人人都有的感觉。所谓“当时”者，指人生过去的某一个阶段。处在这个阶段中时，觉得过日子也不过如此，是很寻常的。过了十几二十年或者更长的时间，回头一看，当时实在有不寻常者在。因此有人，特别是老年人，喜欢在回忆中生活。

在中国，这种情况更比较突出，魏晋时代的人喜欢做羲皇上人。这是一种什么心理呢？“鸡犬之声相闻，而老死不相往来”，真就那么好吗？人类最初不会种地，只是采集植物，猎获动物，以此为生。生活是十分艰苦的。这样的生活有什么可向往的呢！

然而，根据我个人的经验，发思古之幽情，几乎是每个人都有的。到了今天，沧海桑田，世界有多少次巨大的变化。人们思古的情绪却依然没变。我举一个具体的例子。十几年前，我重访了我曾待过十年的德国哥廷根。我的老师瓦尔德施密特教授夫妇都还健在。但已今非昔比，房子捐给梵学研究所，汽车也已卖掉。他们只有一个独生子，“二战”中阵亡。此时老夫妇二人孤零零地住在一座十分豪华的养老院里。院里设备十分齐全，游泳池、网球场等等一应俱全。但是，这些设备对七八十岁、八九十岁的老人有什么用处呢？让老人们触目惊心的是，每隔一段时间就有某一个房号空了出来，主人见上帝去了。这对老人们的刺激之大是不言而喻的。我的来临大出教授的意料，他简直有点喜不自胜的意味。夫人摆出了当年我在哥廷根时常吃的点心。教授仿佛返老还童，回到了当年去了。他笑着说："让我们好好地过一过当年过的日子，说一说当年常说的话！"我含着眼泪离开了教授夫妇，嘴里说着连自己都不相信的话："过几年，我还会来看你们的。"

我的德国老师不会懂"当时只道是寻常"的隐含的意蕴，但是古今中外人士所共有的这种怀旧追忆的情绪却是有的。这种情绪通过我上面描述的情况完全流露出来了。

仔细分析起来，"当时"是很不相同的。国王有国王的"当时"，有钱人有有钱人的"当时"，平头老百姓有平头老百姓的"当时"。在李煜眼中，"当时"是车如流水马如龙，花月正春风游上林苑的"当时"。对此，他没有别的办法，只有哀叹"天上人间"了。

我不想对这个概念再进行过多的分析。本来是明明白白的一点真理，过多的分析反而会使它迷离模糊起来。我现在想对自己提出一个怪问题：你对我们的现在，也就是眼前这个现在，感觉到是寻常呢还是不寻常？这个"现在"，若干年后也会成为"当时"的。到了那时候，我们会不会说"当时只道是寻常"呢？现在无法预言。现在我住在医院中，享受极高的待遇。应该说，没有什么不满足的地方。但是，倘若扪心自问："你认为是寻常呢，还是不寻常？"我真有点说不出，也许只有到了若干年后，我才能说："当时只道是寻常。"

2003 年 6 月 20 日

忆念宁朝秀大叔

我六岁以前，住在山东省清平县（后归临清）官庄。我们的家是在村外，离开村子还有一段距离。我家的东门外是一片枣树林，林子的东尽头就是宁大叔的家，我们可以说是隔林而居。

宁家是贫农,大概有两三亩地。全家就以此为生。人口只有三人：宁大叔、宁大婶和宁大姑。至于宁大姑究竟多大，要一个六岁前的孩子说出来，实在是要求太高了。宁家三口我全喜欢，特别喜欢宁大姑，因为我同她在一起的时候最多。我当时的伙伴，村里有杨狗和哑巴小。只要我到村里去，就一定找他俩玩。实际上也没有什么可玩的，无非是在泥土地里滚上一身黄泥，然后跳入水沟中去练习狗爬游泳。如此几次反复，终于尽欢而散。

实际上，我最高兴同宁大姑在一起。大概从我三四岁起，宁大姑就带我到离开官庄很远的地方去拾麦穗。地主和富农土地多，自己从来不下地干活，而是雇扛活的替他们耕种，他们坐享其成。麦收的时候，宁大姑就带我去拾麦穗。割过的麦田里间或有遗留下来的小麦穗。所谓“拾麦子”，就是指捡这样的麦穗。我像煞有介事似的提一个小篮子，跟在宁大姑身后捡拾麦穗。每年夏季一个多月，也能拾到十斤八斤麦穗。母亲用手把麦粒搓出来，可能有斤把。数量虽小，可是我们家里绝对没有的。母亲把这斤把白面贴成白面糊饼（词典上无此词），我们当时只能勉强吃红高粱饼子，一吃白面，大快朵颐，是一年难得的一件大事。有一年，不知道母亲是从哪里弄来了一块月饼。这当然比白面糊饼更好吃了。

夏天晚上，屋子里太热，母亲和宁大婶、宁大姑，还有一些住在不远的地方的大婶们和大姑们，凑到一起，坐在或躺在铺在地上的苇子席上，谈一些张家长李家短的琐事。手里摇着大蒲扇驱逐蚊虫。宁大姑和我对谈论这些事情都没有兴趣。我们躺在席子上，眼望着天。乡下的天好像是离地近，天上的星星也好像是离人近，它们在不太辽远的天空里向人们眨巴眼睛。有时候有流星飞过，我们称之为“贼星”，原因不明。

西面离开我们不太远，有一棵大白杨树，大概已有几百年的寿命了。浓阴匝地，枝头凌云，是官庄有名的古树之一。我母亲现在就长眠在这棵大树下。愿她那在天之灵能够得到幸福，能看到自己的儿子，她的儿子没有给她丢人。

我在过去七八十年中写过很多篇怀念母亲的文章。但是，对母亲这个人还从来没有介绍过。现在我想借忆念宁朝秀大叔的机会来介绍一下我的母亲。

母亲姓赵，五里长屯人，离官庄大概有五里路。根据一个五六岁的孩子的观察，赵姥娘家大概很穷。我从来不记得她给我过什么好吃的东西。她家的西邻是一家专门杀牛、卖酱牛肉的屠户。我只记得，一个冬天，从赵姥娘家提回来了一罐子结成了冻儿的牛肉汤。

我生平还没有吃过肉，一旦吃到这样的牛肉汤，简直可以比得上龙肝凤髓了。母亲只是尝了一小口，其余全归我包圆儿了。我自己全不体会母亲爱子之情，一味地猛吃猛喝。母亲活了一辈子，连个名字都没捞到，临走时还是一个季赵氏。可怜我那可怜的母亲，可怜兮兮地活了一辈子，最远的长途旅行是从官庄到五里长屯，共五华里，再远的地方没有到过。至于母亲是什么模样，很惭愧，即使我是画家，我也拿不出一幅素描来。1932 年母亲去世的时候，我痛不欲生，曾写过一幅类似挽联的东西："为母子一场，只留得面影迷离，入梦浑难辨，茫茫苍天，此恨曷极！"可见当时已经不清楚了。现在让我全部讲清楚，不亦难乎？但是，有一点我是完全可以肯定的。在八十多年以前，在清平官庄夏季之夜里，母亲抱着我，一个胖墩墩的男孩，从场院里抱回家里放在坑头上睡觉。此时母亲的心情该是多么愉快，多么充实，多么自傲，又是多么丰盈。然而好景不长，过了没有几年，她这一个宝贝儿子就被"劫持"到了济南。这是母亲完全没有料到的，也是完全无能为力的。此后，由于家里出了丧事，我回家奔丧，曾同母亲小住数日。最后竟至八年没有见面。我回家奔母亲之丧时，棺材盖已经钉死，终于也没有能见到母亲一面，抱恨终天矣。我只知道儿子想念母亲的痴情，何曾想到母亲倚闾望子之痴情。我把宝押在大学毕业上。只要我一旦毕业，立即迎养母亲进城。古人说："树欲静而风不止，子欲养而亲不待。"正应到我身上。我在外面是有工作的，不能够用全部时间来怀念母亲，而母亲是没有活可干的。她几乎是用全部时间来怀念儿子。看到房门前的大杏树，她会想到，这是儿子当年常爬上去的。看到房后大苇坑里的水，她会想到，这是儿子当年洗澡的地方。回顾四面八方，无处不见儿子的影子。然而这个儿子却如海上蓬莱三山之外的仙山，不可望不可即了。奈之何哉！奈之何哉！

我曾写过很多篇怀念母亲的文章，自谓一个做儿子的所应做的事情，我都已做到了。现在才知道，我对母亲思子之情并不了解。现在才稍稍开了点窍。

上面我借写宁朝秀大叔的机会，介绍了一下我的母亲。

现在仍然回头来写宁大叔。

我在上面已经说过，宁大叔家是贫农，只有两三亩地。宁大婶和宁大姑都是妇道人家，参加不了种地的活。所有种地的活都靠宁大叔一个人。耕地要牛，人之常识。但是，有牛又谈何容易。官庄前街有牛的人家屈指可数。首先是大地主张家楼张家，住在一条胡同里，家里有五条牛。主人从来不走出家门。其次一家就是我的二大爷，是举人的第二个儿子，属于富农，有两头牛和一个扛活的。至于杨家和马家是否有牛，我就不清楚了。

反正宁大叔家里只有他，没有牛。在这种情况下，只有把人变成牛，才能种庄稼。“锄禾日当午，汗滴禾下土。谁知盘中餐，粒粒皆辛苦。”至于宁大叔是怎么操作的，我没有看到过，不敢乱说。

不知是由于什么原因，也不知是从什么时候起，我们家长期保留着三分地。早先是怎么耕种，我不清楚。自我父亲去世到我母亲去世长达八年的时间内，耕种都由宁大叔一人承担，这是非常清楚的。在这八年内，母亲一文钱的收入也没有，靠的就是这三分地。如果我是一个脑筋灵活的人，每年给母亲寄三四十元钱，这能力我还是有的。可怜我的脑筋是一个死木头疙瘩，把希望统统放在大学毕业上，真是其愚不可及也。

在农民中，我们家算是什么成分呢？我一直不清楚。土改时，宁大叔当时是贫协主席，还给我们家分了地，对我母亲和我而言，我认为，这是公正的。但是，对是家长的我父亲而言，却是不公正的。

我现在就来谈一谈我的父亲。我不奉行那种为尊者讳、为贤者讳的教条。反正你不说，人家也都知道。这些事情都已经成了历史，历史是无法改变的。我在官庄的上一辈，大排行十一人。只有一、二、七、九、十一留在关内，其余六人全因穷下了关东。我的父亲排行七、济南的叔父行九，与行十一的一叔是同母所生。一叔生下后，父母双亡，他被送了人，改姓刁。父亲和叔父，无父无母，留在官庄，饿得只能以捡掉在地上的干枣果腹。日子实在无法过下去，便商量到济南去闯荡。二人大概很受了不少的苦，当过巡警，扛过大件。最终叔父在济南立定了脚跟。兄弟二人便商议，父亲回家，好好务农。叔父留在济南挣钱，寄回家去。有朝一日，二人衣锦荣归，消泯胸中那一团郁闷之气。完全出人意料，这样的机会不久就得到了。叔父在东北中了湖北水灾头奖，十分之一共三千元。在当时，三千元是一个极大的数目。当时我还没有下生。后来听说，雇人用车往官庄推制钱。可见钱之多。现在兄弟俩真是衣锦还乡了，好不神气！

父亲要盖大宅子。碰巧当时附近砖瓦窑都没有开窑。父亲便昭告天下：有谁拆了自己的房子，出卖砖瓦，他将用十倍的价钱来收购。结果宅子盖成了：五间北房，东西房各三间，大门朝南，极有气派。一时颇引起了轰动，弟兄俩算是露了脸。但是，时隔没有多久，父亲把能挥霍的都挥霍光了，最后只能打房子的主意。整个地卖，没有人买得起；分开来卖，没有人买。于是自留西房三间，其余北房五间，东房三间统统拆掉，卖砖卖瓦，没有人买，只好把价钱降到最低，等于破砖烂瓦。

我讲到父亲的挥霍，其实他既不酗酒、嗜赌，也不嫖、吃，自己没有什么嗜好。据我观察，他的唯一嗜好是充大爷，有点孟尝君的味道。他能在庙会上大言宣布："今天到会的，我都请客！"他去世的时候，我奔丧回家，为他还账，只是下酒吃的炸花生米钱就有一百多元。那时候一百元是个大数目。大学助教每月工资八十元，这些东西当然都不是他自己吃的，而是他那些酒友。

父亲认字，能读书，年幼的时候，他那中了举的大伯大概教他和九叔念书认字。他在农村算是什么成分，我说不清。他反正从来也没有务过农，没有干过庄稼活。我到了济南以后，有很多年，他在农村把钱挥霍光了，就进城找叔父要钱。直到有一年，他又进城来要钱。他坐在北屋里，婶母在西屋里使用了中国旧式妇女传统的办法，扬声大喊，指桑骂槐，把父亲数落了一阵。父亲没有办法，只有走人，婶母还当面挽留。从此父亲就几乎不到济南来了。他在农村怎样过日子，我不知道。我自己寄人篱下，想什么都没有用了。

父亲卧病的时候，叔父还让我陪他回官庄一趟。此时，父亲已经不能说话，难兄难弟，只能相对而泣而已。我叔父对他这一位败家能手的哥哥，尽悌道可谓尽到了百分之百。这给我留下了毕生难忘的印象，认为是常人难以做到的。

这一篇文章本来是写宁朝秀大叔的，结果是鹊巢鸠占，大部分篇幅都让老季家占了。我在这里介绍了我的母亲，介绍了我的父亲，介绍了父亲和叔父的关系，把一个宁大叔不知挤到哪里去了。事实上，我奔父丧回家的时候，天天见到宁大叔，还有宁大婶和宁大姑。离开官庄以后，直到母亲逝世长达八年的时间内，我不但没能看到宁家一家人，连想到他们的时间也几乎没有。我奔母丧回到官庄，当然天天同宁家一家见面。宁大姑特别怀念我当年挎一个小篮子随着她去拾麦穗的情景，想不到我一转眼竟变成了大人。当时我们家已经没有了主妇，事情大概都由宁大婶操办。

我离开官庄后，在欧洲待了十年多。回国后不久，就迎来了解放。家乡的情况极不清楚。一直到今天，自己已经九十多岁了。但是想到宁大叔一家的时间却越来越多。宁大叔一家将永远活在我的记忆中。

2003年7月7日于三〇一医院

忆念荷姐

如果统领宇宙的造物主愿意展示他那宏大无比的法力的话，愿他让我那在济南的荷姐仍然活着，她只比我大两岁。

最近一个时期以来，经常想到荷姐。一转眼，她的面影就在我眼前晃动，莞尔而笑。在仪态上，她虽然比不了自己的胞姐小姐姐的花容月貌，但是光艳动人，她还是当之无愧的。

话头一开，就要回到七八十年前去。当时我们家同荷姐家同住一个大院，她住后院，我们住前院。我当时是一个十七八岁的毛头小伙子，语不惊人，貌不逮众，寄人篱下，宛如一只小癞蛤蟆，没有几个人愿意同我交谈的。只有两个人算是例外。一个是小姐姐，一个就是荷姐。这一件事我永远不会忘记。

到了 1929 年，我十八岁了。叔父母为了传宗接代，忙活着给我找个媳妇。谈到媳妇，我有我的选择。我的第一选择对象就是荷姐。她是一个难得的好媳妇：漂亮、聪明、伶俐、温柔。但是，西湖月老祠对联的原一联是：是前生注定事莫错过姻缘。我同荷姐的事情大概是前生没有注定，终于错过了姻缘。

1935 年，我以交换研究生的名义赴德国留学。时间原定只有两年。但是，1937 年，日寇发动了全面对华侵略战争，我无法回国。

1939 年，第二次世界大战爆发，我有国难归，一住就是十年。幸蒙哈隆教授垂青，任命我为汉学讲师，避免成为饿殍。我是一个闲不住的人。我借这个机会，学习了梵文、巴利文、吐火罗文。于 1941 年获得哲学博士学位。主系是印度学，两个副系，一个是斯拉夫语言学，一个是英国语言学。博士拿到手，我仍然毫不懈怠，开电灯以继晷，恒兀兀以穷年，结果写成了几篇论文，颇有一些新见解、新发现。论文都是用德文写成的。其中一篇讲语尾 am 变为 u 或 o 的问题，是一篇颇有意义的文章。西格教授一看，大为欣赏，立即送哥廷根科学院院刊发表。一个外国青年学者在科学院院刊上发表文章，是一件非同小可的事情。

1945 年秋天，我离开了德国到瑞士去。在那里参加了盛会，对中国（那时是国民党）外交官有了初步的感性认识。

1946 年，我离开瑞士，乘运载法国兵的英国巨轮，到了越南西贡。在那里住了几个月。又乘轮出发，经香港到了上海。出国十年，现在一旦回到祖国母亲的怀抱里，心中激动万分，很想跪下亲吻土地。但是，一想到国内官僚正在乘日寇高官撤走，国内大汉奸纷纷被镇压之际大耍五子登科的把戏，我立即气馁，心虚，不想采取什么行动了。

这一年的夏天，我一半住在上海，一半住在南京。在上海，晚上就睡在克家的榻榻米上。在南京，晚上就睡在长之在国内编译馆的办公桌上。实际上是过着流浪的生活。心情极不稳定，切盼自己有朝一日能有自己的一间小房。

这年秋天，我从上海乘轮船到达秦皇岛。下船登车，直抵北京。当时烽火遍地。这一段铁路由美国兵把守，能得畅通。我离故都已经十年。这一次老友重逢，丝毫没有欢心鼓舞的感觉。正相反，节令正值深秋，秋水吹昆明（湖），落叶满长安（街），一片荒寒肃杀之气。古文“悲哉，秋之为气也”，差能表达我的心情于万一。

我被安排到五四时期名建筑红楼上去住。红楼早已过了自己辉煌的童年、青年和壮年，现在已经是一位耄耋老翁了。它当然是一个无生命的东西。然而，在我的心目中，它却是活的东西。静心观万物，冷眼看世界，积累了大量的智慧和见识，我住在里面，仿佛都能享受一份。甚可乐也。可是，还有另外一方面的情况。此时，四层大楼一百多间房子，只住着包括我在内的四五个人。走廊上灯光昏黄，电灯只开了几盏。一想到楼下地下室在日寇占领期间是日本宪兵队刑讯中国革命者的地方，也是他们杀人的地方。据说，到现在还能听到鬼叫。我居德国十年，心中鬼神的概念已经荡然无存。即使是这样，我现在住在这一座空荡荡的大楼里，只感到鬼影憧憧，鬼气森森，我不禁毛发直竖。

第二天，我去见汤用彤先生。由陈寅恪先生推荐，汤用彤先生接受，我受聘为北京大学教授。这次去见汤先生，由代校长傅斯年陪伴。校长胡适正在美国。在路上，傅斯年先生一个劲地给我作思想工作。说在国外获得博士学位以后，回国到北大都必须先当两年的副教授，然后才能转为正教授。这是多年的规定，不允许有例外。我洗耳恭听，一言不发。见到汤先生以后，他明确无误地告诉我：

聘我为北京大学正教授，先做一个礼拜的副教授，表示并不是无端跳过了这一个必经的阶段。我当然感激之至。这是我在六十年前进入北大时的一段佳话。

这一年和下一年——1947 年，我都在北大教书。一直到 1948 年，我才得到一个机会，搭乘飞机，飞回济南。我已经离家十三年了。这一次回来，也可以说是一享家人父子之乐吧。

荷姐当然见到了。她漂亮如故，调皮有加。一见我，先是高声呼叫“季大博士”。这我并不奇怪，我们从小互相开玩笑惯了。但是，她接着左一个“季大博士”，右一个“季大博士”，说个不停。这就引起了我的疑心。我悚然听之，猛然发现，在她的内心深处蕴藏着一点凄凉，一点寂寞，一点幽怨，还有一点悔不当初。一谈到悔不当初，我就必须说，这是我们自己酿成的一杯苦酒，必须由我们自己来品尝。在这里，主要当事人是荷姐本人，我一点责任都没有。

从此以后，就同荷姐失去了联系，到现在已经快六十年了。其间，我曾由李玉洁陪伴回济南一次，目的是参加山大校庆。来去匆匆，没有时间去探寻荷姐的行踪。到了今天，又已经过去了几年。看来，要想见到荷姐，只有梦中团圆了。

2006 年 4 月 8 日

病中谈

我既不是哲学家，也不是思想家，但好胡思乱想。俗话说：愚者千虑，必有一得。我希望，这一句话能在我身上兑现。

大自然的报复

恩格斯在《自然辩证法》一书中说过一段话，意思是说：我们不要过分陶醉于我们对自然的胜利，因为每一次大自然都进行了报复。

这一段话说得何等好啊！何等准确，何等透彻！一直到今天，一百多年以后了，读起来还那样虎虎有生气。

从历史上来看，人类最初也属于大自然。一种什么动物（猿之类？）闹独立性，终于变成了人，公然与大自然分庭抗礼了。在中国思想史上，这称之为天人关系，“天”在这里代表的就是大自然。我在别的地方讲过：人一生有三大任务，正确处理天人关系，正确处理人与人的关系，也就是所谓社会关系，正确处理个人心中思想感情的矛盾问题。

人类要想生存，必须有衣食住行等方面的物质供应，这种供应只取之于大自然。这里就出现了一个对待大自然的态度问题。态度千差万别，但是综而观之，不出两途：一东一西。东方主张天人合一，人与大自然要成为朋友，不要成为敌人。宋代大儒张载说：“民，吾同胞；物，吾与也。”充分体现了这种精神。西方一般倾向于“征服自然”。这是由东西两土文化体系的根本思维模式所决定的。

西方，特别是在产业革命以后，热衷于征服自然。征服的确有成绩，科学技术飞速发展，人民生活迅速改善。但是，大自然的报复也随之而来。例子俯拾皆是，比如物种灭绝、生态失衡、人口爆炸、地球变暖、淡水匮乏、新疾病产生、臭氧出洞等。这些弊端发展下去，将会影响人类发展的前途，这是十分明显的。前一阵子，世界上一些国家遭受“非典”的袭击，不也应该看作是大自然的报复手段之一吗？

救之之方并不复杂，无非是改弦更张，改恶向善，同大自然交朋友，不再征服自然。

2003 年 6 月 24 日

一个预言的实现

大约在十几二十年前，我曾讲过一个预言：21 世纪将是中国的世纪。

我没有研究过新兴科学预言学，我也不会算卦占卜，我不是季铁嘴、季半仙，但也并非全无根据。我根据的只是一点类似地缘政治学的世界历史地理常识。

我发现，在这个地球村中，每一个时代都有自己的政治经济文化中心，有的在东方，有的在西方，存在的时间长短不一，影响的程度也深浅不一。而这个中心不是一成不变的，而是有规律地变动着。拿最近几百年的世界史来看，就可以看出下面的规律：17、18 世纪，它是在欧洲大陆法、德等国，19 世纪在英国，20 世纪在美国，21 世纪按规律应该在中国。所以我说：21 世纪将是中国人民的世纪。这决不是无知妄言，也不出于狭隘的爱国主义，而是规律使然。可在当时，颇有一些什么什么之士嗤之以鼻。我并不在乎，是嗤之以鼻，还是嗤之以屁股，那是他们的事，与我无干。

值得庆幸的事是，我在十几二十年前提出来的预言完全说对了。中华民族所固有的大气磅礴的创造力，被种种内在的和外在的力量堵塞了几百年；现在，一旦乘机迸发，有如翻江倒海，势不可挡。

例子多得不胜枚举。我只举一个看似虽小而意义实大的例子："中国制造"（made in China）的商品现在流传全世界，包括美国在内，这在以前无论如何也是难以想象的。中国报刊以"中国和平崛起，世界拍案惊奇"等类的词句来表达这种感情。

中国人不喜欢"老王卖瓜，自卖自夸"，认为这是没有出息的事。我现在从外国请一位贵宾来，帮着夸上几句。英国前外交大臣杰弗里·豪曾说过几句话："过去25年，中国发生了巨大变化，它不仅确立了自己是国际社会一个稳定且负责任的成员的地位，它的政治制度及人民的聪明才智和能量已经产生了举世瞩目的经济成就，绝大多数人的生存条件和日常生活大大改善。"这一位英国绅士肯说几句真话，值得我们钦佩。我引用他的话来抹掉自己的自卖自夸之嫌。

2004年2月13日

爱国与奉献

最近清华大学和北京同方文化发展有限公司共同推出了大型电视专题片《我愿以身许国》暨《科学家的故事》。我参加了首映式。前者讲的是“两弹一星”23位科学家的故事，后者讲的是中国其他将近一百位科学家的故事，二者实相联系，合成一体。我看了后大为兴奋，大为震动，大为欣悦，大为感激，简直想手舞足蹈了。我们要感谢以顾秉林校长为首的清华大学的校领导，感谢同方文化发展有限公司的徐林旗总经理。没有他们的努力，这两部电视片是完成不了的。我欢呼这部优秀的电视专题片的诞生。我相信，将来当这部电视片在全国放映的时候，会有成千上万的观众参加到我们欢呼的行列里来的。

这两部片子的意义何在呢？

我归纳为两点：爱国与奉献。以爱国主义的情操来推动奉献精神；以奉献的实际行动来表达爱国主义的情操。二者紧密相连，否则爱国主义只是一句空话，而奉献则成为无源之水，无本之木。

爱国主义是中华民族的优秀传统，历数千年而未衰。原因是中国历代都有外敌窥伺，屠我人民，占吾土地，从而激起了我们民族的爱国义愤，奋起抵抗，前赴后继，保存了我们国家的领土完整，维护了我们人民的生命安全，一直到了今天。

到了今天，我们国家虽然仍然处于发展中国家行列中，但是早已换了人间，我们在众多方面取得了令人瞩目的成绩，在全世界普遍的经济不景气的气氛中，我们却一枝独秀。我们国家在世界民族之林中的地位日益崇高。没有我国的参加，世界上任何重大问题都是解决不了的。在这样的情况下还有必要大声疾呼地提倡爱国主义吗？

我的意见是：有必要，而且比以前更迫切。我们目前的处境是，从一个弱国逐渐变为一个强国。我们是一个有13亿人口的大国。这种转变会引起周边一些国家的不安。虽然我们国家的历届领导人都昭告天下：我们决不会侵略别的国家，但是我们也决不会听任别的国家侵略我们。这样的话，他们是听不进去的。特别是那一个狂舞大棒，以世界警察自居，肆意干涉别国内政的大国，更是视我国为眼中钉。在这样的情况下，我认为，我们《国歌》中的一句话："中华民族到了最危险的时候"，还有其现实的意义。

因此，我们眼前发扬爱国主义精神，不但不能削弱，而且更应加强。我们还要把爱国与奉献紧密结合起来。如果没有"两弹一星"的元勋们的无私奉献精神和行动，如果我们今天仍然没有"两弹一星"，我们的日子怎样过呀！那一个大国能像现在这样比较克制吗？说不定踏上我国土地的不仅是20世纪三四十年代打着膏药旗的侵略者，还会有打着另外一种旗帜的侵略者。

想到这里，我们不能不缅怀23位"两弹一星"的元勋们以及他们的助手们的丰功伟绩。他们长期从家中“失踪”，隐姓埋名，躲到沙漠深处，战严寒，斗酷暑，忍受风沙的袭击，奋发图强，终于制造出来了“两弹一星”，成了中国人民的新的万里长城。他们把爱国与奉献紧密地结合起来。他们是我们学习的楷模。我是不是过分夸大了两弹一星的作用呢？决不是。以那个大国为首的力图阻碍我们前进的国家，都是唯武器论者。他们怕的只是你手中的真家伙。希望我们全国人民认真学习“两弹一星”的元勋们，也把爱国与奉献紧密结合起来。我们将成为世界大国是历史的必然，是谁也阻挡不住的。

2002 年 5 月 2 日

一点关于“美”化的杞忧

这里的“‘美’化”,不是我们平常所说的“美化”,而是“美国化”的缩写。

我因为眼睛不好,晚上看电视只看“北京新闻”,加上前面的“体育新闻”，前后不过一小时。但是，在这短短的一小时内，广告却占了相当长的时间。我并不反对电视播放广告，这是对观众和电视台都有利的事情。我只是感觉到，现在的电视，还有报纸，上面的广告过多，多到干扰观者和读者的观看和阅读的兴趣的程度。我不否认，广告也有信息量的。但是这种信息与国家大事或世界大事还是有区别的，不能一概而论。

我现在要谈的不是广告的量，而是广告的内容。在北京电视台一个小时节目的广告中，内容很大一部分是讲美国货的。保健和美容商品几乎为美国货所垄断。专就牙膏一项而论，前一阵子宣传的是高露洁，描绘得有声有色，即使是没有牙齿的不需要刷牙的人也会为之动容。不知道是从什么时候起，一变而为佳洁士了，又描绘得有声有色。不知究竟谁优谁劣。是不是一种货而改用两个名字?我没有去考证过，反正都是美国货，这用不着怀疑。

我并不反对美国货。现在是市场经济时代，谁的货好，谁吆喝得厉害，我就用谁的。倘若质量差不多，我当然会用中国货的。这恐怕不能上纲到狭隘民族主义的高度吧。就拿牙膏来说，以前中国的牙膏现在到哪里去了呢？在辽阔的中国市场上竟让美国牙膏唯我独尊。我真是疑虑重重，忧心忡忡。再讲到食品，麦当劳、肯德基，飞扬跋扈，中国以食品名重天下，现在竟也节节败退，此理真不可解。再看一看其他方面的情况，在很多方面都是唯美国马首是瞻，我真不禁有点杞人忧天了。

我最近在许多报纸杂志上都谈到，“中国制造”（made in China）的字样在许多国家引起了恐慌。有人告诉我，在美国唐人街以外的地方也能买到中国货。这一点我们中国人当然会感到骄傲和高兴的。自从改革开放以来，我们国家国势日隆，国际地位日益提高。在全世界经济普遍不景气的情况下，我国一枝独秀，经济持续发展。我们原来是无声的中国，现在我们的声音响彻全球。这当然使我们中国人都十分兴奋和骄傲。但是，我觉得，北京电视台广告所提供的情况，我们可万不能掉以轻心。这是给我们敲响了警钟。我决不相信，made in China 的牙膏会在 China 消逝而流向美国市场。

增强国与国之间的理解与友谊，进行国与国之间的文化交流，包括化妆品与饮食，是绝对必要的，我是完全赞成的。但是，中国有一句老话：“螳螂捕蝉，黄雀在后。”我们要记住这一句老话，不要让我们在潜移默化中“美”化了。

2002 年 5 月 6 日

再谈爱国主义

爱国主义这样一个题目，不知道有多少人写了文章，做过发言。我自己在过去的一些文章中也曾谈到过这个题目。如果说我对这个题目有什么贡献的话，那就是，我曾指出来，不要一看爱国主义就认为是好东西。爱国主义有两种：一种是正义的爱国主义，一种是邪恶的爱国主义。日寇侵华时中日两国都高呼爱国，其根本区别就在于一个是正义的，一个是邪恶的。如果有人已经做过这样的论断，那就怪我老朽昏庸，孤陋寡闻，务请普天下大方家原谅则个。

我既不是哲学家，也不是思想家，但好胡思乱想。俗话说：愚者千虑，必有一得。我希望，这一句话能在我身上兑现。简短直说，我想从国籍这个角度上来探讨爱国主义。按现在的国际惯例，每个人都必须有一个国籍。听说有人有双国籍，情况不明，这里不谈。国际法大概允许无国籍。“二战”期间，我滞留德国。中国南京汪伪政府派去了大使。我是绝对不能与汉奸沾边的，我同张维到德国警察局去宣布自己无国籍。

爱国的国字，如果孤立起来看，是一个模糊名词。哪里的国？谁的国？都不清楚。但是，一旦同国籍联系在一起，就十分清楚了。国就是这个国籍的国。再讲爱国的话，指的就是爱你这个国籍的国。

如果一个国家热爱和平，决不想侵略、剥削、压迫、屠杀别的国家，愿意同别的国家和平共处，这样的国家是值得爱的，非爱不行的。这样的爱国主义就是我上面所说的正义的爱国主义。反之，如果一个国家，特别是它的领导人，专心致志地侵略别的国家，征服别的国家，最终统一全球，天上天下，唯我独尊，这样的国家是绝对不能爱的，爱它就成了统治者的帮凶。爱国主义与国际主义是相通的，是互有联系的。保卫世界和平是两者共同的愿望。

要举具体的例子嘛，就在眼前。“二战”期间，西方一个德国，领袖是希特勒。东方一个日本，头子是东条英机。两国在屠杀别国人民的时候，都狂呼爱国主义。这当然就是我上面所说的邪恶的爱国主义。两个国家、两个头子的下场是众所周知的。

这种情况已经是俱往矣。然而到了今天，居然还有一个大国，手舞大棒，飞扬跋扈，驻军遍世界，航空母舰游弋于几大洋。明明知道，别的国家是不可能从外面进攻它的，却偏搞什么导弹防御系统。任何国家屁大的事，它都要过问。不经过它的批准，就是非圣无法。联合国它根本看不起，它就是天下的主人。

有这个国家国籍的人们的爱国主义怎样表现？这个国家，特别是它的领导人值不值得爱？这是有这个国家国籍的人们要慎重考虑的问题。我一个局外人不敢越俎代庖。

2002 年 12 月 27 日

从小康谈起

稚珊命题作文，我应命试作。

我们现在举国上下正在努力建设小康社会。但是，什么叫“小康”？我还没有看到权威性的解释。现在，我不揣冒昧对这个词儿来做一番解释。

在发达国家的大城市，特别是首都中，居民约略可以分为三个阶层。第一是大款，收入极高，人数极少，享用奢侈，匪夷所思。第二是中间阶层，人数相当多，收入不甚丰而花费有余。他们想吃什么，就吃什么；想穿什么，就穿什么。来自五湖四海普天下的产品，他们都能得到。他们决不像大款那样，一次宴会开支万金;但是，日子过得颇为舒适，颇为惬意，他们是满足的。至于第三阶层，人数颇多，收入拮据，日子过得不能称心如意，还不能算是小康社会。

上面讲的第二阶层，我认为就算是“小康”。拿这个例子来同北京比较一下，北京中间阶层的人可以说是已经达到小康水平了。他们想要吃的，想要穿的，不管是来自天南，还是海北，而且还是一年四季的产品，他们都能够得到，难道这不就算是小康了吗?

但是，衡量小康的水平标准，不仅仅只有物质，还要有精神方面的东西，我们平常讲的人文素质就是指的精神方面的东西。一讲到人文素质，问题就复杂起来。我个人认为，有对全人类的要求，有对不同国家、不同民族的要求。前者的内容有：要正义不要邪恶；要和平不要战争；要友谊不要仇恨；要协商不要独断；要互助不要掠夺，如此等等，还可以列举许多。后者则复杂得多。国家不同，民族不同，文化和宗教的传统不同，人文素质的行为细则则必然不同。在这里需要的是相互理解，相互尊重。

如果拿世界上许多大都市已经进入小康境界的人们的人文素质的水平来同北京市（可能还有别的大城市）的我以为已经达到小康水平的人们的人文素质水平来比较一下的话，我就不禁英雄气短。有一些暴发的小康者，骄矜，浮躁，忘乎所以。就以市民的平均水平而论，也存在着不少问题。我将在上海《新民晚报·夜光杯》上连续发表四篇谈公德的文章来谈这个问题，希望能起点作用。我们中国在这方面要做的事情还有很多，这一点我们必须清醒。

我想在这里顺便谈一个问题。在现在这样消费高潮汹涌澎湃的时候，再谈节俭，是否已经过时，是否算是冥顽不灵？我认为不是这样，过去谈节俭是对个人、对自己的家庭而言。而我现在讲的节俭是对人类而言的。大自然提供给人类的生活日用资料，毕竟不是像江上之清风、山间之明月那样取之不尽、用之不竭的，一个国家用多了，别的国家就会用少，就必将影响世界上广大的人民群众共同进入真正的小康境界。

2003 年 1 月 11 日

公 德

公 德（一）

什么叫“公德”？查一查字典，解释是“公共道德”。这等于没有解释。继而一想，也只能这样。字典毕竟不是哲学教科书，也不是法律大全。要求它做详尽的解释，是不切实际的。

先谈事实。

我住在燕园最北部，北墙外，只隔一条马路，就是圆明园。门前有清塘一片，面积仅次于未名湖。时值初夏，湖水潋滟，波平如镜。周围垂杨环绕。柳色已由鹅黄转为嫩绿，衬上后面杨树的浓绿，浓淡分明，景色十分宜人。北大人口中称之为后湖。因为僻远，学生来者不多，所以平时显得十分清净。为了有利于居住者纳凉，学校特安上了木制长椅十几个，环湖半周。现在每天清晨和黄昏，椅子上总是坐满了人。据知情人的情报，坐者多非北大人，多来自附近的学校，甚至是外地来的游人。

这样一个人间仙境，能吸引外边的人来，我们这里的居民，谁也不会反对，有时还会窃喜。我们家住垂杨深处，却如入芝兰之室，久而不闻其香。有外来人来共同分享，焉得而不知喜呢？

然而且慢。这里不都是芝兰，还有鲍鱼。每天十点，玉洁来我家上班时，我们有时候也到湖边木椅上小坐。几乎每次都看到椅前地上，铺满了瓜子皮、烟头，还有不同颜色的垃圾。有时候竟有饭盒的残骸，里面吐满了鸡骨头和鱼刺。还有各种的水果皮，狼藉满地，看了令人头痛生厌，屁股再也坐不下去。有一次我竟看到，附近外国专家招待所的一对外国夫妇，手持塑料袋和竹夹，在椅子前面，弯腰曲背，捡地上的垃圾。我们的脸腾地一下子红了起来。看了这种情况，一个稍有公德心的中国人，谁还能无动于衷呢？我于是同玉洁约好：明天我们也带塑料袋和竹夹子来捡垃圾，企图给中国人挽回一点面子。捡这些垃圾并不容易。大件的好办，连小件的烟头也并不困难。最难捡的是瓜子皮，体积小而薄，数量多而广，吐在地上，脚一踩，就与泥土合二而一，一个个地从泥土中抠出来，真是煞费苦心。捡不多久，就腰酸腿痛，气喘吁吁了。本来是想出来纳凉的，却带一身臭汗回家。但我们心里却是高兴的，我们为我们国家做了一件小到不能再小的事情。此外，我们也有“同志”。一位邻居是新华社退休老干部。他同我们一样，对这种现象看不下去。有一次，我们看到他赤手空拳、搜捡垃圾。吾道不孤，我们更高兴了。

中华民族是伟大的民族，这一点，全世界谁也不敢否认。可是，到了今天，由于种种原因，一部分人竟然沦落到不知什么是公德，实在是给我们脸上抹黑。现在许多有识之士高呼提高人民素质，其中当然也包括道德素质。这实在是当务之急。

2002 年 5 月 28 日

公德（二）

标题似乎应作“风化”，但是，因为第一，它与《公德（一）》所谈到的湖边木椅有关；第二，在这里，“有伤风化”与“有损公德”实在难解难分，因此仍作《公德》，加上一个（二）字。

话题当然要从木椅谈起。木椅既是制造垃圾的场所，又是谈情说爱的胜地。是否是同一批人同时并举，没有证明，不敢乱说。

在光天化日之下，大庭广众之中，亲人们，特别是夫妇们由于某种原因接一个吻，在任何文明国家中都是允许的，不以为怪的。在中国古代，是不行的，这大概属于“非礼”的范围。

可是，到了今天，中国“现代化”了。洋玩意儿不停地涌入，上述情况也流行起来。这我并不反对。不过，我们中国有一部分人，特别是青年人，一学习外国，就不但是“弟子不必不如师”，而且有出蓝之誉。要证明嘛，远在天边，近在眼前，就在燕园后湖边木椅子上。

经常能够看到，在大白天，一对或多对青年男女，坐在椅子上。最初还能规规矩矩，不久就动手动脚，互抱接吻，不是一个，而是一串。然后，一个人躺在另外一个的怀里，仍然是照吻不已。最后则干脆一个人压在另一个的身上。此时，路人侧目，行者咋舌，而当事人则天上天下，唯我独尊，岿然不动，旁若无人。招待所里住的外国专家们大概也会从窗后外窥，自愧不如。

汉代张敞对宣帝说：“闺房之内，夫妇之私，有过于画眉者。”但那是夫妇之间暗室里的事情。现在移于光天化日之下，岂能不令人吃惊！我不是说，在白天椅子上竟做起了闺房之内的事情来，但我们在捡垃圾时确实捡到过避孕套。那可能是夜间留下的，我现在不去考证了。

燕园后湖这一片地方，比较僻静。有小山蜿蜒数百米，前傍湖水，有茂林修竹，绿草如茵。有些地方，罕见人迹。真正是幽会的好地方。傍晚时见对对男女青年，携手搂腰，迤逦走过，倩影最终消失在绿树丛中。至于以后干些什么，那只能意会，而不必言传了。

一天晚上，一位原图书馆学系退休的老教授来看我，他住在西校门外。如果从我家走回家，应该出门向右转，走过我上面讲的那一条倚山傍湖的小径。但他却向左转，要经过未名湖，走出西门，这要多走好多路。我怪而问之。他说，之所以不走那一条小路，怕惊动了对对的野鸳鸯。对对者，不止一对也，我听了恍然大悟，立即想起了我们捡垃圾时捡到的避孕套。

故事讲完了，读者诸君以为这是“有伤风化”呢？还是“有损公德”？恐怕是二者都有吧。

2002 年 5 月 29 日

公德（三）

已经写了两篇《公德》，但言犹未尽，再添上一篇。

改革开放以来，我国经济发展了，人民生活水平提高了，钱包鼓起来了。于是就要花钱。花钱花样繁多，旅游即其中之一。于是空前未有的旅游热兴起来了。国内的泰山、长城、黄山、张家界、九寨沟、桂林等逛厌了，于是出国，先是新、马、泰，后又扩大到欧美。大队人马出国旅游，浩浩荡荡，猗欤休哉！

我是赞成出国旅游的。这可以开阔人们的眼界，增长人们的见识，有百利而无一弊。而且，我多年来就有一个想法：西方人对中国很不了解。他们不懂“士别三日，当刮目相看”的道理，至今仍顽固抱住“欧洲中心主义”不放。这大大地不利于国际的相互了解，不利于人民之间友谊的增长。所以我就主张“送去主义”，你不来拿，我就送去。然而送去也并不容易。现在中国人出国旅游，不正是送去的好机会吗？

然而，一部分中国游客送出去的不是中国文化，不是精华，而是糟粕。例子繁多，不胜枚举。我干脆做一次文抄公，从《参考消息》上转载的香港《亚洲周刊》上摘抄一点，以概其余。首先我必须声明一下，我不同意该刊“七宗罪”的提法。这只是不顾国格，不讲公德，还不能上纲到“罪”。这七宗是：

第一宗：脏。不讲公德，乱扔垃圾。拙文《公德（一）》讲的就是这个问题。

第二宗：吵。在飞机上，在火车上，在餐厅中，在饭店里，大声喧哗。

第三宗：抢。不守规则，不讲秩序，干什么都要抢先。

第四宗：粗。不懂起码的礼貌，不会说：“谢谢！”“对不起。”

第五宗：俗。在大饭店吃饭时，把鞋脱掉，赤脚坐在椅子上，或盘腿而坐。

第六宗：窘。穿戴不齐，令人尴尬。穿着睡衣，在大饭店里东奔西逛。

第七宗：泼。遇到不顺心的事，不但动口骂人，而且动手打人。

以上七宗，都是极其概括的。因为，细说要占极多的篇幅。不过，我仍然要突出一“宗”，这就是随地吐痰，我戏称之为“国吐”，与“国骂”成双成对。这是中国相当大一部分人的痼疾，屡罚不改。现在也被输出国外，为中国人脸上抹黑。

处在这种情况下，我们应该怎么办呢？想改变以上几种弊端，是长期的工作，国内尚且如此，何况国外。我们决不能因噎废食，停止出国旅游。出国旅游还是要继续的。能否采取一个应急的办法：在出国前，由旅游局或旅行社组织一次短期学习，把外国习惯讲清，把应注意的事项讲清。或许能起点作用。

2002 年 5 月 30 日

公德（四）

已经写了三篇《公德》，但仍然觉得不够。现在再写上一篇，专门谈“国吐”。

随地吐痰这个痼疾，过去已经有很多人注意到了。记得鲁迅在一篇杂文中，谈到旧时代中国照相，常常是一对老年夫妇，分坐茶几左右，几前置一痰桶，说明这一对夫妇胸腔里痰多。据说，美国前总统访华时，特别买了一个痰桶，带回了美国。

中国官方也不是没有注意到这个现象。很多年以前，北京市公布了一项罚款的规定：凡在大街上随地吐痰者，处以五毛钱的罚款。有一次，一个人在大街上吐痰，被检查人员发现，立刻走过来，向吐痰人索要罚款。那个人处变不惊，立刻又吐一口痰在地上，嘴里说："五毛钱找钱麻烦，我索性再吐上一口，凑足一元钱，公私两利。"这个故事真实性如何，我不是亲身经历，不敢确说，但是流传得纷纷扬扬，我宁信其有，而不信其无。

也是在很多年以前，北大动员群众，反击随地吐痰的恶习。没有听说有什么罚款。仅在学校内几条大马路上，派人检查吐痰的痕迹，查出来后，用红粉笔圈一个圆圈，以痰迹为中心。这种检查简直易如反掌，隔不远，就能画一个大红圈。结果是满地斑斓，像是一幅未来派的图画。

结果怎样呢？在北京大街上照样能够看到和听到，左右不远，有人吭、咔一声，一团浓痰飞落在人行道上，熟练得有如大匠运斤成风，北大校园内也仍然是痰迹斑驳陆离。

我们中华民族是伟大的民族，是英勇善战的民族，我们能够以弱胜强，战胜了武装到牙齿的外敌和国内反动派，对像"国吐"这样的还达不到癣疥之疾的弊端竟至于束手无策吗？

更为严重的是，最近几年来，国际旅游之风兴。"国吐"也随之传入国外。据说，我们近邻的一个国家为外国游人制定了注意事项，都用英文写成，独有一条是用汉文："请勿随地吐痰！"针对性极其鲜明。但却决非诬蔑。我们这一张脸往哪里摆呀！

治这样的顽症有办法没有呢？我认为，有的。新加坡的办法就值得我们参考。他们用的是严惩重罚。你要是敢在大街上吐一口痰，甚至只是丢一点垃圾，罚款之重让你多年难忘。如果在北京有人在大街上吐痰，不是罚五毛，而是罚五百元，他就决不敢再吐第二口了。但这要有两个先决条件：一是耐心的教育，不厌其烦地说明利害，苦口婆心。二是要有国家机关、法院和公安局等的有力支持，决不允许任何人耍赖。实行这个办法，必须持之以恒，而且推向全国。用不了几年的时间，"国吐"这种恶习就可以根除。这是我的希望，也是我的信念。

2002 年 6 月 4 日

同胞们说话声音放低一点

这是多么怪的问题。

但是请先冷静一下，别先进行批判。听我慢慢道来。

先举例子。事实胜于雄辩嘛。

好多年前，我在《参考消息》上读到中国一个小有名气的音乐家，是什么院长，率领一个音乐家代表团到澳大利亚去访问。当然是住在高级饭店里。不久住同一楼的外籍人士就反映，他们要搬家。因为住同一层楼的中国客人说话声音实在太高，让人无法忍受。

我在德国的时候，一对中国夫妇生的一个小女孩，大概三岁了吧。一天忽然对父母说：Ihr zankt（你们吵架）。大概父母尚保留“国习”，而女孩则由德国保姆带大，对“国习”很不习惯了。

我初到德国时，在柏林待了几个礼拜。我很少到中国饭馆去吃饭。因为此处是蒋宋孔陈冯居等要人的纨绔子弟或千金小姐会聚的地方。这批人我不敢说都不念书。但是，如果说，绝大部分不念书则是名副其实的。中国餐馆就是他们聚会之处。每到开饭时，一进门，一股乌烟瘴气，扑面而来。里面人声鼎沸，呱哒嘴的声音，仿佛是给这个大混乱敲着鼓点。这情况在国内司空见惯，不图又见于异域柏林。我在大吃一惊之余，赶快逃走，另找一个德国饭馆去吃饭。

年来多病，频频住院。按道理说，医院是最需要肃静的地方。然而在住的医院中，男大夫们往往说话声音极高，护士们是女孩子，说话轻声细语。

我个人认为，说话是传递思想必要的工具。说话声音高到只要让对方（聋子除外）听懂就行了，不必要求每个人都是帕瓦罗蒂。

指责中国人民陋习的文章，古今中外，所在都有。有的是真正的陋习，如随地吐痰。有的也出于偏见。但是，不管有多少陋习，也无法掩去中华民族之伟大。可是，话又说了回来，有陋习，改掉之，不更能显出我们民族的伟大吗？

陋习的种类极多极多。不过把说话声音高也算作陋习，过去却没有见过。有之自不佞始。

2003年6月14日

一个值得担忧的现象——再论包装

我在这里写的“值得担忧”，不限于中国，而是全世界。

我曾写过一篇《论包装》的文章，内容主要是谈外面包装极大而里面的商品极小的问题。现在这一篇《再论包装》，主要谈的是外面包装和里面商品的价值问题。重点有所不同，而令人担忧则一也。

我先举一个小例子。

最近有友人从山东归来，带给我了一些周村烧饼。这是山东周村生产的一种点心。作料异常简单，只不过一点面粉、一点芝麻，再加上一点糖或盐，用水和好，擀成薄皮，做成圆饼，放在炉中烤干，即为成品，香脆可口，远近闻名，大概已经有几百年的历史了。因为成本极低，所以价钱不高。过去只是十个或八九个一摞，用白纸一包，即可出售。烧饼吃完，把纸一揉，变成垃圾，占地也不多。

常言道：“士别三日，当刮目相看。”岂知这一句话也能应用到周村烧饼身上。现在友人送给我的这些烧饼，完全换了新装，不是白纸，而是铁盒，彩绘烫金，光彩夺目。伙颐！我的老朋友阔起来了！我不禁大为惊诧。

在惊诧之余，我又不禁忧心忡忡起来。我不是经济学家，这里也用不着经济学。只草草地估算一下，那几个烧饼能值几个钱？这金碧辉煌的铁盒又能值多少钱？显然后者比前者要贵得多。可是哪一个有使用价值呢？又显然只是前者。烧饼吃下去，可以充饥，可以转变成营养成分，增强人的身体。铁盒，如果只有一两个的话，小孩子可以拿着玩一玩。如果是成千上万的话，却只能变成垃圾，遭人遗弃。《论包装》中提到的那一些大而无当的包装，把其中小小的一点商品取出来后，也都成为垃圾。

这有点像中国古书上的一个典故："买椟还珠。"但是，这个典故不过是讥笑舍本逐末，取舍不当而已，那个椟还是有用的，决不会变成垃圾。

古代人生活简朴，没有多少垃圾，也决不会自己制造垃圾。到了今天，人类大大地进步了，然而却越来越蠢了，会自己制造垃圾，以致垃圾成为一个世界性问题。每一个国家的政府都为处理垃圾而大伤脑筋，至今也还没有能找到一个行之有效的办法。如此持续下去，将来的人类只能在垃圾堆里讨生活了。

但是，还有更严重的问题。人类衣、食、住、行的资料都取之于大自然。但是，小小的一个地球村里资源毕竟是有限的。当年苏东坡说："惟江上之清风，与山间之明月，耳得之而为声，目遇之而成色，取之无禁，用之不竭，是造物之无尽藏也。"东坡认为造物无尽藏，是不正确的。造物是有尽藏的，用之是有竭的。可惜到了今天，世人还多是浑浑噩噩，懵懵懂懂，毫无反思悔改之意。尤其是那一个以世界警察自居的大国，在使用大自然资源方面，肆无忌惮地浪费，真不禁令人发指。有识之士已经感觉到，人类已经是"盲人骑瞎马，夜半临深池”，但感觉到这种危险者不多。这是事实，并不是我一个人的杞忧。

我希望有聪明智慧的中国人，悬崖勒马，改弦更张，再也不制造那一种大而无当的商品包装和那种金碧辉煌的商品铁盒，给我们的子孙后代多留下一点大自然的资源。

2002 年 5 月 10 日

对广告的逆反心理

我没有研究过广告学。我只是朦朦胧胧地知道，商品一产生，就会有广告。常言道："老王卖瓜，自卖自夸。"不然："人家的卖了，自己的剩下。"这是人之常情。

到了今天，在所谓信息爆炸的时代里，广告的作用更是空前高涨。一走出家门，满世界皆广告也。在摩天大楼上，在比较低的房屋上，在路旁特别搭建的牌子上，在旮旮旯旯令人不太注意的地方，在车水马龙中的大小汽车上，在一个人蹬车送货的小平板车上，总之，说不完，道不尽，到处都是广告。广告的制作又是五花八门，五光十彩，让人看了，目不暇接，晕头转向。制作者都是老王，没有老张和老李。你若都信，必将无所适从，堕入一个大糊涂中。

回到家里，打开报纸，不管是日报、晨报、晚报，也不管是大型的一天几十版，还是小型的一天只有几版，内容百分之六七十至八九十都是广告。大的广告可以占一个整版；小的则可怜兮兮地只有几行，挤在密密麻麻的广告丛林中，活像一个瘪三。大的广告固然能起作用，小的也会起的。听说广告费是很高的，不起作用，谁肯花钱？

一打开电视，又是广告的一统天下。人们之所以要看电视，主要是想对国家大事和世界大事有所了解。至于商品或其他广告，虽然也能带来信息，但不能以此为主。可是现在的电视，除了“广告时间”以外，随时都能插入广告。有时候，在宣布了消息内容之后即将播报之前，突然切入广告，据说这个出钱最多，可是对我这样的想听消息者，却如咽喉里卡上了一块骨头。

广告之多，我举一个小例子。北京市电视台一台，每晚六点至六点半是体育新闻。我先声明一句，这不是唯一的一次，后面还有。但是，仅就这一次而论，在半小时内，前面卡头，是十分钟的广告时间，然后是真正的体育新闻。播了不久，忽然出现了“广告之后，马上回来”的字样，于是又占去几分钟。最后还要去尾，一去又是十分钟，当然都是广告。观众同志们！你们想一想：这叫什么“体育新闻”！

最令人难以承受的，还数不上广告多，而是广告重复。一个晚上重复几次，有时候还是必要的。但几分钟内就重复二三次，实在难以忍受。重复的主题，时常变换。眼前的主题是美国的 ××× 牙膏。让几个天真无邪的中国小孩，用铜铃般清脆悦耳的声音，高声赞美 ××× 牙膏，并打出字幕：×× 公司“美（国）化”你的生活。一次出现，尚能看下去，一二分钟后，立即又出现，实在超出了我的忍耐的限度。我双手捂耳，双眼紧闭，耳不听不烦，眼不见为净。嘴里数着一二三四，希望在二十以内，熬过这一场灾难。

为什么这样重复呢？从前听一位心理专家说，重复的频率越高，对记忆越有好处。等到频率达到了一定的高度，记忆就永志不忘了。

说不说由你，听不听由我。我不知道，广告学中有没有逆反心理这样一章。我也不知道，逆反心理是否每一个人都有。反正我自己是有的，而且很强烈。碰到我这样的牛皮筋，重复得越多，也就是说，广告费花得越多，效果反而越低。最后低到我发誓永远不买这种牙膏，不管它有多好。我现在不知道，广告学家以及兜售商品的专家看了我这个怪论作何感想。

不管做什么样的广告，也不管出现的频率多少，其目的无非是美化自己的商品，唤起消费者的注意，心甘情愿地挖自己的腰包，结果是产品商人赚了钱。至于商品究竟怎样，商人心里有数，而消费者则心中无底，一切尽在不言中了。

广告真能赚钱吗？斩钉截铁地说一句：真能赚钱，甚至赚大钱。空口无凭，举例为证。前几年，山东出了一种名酒，一时誉满京华，大小宾馆，凡宴客者无不备有此酒。自称是深知内情的人说——当然是形象的说法——山东这个酒厂一天开进电视台一辆桑塔纳，开出的却是一辆奥迪。然而曾几何时，这一切都已烟消云散，现在北京知道那一种名酒的人，恐怕不太多了。

我之所以写这一篇短文，决不是想反对广告。到了今天，广告的作用越来越大，当顺其势而用之，决不能逆其势而反之。这里有两点要绝对注意：第一，对商品要尽量说实话，决不假冒伪劣；第二，广告做得不得当，会引起逆反心理。我在别的地方曾讲到要有品牌意识。一个名牌，往往是几代人惨淡经营的结果，来之不易，破坏起来却不难。我注意到，在今天包装改革的大潮中，外面的包装一改，里面的商品就可能变样变味。我认为，这是眼前的重大问题，希望商品生产者，特别是名牌的生产者，切莫掉以轻心。

2002 年 8 月 31 日

《罗摩衍那》的汉译问题

《罗摩衍那》和《摩诃婆罗多》，并称印度两大史诗。从内容上来看，从使用的诗律来看，二者并没有什么区别。大概都是古代民间艺人到处行吟卖艺所用的脚本，恐怕还没有书写的东西。印度字母起源比较晚，脚本就印在艺人的头脑中，有了字母以后才写了下来的。脚本不可能十分固定的，艺人兴之所至，这里加几句，那里减几句，也是完全可能的。可是印度的传统却偏偏在二者之间制造出一个区别。他们认为，《摩诃婆罗多》是没有作者的，而《罗摩衍那》则是有作者的，他的名字叫蚁垤，他被称为 Adikavi，“最初的诗人”，而《罗摩衍那》则被称为 Adikavya“最初的诗”。此事真伪难辨，可能有一个叫蚁垤的人，对《罗摩衍那》某一些部分加过工。这些现在却说不清了。

我这篇短文的目的，不是在研究这些问题。关于《罗摩衍那》各方面的问题，我曾在一本拙作《〈罗摩衍那〉初探》中做了扼要的说明。有兴趣的朋友们可以参阅该书（外国文学出版社，1979年出版）。

我的目的是在寻求一种适合于翻译世界几大史诗的语言形式或者文体。这个问题从翻译一开始，就困扰着我。在翻译过程中，在长达几年的时间内，它一直困扰着我，一直到今天。

打开窗户说亮话，我先亮一亮我对翻译文体的观点。我坚决反对用散文来翻译本来是韵文的原著。我觉得，这是对原著最大的不忠，对原著的亵渎。即使你的散文译文水平超过唐宋八大家，也无济于事。译者的任务是，殚精竭虑，把原著的形与神尽可能真实地转达给使用另外一种语言的民族或人民，使他们大体上能够领略到原著的真实面貌。

关于翻译理论，我多少了解一点。中国古代译经大师已经创立了一些翻译理论。明清以来，虽译书极多，但翻译理论，除严复"译事三难:信、达、雅"外，则几为一片空白。几十年前，有一段时间，社会流行中国翻译史，有大量同名的著作。我看过几种，互相抄袭，了无新意。大概都是为了向科学进军的号召表示忠心而已。据说，近来欧美国家颇有一些学者研究翻译理论。详细情况，不甚清楚。我对西方的主义和理论，特别是文艺理论，多抱怀疑态度。试问自五四运动以后，西方的文艺理论已经多少主义，主义，主义，一直主义下来，现在已经不知道主义到什么程度。可惜寿命都不长。"江山年有才人出，各领风骚数十天。"这样的主义还有什么意义呢?

对于翻译理论，我是一个顽固的保守派。说一千，道一万，都不如严又陵的"信、达、雅"三个字，言简意赅，要言不烦。他的"信",当然是指忠实于原文。至于是否忠实于原文的形式或体裁，他没有说明,我不敢乱说。后来有人提出了"形神兼备",这里的"形"当然指的是形式。这样说就比较周全。

现在回头再来谈《罗摩衍那》。此书原文是诗，我必须用诗体来译，这是我的根本大法，动摇不得的。但是，一讲到诗体，我们又碰到了另一个拦路虎，另一个硬核桃，什么叫诗？诗之所以为诗的标志是什么？就很难说得清楚。世界各国莫不有诗。但是，诗的标准却是五花八门，错综复杂，令人眼花缭乱。这是个大问题，我们在这里无法深入去谈。我只谈与我现在要讲的问题有关的中国和印度的诗律和诗体。印度的，我在《〈罗摩衍那〉初探》（九·诗律）中已有扼要的介绍，这里不再重说。而中国的诗律也是错综复杂的，非三言两语所能说清的，要想说清，必须另行专文叙述，我这里也不准备再谈了。

同其他一些国家比较起来，中国翻译外来典籍的量最大，这使我们在历史上得到了极大的益处，使我们的传统文化，随时可以得到新鲜的血液，发展有活力，一直延续了几千年。今天来研究这些文化遗产，还有其现实的意义。

再谈翻译[1]

缺乏质量的“翻译大国”不值得追求

我对翻译工作确实怀有很深的感情，真心希望它受到重视，并得到健康、协调的发展。至于翻译大国、强国问题，我认为翻译是精神产品，它不同于物质产品，不能只追求数量。你翻译的数量再多，你成了翻译大国，但如果你翻译的东西中，有不少是不需要的，甚至是垃圾，那这样的“翻译大国”又有什么意义。搞翻译不是为了赚钱，而是为了沟通中外文化的需要。毛泽东讲“洋为中用”，我很赞成，我们需要的，是能为中所用的翻译，而不是“什么赚钱就译什么”那种唯利是图的翻译。假如靠后者数量的膨胀而形成的“翻译大国”，我看并不值得追求。至于强不强，似乎也不必作为我们翻译工作的一种目标。什么是“翻译强国”的标准？怎么定，谁来评，都说不准。依我看，能把外国好的东西及时翻译介绍过来就很好了，没必要去比谁强谁弱。

---

1 本篇是在作者同译林出版社原社长李景瑞的谈话基础上整理而成。

如何提高翻译质量？

这些年我看译著较少，更未去研究，不一定看得准。但总体感觉，至少从文学翻译来讲，虽存在粗制滥造低劣之作，但也确有质量上乘的。我担任过好多届“国家图书奖”文学组的评委，每届都有不少优秀译著参评，有些还得了大奖，像有些名家名著，经讨修订后的新译本，其质量显然比旧译本好多了，所以不能笼统讲现在翻译质量全下降了。当然，下降的确实有，而且也不仅出现在文学翻译领域，在其他领域，包括中译外，错译现象还相当多，有的还蛮严重，所以必须引起重视。

问题的原因很复杂，这里有译者基本功问题，翻译职业道德问题，翻译批评缺位问题，以及出版社疏于把关问题等等。我只想特别强调两点：一是译者的知识面一定要广。现在的年轻人学外文的条件比过去好，他们理解外文的能力并不差，最不足的就是知识面不广，还包括中文功底薄弱，以致不注意或不善于根据不同的翻译对象来设计和调整自己的译笔。我这是从学术层面来讲的，那种因不讲译德，有意粗制滥造的当然不在此列。二是出版社务必严于把关。过去老“商务”、老“人文”出翻译书都有严格把关的好传统，这一关是不能削弱的。可惜现在不少出版社都放松了，有的社根本没有外文编辑，放弃了译文质量把关，又缺乏必要的翻译质量检查制度。所以这个问题必须有关部门合力综合治理才能奏效。

我没有深入研究过翻译理论。凭我自己的经验，不同门类的翻译有不同的要求。有的需要严格对应，有的无需或很难对应，能达意也行，所以翻译很难有统一的标准。即使是严复的“信达雅”，或者后人新提出的，那也不能算是翻译标准，只是对翻译的一种要求，一种期盼。特别是文学翻译，涉及对作者、作品、背景等不同的理解，更应该允许有不同的诠释和不同的表述；当然，这些都要求建立在深入研究的基础之上，而不是译者随心所欲。

再次呼吁设立“国家翻译奖”

我认为，我们现在翻译队伍总体的素质并不低，否则怎么可能出现这么多这么广的翻译成果。当然还有不足，主要表现在两个方面：一是培养翻译专业队伍重视不够；二是翻译的专业训练还嫌薄弱。以前上海有一批专以翻译为职业的翻译家，对推动文学翻译事业起了不小的作用。现在搞文学翻译，好像都变成业余的了。翻译是一门学科，有它自身的规律。文明的社会，开放的国家，需要职业翻译家。翻译应该成为社会需要、受人尊重的一项职业，所以，要加强翻译专业队伍的建设。其次，现在大学里只把翻译当作学外文的一种附属，好像学了外文就自然会搞翻译了。不是这样。要从改进大学里翻译的教学入手，加强翻译学科的建设，使翻译后备队伍能得到良好的翻译专业训练。我还主张，想搞翻译的人，应该多学一两门外语才好。

好多年以前我就呼吁过要设立政府颁发的“翻译奖”。这不仅因为许多国家都设有，更因为翻译工作是跨学科、跨部门的，在促进中外文化交流、振兴中华的事业中起着不可替代的桥梁作用。为了体现国家对这项重要工作的支持，尽快设立“国家翻译奖”是非常必要的。鉴于翻译的重要性，即使有困难，也应该加以克服。我再次呼吁，由政府某个部门牵头，先把这项奖设立起来，再在实践中逐步加以完善，努力为翻译界做一件实事。

克服“偏食”，调整政策，加强统一领导

关于繁荣我国翻译事业的问题，我看不准，说不全。但我想到了几点：

第一，借用一句当前的时髦话，就是要注意“翻译生态的平衡”。一个社会的文明，是由多种文化互相融合、综合形成的。就介绍当代外国文学来讲，我感到我们现在似乎存在一种“偏食”现象，就是只关注介绍英美的，图书、影视几乎都是这样。先进文化绝不是只有英美有。从文学翻译来讲，其实古与今、东方与西方、高雅与通俗，乃至不同门类、不同体裁，都应该择优翻译，协调介绍。我特别要强调一下，要重视研究和翻译东方国家优秀的文化成果。要解决这个“偏食”现象，我认为加强统一规划很有必要。精神产品不能全部交由市场去调节，像某些有很高学术或艺术价值的，或者是填补空白的，就需要通过规划给予必要的扶持；对于那些低水平重复出版的译作，也要通过规划加以限制，力求实现质量优良、结构合理的真实繁荣。

第二，政策上要研究如何调整。比如说，高校中翻译不能算科研成果，这样一刀切是否合理？能否区分一下哪些算哪些不算。翻

译报酬，现在搞口译的有的高得离谱，而搞文学翻译的，每千字还是几十元，显得太低了。政协开会，这个界那个界多得很，唯独没有翻译界。不在乎多少名额，列上这个界，也体现了对这一行业的重视。译作因为都是根据原作派生的，因此，被人抄袭以后往往由于侵权文字难以认定而使译者维权产生困难。如此等等问题，都有待研究改进。

第三，关键还在于要加强统一领导。翻译工作的重要性，说起来都知道，但实际工作中，政府部门至今没有哪个明确统管翻译问题。前年梅绍武等三十几位政协委员，联名提案要求国家明确一个部门统一管理涉及翻译的共性问题，结果依然没有下文。其实翻译规划、翻译政策、翻译教育、翻译队伍建设、翻译市场管理等等，该做的工作还多着呢，希望能引起各方的重视。

2005 年

在“翻译文化终身成就奖”表彰大会上的书面发言

感谢中国翻译协会授予我“翻译文化终身成就奖”。得此殊荣我很荣幸，也很高兴。

我一生都在从事与促进中外文化交流相关的工作，我深刻体会到翻译在促进不同民族、语言和文化交流中的重要作用。自从人类有了语言，翻译便应运而生。在世界文明发展的历史长河中，在中华民族伟大复兴的进程中，翻译始终都是不可或缺的先导力量。中华几千年的文化之所以能永盛不衰，就是因为，通过翻译外来典籍使原有文化中随时能注入新鲜血液。可以说，没有翻译，就没有社会的进步；没有翻译，世界一天也不能生存。

中国两千多年丰厚的翻译文化史无与伦比，中国今天翻译事业的进步有目共睹。2008 年世界翻译大会将在中国召开，这是中国翻译界的光荣，我这样的老兵为你们感到鼓舞；我更希望年轻一代能够后来居上，肩负起历史使命和社会责任。

我总认为，翻译比创作难。创作可以随心所欲，翻译却囿于对既成的不同语言文本和文化的转换。要想做好翻译，懂外语，会几个外语单词，拿本字典翻翻是不行的，必须下真功夫，下大功夫。

提高翻译质量，不能只停留在口头上，少讲大道理，多做实事，拿出真凭实据来，开展扎实的翻译批评和社会监督。

未来是你们的，希望看到翻译事业人才辈出，蒸蒸日上。

2006 年 9 月 26 日

我的建议

在医院住了一千多天，天天盼着多听见些好消息，而上苍也总能满足我这个耄耋之人的愿望，让我高兴。最近，就传来这样一条好消息：中华书局决定立项启动整理本“二十四史”的修订工作，计划在2012年中华书局创办100周年之际完成新版“二十四史”的全部印制工作，正准备开论证会听取专家们的意见。书局征询意见于我，作为一名忠实的读者兼作者，当然我本应赴会倾听诸位老友高论，并陈浅见以获教益，无奈足不能出户，力不从吾心，只好用这篇短文略尽芹献之责。

中华书局出版的点校本“二十四史”与《清史稿》，是上世纪50至70年代，在毛泽东主席、周恩来总理的直接指示与关怀下，经文史界数百位专家精心组织、齐心合力、付出艰辛努力而完成的一项宏大的古籍整理出版工程。经过几十年使用实践的检验，学界公认依然是迄今为止最好、最权威的正史整理本。然而，诚如前人所言“校书如扫落叶”，标点、注释亦绝非易事，何况是集体攻坚的大项目，任何高明的学者都不能毕其功于一役。学术须随时代的进步而发展，古籍整理与出版也应当与之俱进，文明社会需要新的传世之作。因此，这样一项功在当代、利于千秋的修订工程就势在必行了。然而，修订、出版四五千万字的煌煌巨著，需要大量人力与资金的投入。按目前全国古籍整理人才的培养现状与中华书局的经济状况及编辑力量，困难可想而知。令人高兴的是中华书局及其所属中国出版集团的主事者既没有轻言一帆风顺，也没有被面临的种种困难所吓倒，而是下定决心一步一个脚印地朝前走。正因为如此，我这个啦啦队员才敢提出如下三点建议：第一，积极争取政府部门专项资金的支持。现在国家经济力量日益增长，对学术文化事业的扶植力度也大大加强了，只是家大业大，花钱的地方多，我还是主张“好钢要用在刀刃上”，集中财力来实施精品工程，才能获得最大的效益。第二，人才难得，书局应当在充分收集、归纳、运用前人成果的基础上，把网罗与组织学界相关人才与培训书局年轻编辑作为两项最重要的任务来抓。既出了书，又培养了人，岂非两全其美？第三，一项大工程，制订切实可行的实施方案至关紧要。从书局目前印发的材料看，大纲明确，思路明晰，如果再加上具体明细的方法步骤，就能事半功倍。

十七年前，我写过一篇短文，题目就叫《困难虽在目前，希望却在将来》，提出：“我们非要努力不行，而且要十倍地努力。”学界、出版界也是有黄钟和瓦釜的，“我们的责任是，拿出良心，尽上力量，让瓦釜少鸣，或者不鸣，让黄钟尽量地多鸣，大鸣而特鸣”。经过我们大家的努力，中华书局的修订版“二十四史”出版之日，就是古籍整理与出版的黄钟大鸣而特鸣之时，也是庆贺中华书局百岁华诞的二十四声礼炮齐鸣之时。

2006 年 4 月

图书在版编目（CIP）数据

病榻杂记：全新修订版 / 季羡林著. -- 北京：新世界出版社，2021.7
ISBN 978-7-5104-7324-1

Ⅰ. ①病… Ⅱ. ①季… Ⅲ. ①散文集－中国－当代
Ⅳ. ① I267

中国版本图书馆 CIP 数据核字 (2021) 第 150015 号

病榻杂记（全新修订版）

作　　者：季羡林
责任编辑：楼淑敏
特约编辑：周奎杰
责任校对：宣　慧
装帧设计：魏芳芳
责任印制：王宝根
出　　版：新世界出版社
网　　址：http://www.nwp.com.cn
社　　址：北京西城区百万庄大街 24 号（100037）
发 行 部：(010)6899 5968（电话） (010)6899 0635（电话）
总 编 室：(010)6899 5424（电话） (010)6832 6679（传真）
版 权 部：+8610 6899 6306（电话） nwpcd@sina.com（电邮）
印　　刷：天津中印联印务有限公司
经　　销：新华书店
开　　本：880 mm × 1230mm　1/32　尺寸：145mm × 210mm
字　　数：250 千字　印张：9
版　　次：2021 年 7 月第 1 版　2021 年 7 月第 1 次印刷
书　　号：ISBN 978-7-5104-7324-1
定　　价：42.00 元